The Crying of Lot 49

Thomas Pynchon

Shinchosha

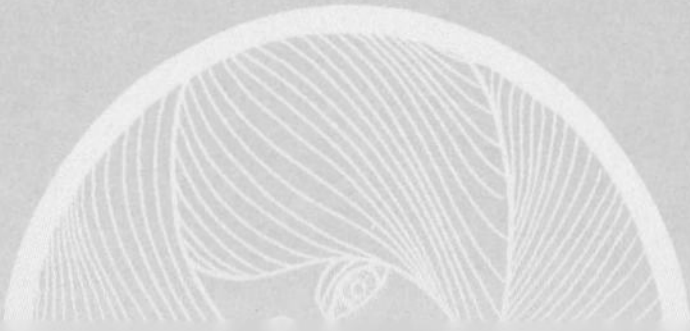

Remedios Varo

「塔に向かう」
"Hacia La Torre" 1960

「大地のマントを刺繍する」
"Bordando el Manto Terrestre" 1961

「逃亡」
"La Huida" 1961

Thomas Pynchon Complete Collection
1966

The Crying of Lot 49

Thomas Pynchon

『競売ナンバー49の叫び』

トマス・ピンチョン

佐藤良明 訳

新潮社

目次

The Crying of Lot 49
by Thomas Pynchon

Drawing by Yukie Monnai
Design by Shinchosha Book Design Division

競売ナンバー49の叫び

1

ある夏の午後、タッパウェア・パーティから帰宅したミセス・エディパ・マースは、フォンデュの中にたっぷり入ったキルシュ酒の酔いもまだ醒めやらぬ頭で、自分が、このエディパが、ピアス・インヴェラリティの資産の遺言執行人《エグゼキューター》——女だからエグゼキュトリス？——に指名されていたことを知った。インヴェラリティといえばカリフォルニア不動産界の超大物。お楽しみの時間に二〇〇万ドル無駄にしたこともあったけれど、それでも彼の遺産となれば、数量的にも複雑さにおいても圧倒的であるに違いなく、それを整理分配するとなれば、お飾りの執行人というわけにいかないのは明らかだ。居間にたたずむエディパを、ブラウン管の緑がかった死んだ目が見つめる。「オーマイガッド！」エディパは神の名を口走り、あたう限りの酔っぱらい気分を演じてみたが、効果はなかった。ピアスと一緒の旅で入ったマサトランのホテルの部屋が思い浮かんだ。あの部屋のドアは、閉まるとき、もう二度と開かないかと思うくらいの音を立てて、ロビーに眠る二〇〇羽の鳥の目を覚ましたっけ。コーネル大学図書館の建つ丘の向こうから朝日が昇るところも記憶に浮かんだ（あれは西向きの景色だから、そんな日の出、だれ一人見た者はないのに）。次に浮かんできたのが、バルトークの「管弦楽のための協奏曲」第四楽章。その、やるせない乾いたメロディに続いて、ピアスのベッドの上の、狭すぎる棚に置かれたジェイ・グールドの石膏胸像が思い出された。いつか二人の上に落ちてくるんじゃないかと気が気でなかったその胸像に、もしかしたらピアスは潰されたのだろうか。夢のまにまに、自宅にあった唯一の聖像に殺された？——そう思うとエディパは、無力な大声で笑うしかなかった。あんた病気よ、と自分に向けて言い放つ。それとも部屋に向けて言ったのか。知ってるよ、と声が返ってきた気がした。

通知書の発行元はロサンジェルスのウォープ・ウィストフル・キュービチェック＆マクミンガス法律事務所で、メッツガーという署名がある。ピアスが亡くなったのは春であり、今になって遺書が見つかった、このメッツガーという男が共同遺言執行人となり、厄介な訴訟等に際しては特別顧問役を務める、との文面だった。遺書への補足として、日付が一年前の書類もあり、そこにも遺言執行人としてエディパ・マースの名が記されているとのことだ。そのころ何か特別な出来事があったかしら。彼女は記憶をたどった。午後のあいだ中、そのことばかり考え続けた。キナレット・アマング・ザ・パインの中心街《ダウンタウン》にリコッタチーズを買いに行って有線音楽《ミューザック》を聴いたときも（玉簾のかかった入り口を今日通ったときに鳴っていた調べは、インディアナ州フォートウェイン十八世紀《セッテチェント》イタリア・アンサンブルの演奏によるヴィヴァルディの、異説の楽譜をつなぎ合わせたカズー協奏曲、カズー独奏ボイド・ビーヴァー、その四小節目のあたりだった）、庭のハーブ園の日射しのなかでマージョラムとスイート・バジルを摘んだときも、「サイエンティフィック・アメリカン」誌最新号の書評記事を読む間も、それからラザーニャを敷き詰め、フランスパンにガーリックを塗りたくってロメインレタスの葉をむしり、オーブンに点火してから夕暮れ時のウィスキー・サワーをかきまわして夫ウェンデル・マース（渾名が〝ムーチョ〟）の帰宅を待っていたときも、そのことばかりが頭にあった。だけどいくら問い返してみても、思い浮かぶ分厚いトランプカードのような日々は（エディパ自身、真っ先に認めるだろう）どれも似たり寄ったり、というか、マジシャンのカードのようにさりげなくみな同じ方を向いていて、不揃いの一枚は訓練した眼にたちまち見抜かれてしまうという感じ。テレビで「ハントリーとブリンクリー」のニュースショーが始まり、それがだいぶ進んでから思い当たった。そうだった、去年のある晩、夜中の三時に、あれはどこからだったのだろう（ピアスの日記が存在しなければ永遠の謎である）、妙な声色の長距離電話がかかってきた。トランシルヴァニア領事館の二等書記官と称する男が、濃厚なスラブ訛りで逃げたコウモリの行方をたずね、それがいつのまにかコミックな黒人調子に転調し、さらにメキシコのパチューコ方言のならず者が「チンガ《ファック》！」だの「マリコーネ《おかま》！」だのと下品に喚きまくった、かと思うと、ドイツに親戚縁者がいるかどうか詰問するゲシュタポ警察のヒステリックな声が続き、最後に、あのラモント・クランストンの声色が現れた。それはマサトランへの旅のあいだ、ピアスがずっと使っていた声色だった。「ピアス、おねがい」やっとのことで口を挟む。「わたしたち、もう関係を――」

「しかしね、マーゴ君」電話の熱演は続いた、「たったいまウェストン総監のもとから帰ってきたところなんだが、あのヒョットコ爺さんは殺されたのだよ。クワッケンブッシュ教授がやられたのと同じ吹き矢でね」というセリフだったたか。

「いいかげんにして」と言う妻を、ムーチョがゴロリ寝返りを打って見つめていた。

「切っちゃえばいいじゃないか」それは、その通りだった。

「聞いたぞ」とピアスは言った。「ウェンデル・マース君だな、君のところにも、そろそろ〈シャドー〉にお出ましねがうとするかね」そのまま沈黙。深い、実体感のある沈黙。この深夜のラモント・クランストンが、エディパにとってピアスの最後の声となった。でもその声を伝えた電話線は、どの方向へ、どのくらいの距離にわたって延びていたのだろう？　多義的なピアスの沈黙は、月日を経るうちに引いていって、よみがえった思い出、顔や体、もらったプレゼント、時おり聞こえないふりをしていた彼の言葉、そんな記憶と次第に入れ替わりほとんど忘れるところまできていた、その矢先の、今日の出来事だった。〈シャドー〉は、一年待って、メッツガーからの手紙を通して、やってきたというわけだ。去年ピアスは、この遺言のことで、夜中に電話してきたのだろうか。それともあのときエディパに冷たくあしらわれ、ムーチョにも無視されて思い立ったことなのか？　エディパはなにか身を晒されたような、狙い撃ちにあって、嫌がらせをされているような気持ちになった。遺言の執行なんてはじめてだし、どこから手をつけていいかわからない。わからないことをＬＡの法律事務所の人たちに告げようにも、その方法がわからない。

「ムーチョ、ベイビー」と彼女は叫んだ。助けて、という気持ちがほとばしる。

ムーチョは網戸をバタンと跳ね返らせて入ってきた。「今日もシケた一日でさあ」と、いきなりである。

「わたしのほうこそ……」と言いかけて、まずは夫に譲る。

ムーチョの職場は、半島をもっと先に行ったところにあるラジオ局。そこでＤＪをやっている。しかしこれが重荷となって彼の良心に定期的にのしかかる。「自分の仕事を、何一つ信じるわけにいかないんだ」という言葉は、たいてい、吐き出すことができた。「信じようとはしてるんだ、でもほんと、無理なんだよ」そう言っては閉じこもってしまう。こちらのケアの届かない深いところまで。こういうときエディパはパニックしそうになる。今にも喚きだしそうな妻の気配を感じたのか、ムーチョは閉じた殻の中から舞い戻ってきたようだ。

「あなた感受性《センシティブ》が強すぎるのよ」　他に言うべきことは山ほどあるのに、口をついた言葉がこれだった。だって、その通りなのだ。中古車の販売員を二年やったムーチョは、その仕事が現代において担う意味に対して神経をすり減らしていた。勤務時間が苦痛でたまらない。毎朝、鼻の下から口髭感がゼロになるまで、上から三度、下から三度、新しく付け替えた刃が血をにじませるのもかまわず剃刀を走らせる。ナチュラル・ショルダーのスーツを買っても、それを仕立屋に持っていって、もともと細いその襟幅を異様なほど細くしてもらう。髪につけるのは水だけだ。それを櫛でなでつけて、ジャック・レモン風にぐっと後ろにもっていく。おがくずなどには特に敏感で、鉛筆の削り滓すら見つめられない。なぜなら自分の同類がこういうものをトランスミッションの異常音を消すのに用いるのを知っているから。ダイエット中なのにエディパと違ってコーヒーに蜂蜜を入れられないのは、あのトロッとした質感を持つものすべてが、不正なる粘液――エンジンオイルに混ぜ入れてピストンとシリンダー壁の隙間を塞ぐやつ――を強く想起させるから。あるときパーティからいたたまれずに帰ってきた、その理由が「クリームパフ」。「新車同然」という意味の中古車業界用語を、わざと自分の耳に届くように悪意を込めて誰かが言ったのだと勘違いして。じつは、ハンガリーから難を逃れてやってきたケーキ職人が、ただシュークリームの話をしていただけだったのに。とにかくムーチョは心の皮膚が薄すぎる。

だがその彼も車の意義は認めていた。認めすぎていたかもしれない。それもそうだろう、毎日毎日、自分より貧しいブラック、メキシカン、プア・ホワイトの連中が週に七日、列をなして、正視に堪えない車を下取りに出しにやってくるのだ。それらのポンコツは、彼ら自身の外延物《エクステンション》――というか、彼らの家族とその生活にエンジンをつけて鉄板で囲ったもののように見えた。そういうものが、自分のような見知らぬ人の目の前に、むき出しになって晒されるのだ。フレームはひん曲がり、車底は錆び付き、フェンダーの剝げた部分には、よく似た別の色で塗り直された跡があって、ムーチョの気分を、売値もろとも落ち込ませた。車内からは手の施しようがないほどに、子供の臭《にお》い、スーパーから買った酒の臭い、二代（ときには三代）にわたる所有者の喫煙の臭い、さもなくば単なる埃の臭い。オーナーが物を持ち去っていったあとは、彼らの生の残余物と対面しなくてはならなかった。それらのうちどれがほんとうの廃棄物で（あまりに物の足りない生活をしていると怖くて何でも取っておこうとするんじゃないかと彼は思う）、どれが（おそらくは悲劇的な）喪失物なのか。新聞から切り抜いた5¢、10¢の割引券。景品用のスタンプ。ピンク色したスーパーの特売広告、タバコだか何だかわからぬ吸いさし、歯の欠けた櫛、求人広告、破り取った電話帳のイエロー・ページ。時代物の下着やドレスのボロ布はフロントガラスを拭くためだろうか。それで自分の息を拭って何を見ていたのだろう。ドライブインの映画？　通りすがりの女？　欲しくなるような車？　それとも、尋問の練習台にと自分の車が停められるんじゃないかと恐れながら警官の姿をこわごわ見つめていたのだろうか？——それらすべての上に、グレイの灰が降り積もっている。絶望のサラダにかけたドレッシングのように、こびりついた排ガスと、埃と、身体から剝離したものが、うっすらと積もっている。胸くそ悪いが、見ないわけにはいかなかった。いっそのこと廃車場に勤めていたら、ムーチョだって耐えられただろう。その道のプロになれていたかもしれない。事故でぐっちゃり潰れた車が入ってくることはあっても頻繁ではないだろうし、自分の日常と距離があるので、なにか奇跡的な出来事のように感じることができる。死というものが（自分自身に降りかかってくるまでは）奇跡のように思えるのと同じだ。でも毎週毎週続いていく終わりなき中古車交換の儀式は、暴力や流血にまで達することはけっしてなく、そのまことしやかな様相こそが、感じやすいムーチョには耐えきれなかった。このいつも変わらぬ灰色の胸くそ悪さを浴び続けるうち、いつか免疫ができるということはあるかもしれない。だが、客の一人ひとり、その影の一つひとつが、凹みと不具合だらけの分身を持ってきて、希望のなさにおいてそれと一歩も変わらない他者の生が投射されたポンコツと交換していく――それが当たり前のように続いていくその現場に平然と立っていられるムーチョではなかった。ひどすぎる、と彼は思った。果てしなく同族が巻き込み合う、近親相姦の図じゃないか。

エディパに理解できないのは、今に至ってなおうなされ続けているところだ。ラジオ局KCUFに転職したのは、結婚する二年前のことだった。もうあの不健康な騒音だらけのハイウェイ沿いの車置場《ロット》のことは忘れてくれてもいいのでは。上の世代の夫婦にとっての第二次大戦か朝鮮戦争みたいに、遠い過去に退いてくれてもいいのではないだろうか。戦争に行っていた方がよかったのかも、と、罰当たりにもエディパは思う。木立に潜む日本兵、タイガー戦車を操るドイツ兵、トランペットを手にした闇夜の朝鮮兵、そういう手合いだったらムーチョも忘れられただろう。でも、あの車販売の敷地の記憶はどうしても無理のようで、五年を経た今もなお怯えている。五年もだ。うなされて汗をたらして悪夢の言葉を吐いている。心に刺さったトゲというのは、なだめて抱いてあげているうち取れるのが普通なのに、ムーチョはほんと、いつになったら忘れてくれるのか。エディパは思う――DJの仕事って(それを始めたきっかけはKCUFの善玉の広報部長が、番組スポンサーの中古車販売店に毎週足を運んでいたこと)、車置場の衝撃を和らげるバッファーのようなものじゃないかしら。トップ二〇〇をかけて、機械から打ち出されてくるニュース原稿を読んで、そうやって少年少女の渇きに応えるニセモノの夢を放つことがムーチョにとって護身なのじゃないかしら。

中古車置場のリアリティを信じすぎ、ラジオ局はまるでリアルに感じられないムーチョだったが、帰宅したようすは、悩み多き男とはとても見えない。夕暮れ時の居間で、大玉の汗をかいたシェイカーを、上昇気流の中の大きな鳥が翼を広げるようにして摑みとり、厚く立ちのぼる紫煙の渦の中心からほほえみかける。これだけ見れば、順風満帆、金色にして波静かな人生としか思えない。

それが、口を開いた途端、「今日ファンクのやつにさ」と、アルコールを注ぎ終わるのも待たずに始まるのだ。「君のイメージのことで話がしたいと呼びつけられた。オレのトークが気にくわんらしい」ファンクとは番組のディレクターで、ムーチョとは根っから合わない。「今のままじゃセクシーすぎるんだってさ。もっと若い父親風っていうか、年長の兄さんっていうか、そういうイメージでいけと言うんだ。リクエストしてくる女の子たちの声が、ファンクの耳には情欲丸出しに聞こえるんだろうな。オレのひと言ひと言が刺激してるみたいにさ。今後は電話のしゃべりを全部テープに収めて提出しろって言うんだ。それをファンクが自分で編集する――ってことは会話の最後の部分は全部カットだろう。そりゃ検閲だ、と言ってやった。『この密告野郎《フィンク》！』って叫んで、逃げてきたよ」ファンクとはだいたいがこんな具合。毎週のお決まりのやりとりである。

　エディパはメッツガーから来た手紙を見せた。ピアスとのことなら、ムーチョにはすっかり話してある。結婚する一年前に終わったことだ。手紙を読み終えた彼は目をパチクリ、瞬きの背後に隠れてしまおうというのだろうか。

「ねえ、どうしたらいい？」

「オー・ノー」とムーチョ、「オレじゃダメだ。所得税のこともわからんのに、遺言の執行なんて無理にきまってるだろ。ローズマンを頼るんだね」マース家の弁護士である。

「ムーチョ。ねえ、ウェンデル。関係は切れていたの。わたしを執行人に指名する前に、終わっていたことなのよ」

「知ってるよ。オレ、自分の力不足を言っただけさ」

　というわけで翌朝、エディパは言われた通りローズマンに会いに行った。その前に鏡の前で三〇分、アイラインを引こうとして小筆と格闘した。何度やっても瞼から離す前にラインがガクガクひん曲がってしまう。前の晩はほとんど寝付けなかった。またもや夜中の三時に電話が鳴ったのだ。心臓にグキッとくる、鮮明なベルが、一秒間鳴り止んで、ふたたび叫び立てる。無からの突然の襲撃に、二人とも最初のひと鳴りで目が覚めた。横になったまま、関節がつながらない。

二回目、三回目とベルが鳴っても、お互い顔を見合わせることもしない。失うものは何もないわ、と、エディパが受話器をとった。ドクター・ヒラリウスだった。彼女の精神分析医である。だがその声は、以前にピアスが真似をしたゲシュタポ将校のようであった。

「君を起こしたりしなかったろうね」無表情な声。「怖がってるみたいな声だぞ、薬《ピル》の方はどうだ。効かないのか？」

「飲んでないんです」とエディパ。

「脅威かね？」

「何が入っているかわからないんですもの」

「ただのトランキライザーだと言っただろ。信じられないのかね」

「先生を、信じる？」エディパは信じていなかった。理由は次の、彼の言葉に明らかだ。

「ブリッジ計画に一〇四番目がまだ要るんだよ」と言ってこの先生はカラカラ笑った。「ブリッジ」の名で（ときには「ブリュッケ」とドイツ語で）彼が呼ぶのは、ヒラリウスの協力を得て地元の病院が進めている薬物実験のことである。郊外の主婦を大量に募って、LSD-25とメスカリンとシロサイビンの効果を調べるプロジェクト。精神の深みへの「架け橋」というわけだ。

「スケジュール表に君を入れたい。いつになったらオーケーが出るんだね」

「出ません。頼む人なら他に何十万もいるでしょうに。今、夜中の三時よ」

「君が欲しい《ウィー・ウォント・ユー》」合衆国中の郵便局の前に張ってあるアンクル・サムの肖像が、ベッドの上、彼女の頭上の中空に浮かんだ。目は不健康に輝き、痩せこけた黄色の頬にはどぎつい紅が塗ってある。自分を欲しがる理由を、ヒラリウス先生に聞いてみたことは一度もない。どんな答えが飛び出てくるか、怖かったのだ。

「いまね、幻覚が見えてます。幻覚剤の必要はないみたいよ」

「語り始めんでくれ」彼はさえぎった。「で、ほかに話したかったことは？」

「わたしが、電話したんですか？」

「そのように感じた。この感覚、わかるかね。テレパシーとは違うぞ。医者と患者の通じ合い《ラポール》ってのは、ときに異様なレベルにまで達する」

「達してません」と言って電話を切る。が、あとが眠れない。だからといって彼にもらった錠剤を飲んだら破滅が待っている。文字通りの地獄落ち。何であれ、わたしは依存するのは嫌です、と先生にもきっぱり言ってあった。

「そうかい」先生は肩をすぼめて、「ワタシに依存していないの？　だったら去りなさい。君は治った」。

彼女は去らなかった。医者に魔力のようなものがあったせいじゃない。このまま通いつづける方が楽なのだ。それに治ったなんて誰にわかるだろう。先生には無理。彼自身、認めている。「クスリは別です」懇願しているエディパを尻目に、ヒラリウスはおかしな顔を作ってみせた。以前やってみせたのと同じ顔。定説からの愉快な逸脱のレパートリーを、彼は豊富に持ち合わせていた。彼の理論によれば、人の顔は、ロールシャッハのシミと同じく左右対称であり、TAT（主題統覚検査）の絵のように物語り、連想テストの単語のように相手の反応を引き出す。だったら治療に使えないはずがない。ワタシはこの顔で一度ヒステリー性の盲目症を治したと自慢するが、その顔とは、第37番「フー・マンチュー」（「顔」の多くに、通し番号と愛称がついているところは、ドイツの交響曲と一緒だ）。これはどういうのかというと、人差し指で両目をつり上げ、中指で鼻の穴をおっぴろげ、小指で口を左右に引っぱりながらアカンベエをする。ヒラリウスがこれをやるとほんとに危険を感じてしまう。そのフー・マンチュー顔がまさに今、エディパのアンクル・サムの幻覚と交代してフェイドインしてきた。そして夜が明けるまで消えずに残った。今朝のエディパは、実のところローズマンに会いにいける状態ではない。

一方ローズマンの方も、前の晩にテレビでやっていた「ペリー・メイスン」のことで悶々として、眠れぬ夜を過ごしていた。妻のお気に入りの番組なのだが、この法廷弁護士はローズマンには愛憎が激しく絡んだ対象だった。ペリー・メイスンみたいに成功したいと憧れながら、それはまるで不可能だから、なんとかこいつを葬り去れないかとその失墜を画策している。事務所のドアを開けたエディパは、掛かりつけのこの弁護士にとんだ不意打ちを食らわせてしまったようだ。色も大きさもまちまちな書類の束を、彼は慌てて引き出しにしまっている。それが何なのか、彼女は知っていた。『真の弁護士対ペリー・メイスン――きわめて現実味のある告発』の原稿。このTVドラマの放映開始以来書き続けている代物だ。

「以前は堂々と書いてたのに」エディパが言った。この二人、ときどき車で一緒にグループ・セラピーに出かける仲間である。もう一人、自分のことをバレーボールだと思っているパロ・アルト在住の写真家も同乗する。「罪悪感を持つようになったのは良い兆候、ですよね？」

「君がペリー・メイスンのスパイだったら困るだろ」と言ってからローズマンは、一瞬迷って「ハ、ハ」と加えた。

「ハ、ハ」と、エディパも合わせ、二人で顔を見合わせる。

「遺言を執行しないといけないのよ」エディパが切り出した。

「どうぞどうぞ。ぼくのことは、お構いなく」

「違うの」エディパは事の次第を全部話した。

「この男、なんだってまた……」手紙を読んだローズマンは計りかねている。

「死んだのかって？」

「遺言の執行人に、君を任命したりしたんだい」

「予測不能なのよ、あの人」二人でお昼を食べに出る。ローズマンはテーブルの下で足を伸ばしてエディパの足と戯れようとするのだが、ブーツを履いているエディパにはほとんどなにも感じられず、感覚から絶縁された彼女は咎めずにいることにした。

「ねえ、駆け落ちしないか」コーヒーが出てくるのと一緒にローズマンが言った。

「どこへよ？」と質問されて、ローズマンは口をつぐんだ。

オフィスに戻ると、彼は簡略な説明をしてくれた。帳簿と事業をていねいに調べ、遺言の検認をし、借金を集め、財産の目録を作り、不動産を査定して現金化するものとそのまま保持するものとを決定する。返済要求に応じ、納税をすませ、遺産を分配する……。

「ねえ」とエディパ、「誰かに代わってもらうことはできないの？」

「そりゃ、ぼくも」とローズマン、「手伝わなくはないけどさ。しかし君も興味はあるでしょ？」

「何に？」

「何が出てくるかってことに」

事が進んでいくにつれ、彼女はあらゆる種類の啓示を得ることになった。ピアス・インヴェラリティについて、ではない。自分について、でもない。失われていなかったのに、なぜか今まで引っ込んでいたものが姿を見せるかのような展開になったのである。今まで、どこか絶縁された感じがあった。世界に張《インテンシティ》りがない、というか、観ている映画のスクリーンがピンボケなのに映写係が直してくれない、みたいな感じがあった。だから彼女は、自分をやさしく騙して、憂いに沈む幽閉の姫のような役回りを演じていた。なにかの魔法で、キナレットの松林と潮気を含んだ霧のなかに捕らわれてしまった。いつか誰かがやってきて「ヘイ、ラプンツェル、髪の毛、下ろしなよ」と言ってくれるのを待っているお姫さまが自分なのだ、と。で、ピアスが来たとき、喜び勇んでピンとカーラーを外したら、サラサラとエレガントにしだれ落ちた彼女の髪は、ピアスが半分登ってきたところで――いかなる呪術師の仕業か――大きなカツラに早変わり。頭からスポッと外れ、ピアスはそのままもんどり打って尻から落ちた。めげないピアスはおそらく手持ちのクレジット・カードの一枚を差し入れたのだろう、扉をこじ開け、エディパを捕らえた塔の、巻貝みたいな螺旋階段を上ってきた。最初からそうすればよいものを、なかなかすぐには正しい策が出てこない人だった。だが、あの時期、彼との間で続いたことも、幽閉の魔力から彼女を解放してはくれなかった。メキシコ・シティに旅した二人は偶然、美しきスペインの亡命画家レメディオス・バロ展に入った。『大地のマントを刺繍する《ボルダンド・エル・マント・テレストレ》』と題したトリプティックの中央の絵には、ハートの顔と大きな目、金糸の髪をした乙女らが、円筒形の塔のてっぺんの部屋で一種のタペストリーを織り込んでいる。その織物がスリットのような細窓を抜けて虚空に出て行く。懸命に虚空を満たそうとして——というのも、他の建物も生物も、波も船も大地の森も、すべてはそこに織り込まれたもの、この織物こそが世界なのだ。エディパは依怙地にもその絵の前から離れず、立ち尽くしたまま泣いた。濃緑色の「ぷっくり色眼鏡《バブル・シェード》」をかけていた彼女は一瞬、レンズのまわりがピタリと眼窩にくっついて、溢れ出る涙を堰き止めてくれるような気になった。レンズ内の空隙に、自分はこの先ずっと涙を溜めたまま生きていくことになるのだろうか。この悲しみを、この先ずっと湛えたまま、涙ゆえに屈折する世界を見続けるのか。別な涙には、別の（未だ知られざる）屈折指数のようなものがあって、そのつど世界を、別な形に歪めて見せるのか。そう、あのとき自分の足もとを見てエディパは確信した——今わたしが立っているここも、二〇〇〇マイル北方の自分の塔で織られたものにすぎない、と。そのことを、一枚の絵が教えてくれた。ここはたまたまメキシコと呼ばれる場所なのであって、ピアスはわたしをどこにも連れ出していない。脱出なんてありえないんだ、と。そもそも何からそんなに脱け出したいと思っているのか。幽閉された乙女は、考える時間は充分あるから、やがて悟る。自分が捕らわれた塔は、高さも建築様式も、自我《エゴ》と同じで、偶然の所産にすぎない。本当にわたしを捕らえているのは、外から理由もなく訪れる、名もない、邪悪な、魔法の力なのだと。それはもう、形のない魔力というしかないのであって、体に感じる恐怖と女性的な狡猾さをもって対するしかない。その作動の仕組みを理解し、磁場の強さを測定し、力線の数を数えようにも無理なのだ。迷信に頼るか、刺繡みたいな便利な趣味に走るか、さもなくば気を違えるか——それとも、ＤＪと結婚するか。だって、他に何ができる——塔が世界を覆っていて、救いの騎士も魔法を打ち破れないとしたら？

2

だからキナレットの家を出たときのエディパには、新たなことへ向かっているという意識は全然なかった。謎多き夫ムーチョ・マースは、近頃お気に入りの、でも心からは信じちゃいない、英国バンド、シック・ディック＆ザ・フォルクスワーゲンズの「足にキスしたい《アイ・ウォント・トゥ・キス・ユア・フィート》」を口笛で吹きながら、ポケットに手を突っ込んで、エディパがしばらくサン・ナルシソに行って、ピアスの帳簿や記録を調べて、メッツガーさんていう共同執行人と相談しなくちゃいけないの、と説明するのを聞いていた。そして、戸口で寂しそうな顔をしたが、絶望的な顔ではなかったので、ヒラリウス先生から電話が来たら切っちゃうのよ、それと庭のオレガノ、奇妙なカビがついたんだけどよろしくねと言って、エディパは車をスタートさせた。

サン・ナルシソへは南へ降りる。ロスの近くだ。それは一つの町というより、これがカリフォルニア的というのだろうか、一群のコンセプトをまとめあげたという感じで、人口の構成と、特殊債券の発行と、ショッピングの観念を一くるみにして、町を跨いでいく一本のフリーウェイに接続する何本かの道でつないだ形をしている。だがこの地こそ、ピアスが居を構えた司令中枢《ヘッド・クォーター》だった。彼がここで土地の投機を始めたのが十年前のこと。以来資本投下を続け、いかにやくざでグロテスクなものだったとしても、ここに台座を築き、この地から天に向けての成長を遂げたのだった。でもそれなら、何かもっと、独特なオーラみたいなのが漂っていてもよさそうなのに、この町は、他の南カリフォルニアのどことも本質的な違いはなかった。あったとしても、最初の一瞥では不可視だった。日曜日のサン・ナルシソ市にシボレー・インパラのレンタカーで入ってゆく。丘の上から見下ろすとまぶしくて目を細めずにはいられない。この町の家並みが広がるさまは、よく手の入った畑のようだ。くすんだ褐色の土から、家々が一斉に生えてきたかのように見える。エディパは以前トランジスタ・ラジオの中を開けて電池を替えたとき、印刷された回路のカードを初めて見て、眩暈のような感覚に襲われたのを思い出した。この高みから目にした、家々と道路との規則的な渦巻きの図を見て、あのときの、襲いかかる明晰さの不意打ちを味わったのだ。ラジオについては、南カリフォルニア以上に無知なエディパだったが、どちらの図からも、神聖文字的《ヒエログリフィック》な感覚というのか、背後にある隠れた意味を伝えようとする意図が感じられた。あのときも回路図は（心を澄ませて聴いていたら）限りなくさまざまなことを彼女に告げたかもしれない。それと同じ啓示の予兆が、サン・ナルシソに着いて一分後、ほとんど彼女の理解が届きそうなところで揺らめいたのだ。地平線は四方をスモッグの霞みに囲まれ、明るいベージュの農耕地を照らす太陽が目に痛い。彼女とシェビーとは、奇妙に宗教的な瞬間の中心に停《と》まっていた。まるで、周波数のダイヤルをちょっと動かすだけで、あるいは今ほのかに巻き起こったスローな旋風――それは彼女の火照った肌には少しも涼しく感じられないけれど――その中心に歩み寄るだけで、〈言葉《みことば》〉が聞こえてくるかのようだった。そのレベルまで彼女の存在は揺らいだ。そのとき夫のことを思った。自分の仕事を信じようと努めているムーチョ。防音ガラスの向こう側に、ヘッドセットをつけた同僚を見ながら彼が感じてきたのも、これと似た感覚なのだろうか。次のナンバーのキューを送る、同僚の儀礼的な手の振りは、聖香油《クリスム》、香炉《センサー》、聖杯《カリス》を振る聖職者のそれと一緒だが、ムーチョが波長を合わせるのはヴォイスだ。声たち。音楽とそのメッセージ。声に囲まれ、その声が電波に乗って届く先にいる大勢の信奉者たちと一緒に、声を堪能《ディグ》する。ムーチョも、そのスタジオAを外から覗き込み、声を聞いていながら、信じることのできない自分を感じていたのだろうか。

この清透なる瞬間はやがて、日射しに雲がかかるように、スモッグが厚くなるように、かき曇り、それとともにこの、何というか一種「宗教的な瞬間」も途絶えた。エンジンをかけ、歌うアスファルトの上を時速七〇マイルくらいまでは踏み込んだろう、ロスへ続くと思しき幹線に入り、そのままとある小さな居住地区《ネイバーフッド》に入る。地区といっても一本の道路に沿ってかぼそく続く通行権以上のものとも思われない。両側に車の売場、取引仲介事務所、ドライブイン、小さなオフィス・ビルや工場が立ち並ぶが、そのストリート・ナンバーは、七〇番台から突如八〇〇〇〇番台に上昇する。こんなに桁の多い住所表示を見るのはエディパも初めてだった。不自然な気がした。そのとき左手の行く手に点々と、幅広のピンクのビルが見えた。周囲に何マイルにもわたって有刺鉄線付きのフェンスが張り巡らしてある。フェンスの切れ目は監視塔だ。まもなく正門が後景へ飛び去った。門の両側に二本ずつ、六〇フィートの高さのミサイルが見えた。ＹＯＹＯＤＹＮＥの社名は控えめに、ロケットの鼻先に書かれている。これがサン・ナルシソの雇用を支える巨大な宇宙関連企業ヨーヨーダイン社の「銀河電子工学支所《ギャラクトロニクス・ディヴィジョン》」である。ピアスはここの大株主で、そもそも社の誘致に当たって行政区の税額査定官と話をつけるのにひと役買ったということも、エディパは聞いていた。町の創立者というのは、そういうこともするんだ、とピアスは説明していた。

有刺鉄線が途切れると、また見慣れたベージュのプレハブやシンダーブロックの建物の行進だ。事務機器代理販売店、封蠟メーカー、高圧ガス・シリンダー製造工場、ファスナー製作所、倉庫、その他もろもろ。日曜日なので音もなく、動きもない。たまに不動産事務所やトラック用の休憩所が開いているくらい。エディパは次にモテルが見えたらそこに入ろうと決心した。汚くてもいい。四枚の壁があって、静止できるのならそれでいい。見せかけのスピードと自由、髪に吹き付ける風と、だんだん巻き解《ほど》けていくような景色が織りなす幻想よりましだと思う気持ちになった。

だってそれは本当じゃないんだから。この道路は本当は皮下注射の針なのであって、この先どこかでフリーウェイの静脈に刺さっている。この針が、ＬＡという麻薬《ヤク》の患者を養っているんだ、これのおかげでＬＡはなんとかハッピーに機能する全体でいられる、その苦痛から、都市が苦痛に感じている何かから、守られているのだと。だが、もしエディパが血に溶け込んだヘロインの結晶の一粒だったとしても、何の違いもないではないか。彼女が入っていかないからといって、ＬＡというジャンキーの見る幻想に違いが生まれるわけではない。

　だが、次のモテルを見たとき、彼女は一瞬ためらった。彩色した金属板製のニンフ像が建っている。その手に握られた白い花は地上三〇フィートまで差し上げられ、白昼にもかかわらず〈エコー・コーツ　Echo Courts〉という電光文字が光っている。ニンフの顔がエディパに似ていたことよりもビックリさせられたのが隠れた送風装置で、風が送られるたびにニンフのまとう薄物ガウンがまくれ、巨乳の先端についた朱色の乳首と、長いピンクの太ももが露わになる。紅を塗った口元は万人受けするほほえみを浮かべていて、特に娼婦風というわけではない。それでも、ナルキッソスを思い焦がれるニンフの顔とはほど遠かった。駐車場に停め、車から出てきたエディパはぎらつく陽光、動かぬ空気の中に立ち、頭上の人工突風が薄衣を五フィートも吹き上げるのを眺めて、また先ほどの、ゆっくり旋回する風と、耳に聞こえぬ言葉を思った。

　部屋もまあまあで、短い滞在に支障があるとは思えなかった。向こうのドアから、プールのある長い中庭に出られるようになっている。水面は今日は平らか、日射しをキラキラ反射していた。

その奥まったところに泉があって、もう一体、ニンフがいる。一切が静止したまま。他のドアの背後に人がいようと、エアコンが騒音を立てる窓の向こうから人がこちらを見ていようと、いずれにせよ、こちらからは何も見えない。見たところ十六歳の高校中退生という感じの、ビートルズ風のマッシュルーム・カットで、襟もカフスもないシングルのモヘア・スーツを着た管理人が近づいてきて、エディパの荷物を持って、ひとり鼻歌を歌っている。いや、彼女に向けて歌っているのか。

《マイルズの歌》

おデブはフルーグ踊れないと
きみはいつも言うけれど、
だめさ、ぼくはヘコまない
だって、ぼくはヒップだし
ヘイヘイ、大きな口をふさいで
デブでフルーグ踊れなくても
ヤセじゃなければスイムは踊れる
イェイ、ベイビー、踊れるのさー

「かわいいこと」とエディパは言った。「でもどうして、歌うときはイギリス発音なの？　話すときは違うのに」

「バンドやってるんだけどさ」とマイルズが説明する。「〈ザ・パラノイズ〉っていうのよ。結成まもないんだけどね、で、マネージャーが言うの、ブリティッシュ風に歌えって。オレたち、イギリス映画とかいっぱいみて発音仕入れてるんだぜ」

「主人がディスク・ジョッキーしてるの」エディパは優しい。「たかだか一〇〇〇ワットの小さな局だけど、テープか何かに吹き込んだのがあれば、かけてもらえるわよ」マイルズはドアを閉め、流し目を送っている。「そのお代っての、ありますよね」と言いながら近寄ってきた。「ほしいもの、想像つくんですけど。ぼく、すぐ買収されちゃうたちなんだ」エディパは最寄りの武器を手に取った。ウサギの耳型のアンテナ。「オーッ」と言ってマイルズは静止した。「オバサンにまで嫌われちゃった」垂らした前髪の向こうで目が光る。

「あなた、ほんとにパラノイドね」エディパが言った。

「ぼくの体、若くてツヤツヤですよ。熟女の人って、そういうの、好きなのかと思った」そう言って彼は出て行った。荷物運びのチップ五〇セントをちゃんとせしめてから。

その晩、弁護士のメッツガーが現れた。この男があまりにハンサムなのでエディパは〈かれら〉——誰か上で仕切っている者——に担がれているのかと思った。これはきっと俳優さんに違いない。夜空を映した長方形の水面がやさしく光を反射する、そのプールを背にして戸口に立つ美男子が、まるで咎めるかのように「ミセス・マース」と言った。瞳は異様に大きく、目線は柔らかく、睫毛が豊かだ。彼の目が彼女の顔を覗きこんで意地悪く笑った。エディパは思わず、相手の周囲を見回した。どこかに反射板とマイクロフォンとカメラ・ケーブルがあるかと思ったのだが何もない、粋なボジョレのワイン・ボトルを手にした男が一人立っているだけ。去年フランスからカリフォルニアに密輸したんですよ、沿岸警備隊の目をかすめてね、と、上機嫌で宣言する法破りの弁護士氏。

「オーケーですよね」ささやくように、「丸一日モテルをまわってあなたを探したんだ。お部屋におじゃましますよ」。

その晩エディパは、部屋のテレビで「ボナンザ」を見ることくらいしか予定はなかった。自分の容貌にも臆するところはない。デニムのストレッチ・スラックスと、毛羽立った黒のセーターに着替えたし、髪もゆったり垂らしている。「お入んなさい。でもグラスが一つしかないの」

「いや、僕なら」と、伊達男ぶるメッガー、「口飲みで結構」。スーツ姿でフロアに坐り込む。栓を抜き、エディパのぶんをグラスに注いでメッガーは話し始めた。まもなくわかったのだが、さっきの勘は当たりだった。メッガーは本当に役者だったのだ。二十数年前は「ベイビー・アイゴア」という芸名で映画に出ていた子役スター。「母親にね」苦々しく彼は言う、「すっかりユダヤ式に正しく《カシャー》調理されたんですよ。まるで台所の肉《ビーフ》状態。絞り落として白くされた。ときどき」

と言って後頭部の髪をなでつけ、「母親にすっかり抜きとられちゃったんじゃないかって。嫌ですね、コワイ。ほら、その手の母親にかかると男の子は……」

「いいえ、あなた、そんなふうには全然……」と言いかけてエディパは口をつぐんだ。

メッツガーは苦々しく歯をむき出して笑った。「どう見えるかなんて、もはや意味ないです。僕はルックスの内側で生きてます、だから自信がない。自分がダメな可能性にいつも悩まされてるんだ」

「で……」相手の言葉がカラッポだということに気づいたエディパがたずねた。「その言い寄り方、成功率はどのくらい？　アイゴアちゃん」

「知ってました？」とメッツガーがたずねる、「インヴェラリティ、僕に、一度だけ、あなたのこと話しましたよ」。

「親しかったの？」

「いやいや。遺言状は作成したけど。あなたのこと、何て言ったか知りたいでしょ？」

「いいえ」とエディパは言って、テレビをつけた。性別不詳の子供の姿が徐々に画面に広がる。むき出した膝を神経質そうに揃え、肩まで垂れた巻き毛は、一緒にいるセント・バーナード犬の毛よりも長い。二種類の毛が混じり合う。そのうち犬の長い舌が子供のバラ色の頬を舐めはじめた。子供は顔をくしゃくしゃにして訴えるように、「だめだよマレー、やめてよ、ぼく、ビチョビチョになっちゃうじゃないか」。

「あっ、あれ、僕ですね、僕だ」メッガーが大声を上げる。「まいったなあ」

「〝あれ〟って、どっちが?」エディパがたずねた。

「あの映画のタイトルは……」思い出したとばかり指を鳴らして、「『カシアード――追放されて』*」。

「あなたとお母さんのお話?」

「この子とお父さんの話。臆病な行動で英国陸軍から除隊処分になるんだが、実はそれ、友人を守るためにやったことでね、名誉挽回のために、息子と一緒に連隊の後を追ってガリポリまで行くんだ。そこで、なんとかかんとかミニ潜水艦を造る。そうやって毎週二人でダーダネルス海峡を抜けて、マルモラ海に出てトルコの商船を攻撃する。父と子と聖《セント》バーナードによる魚雷攻撃だよ。聖バーナードが潜望鏡の見張り役で、何か見えるとワンワン吠えるんだ」

エディパはワインを注いでいる。「うそでしょ、それ」

「ほら、聴かなきゃ。ここで僕が歌うんだから」その通り、子供と犬と、どこからともなくツィターを持って現れた陽気なギリシャの老漁師が、ドデカネス諸島の海に沈む夕陽を描いたパネルを前にたたずむシーン。子供が歌う。

《ベイビー・アイゴアの歌》

ドイツの蛮族、敵じゃない
オスマントルコもこわくない
マイ・ダディー、マイ・ドギー、アンド・ミー
危機また危機を乗りこえて
二人と一匹、三銃士
続くぞ、希望の行進だ
潜望鏡の向く先は
コーンスターンティノープル
もいちど敵軍突破して、浜辺で戦う味方を助く
マイ・ダディー、マイ・ドギー、アンド・ミー

ミュージックはここでつなぎ《ブリッジ》の八小節へ。ツィターを弾く老漁師をフィーチャーしたあと、子供のメッツガーが最初に戻ってリードをとり、ブラウン管のこちら側で大人のメッツガーが、エディパがやめてと言うのも聞かず、ハモリ始める。

＊ ユダヤ教の戒律に則して調理された食べ物を「コーシャー Kosher」または「カシャー Kasher」と形容するが、この言葉は動詞にもなり、メッツガーによれば彼は母親からすっかり「カシャーされた」（戒律通りに育てられた）。映画のタイトルは Cashiered（懲戒免職されて）で、発音は似ているが別の語。

彼、口から出任せを言ってるのかしら、と急にエディパは不安になった。それともこれは、すごく念入りな策謀なのかしら。地元テレビ局の技師まで買収してこんな映画を放送させて、それでわたしを誘惑する大がかりな陰謀ゲームが始まってるの、ねえ、メッガー。

「一緒に歌ってくれないんだ」と彼に言われる。

「知らないんですもの」と言ってほほえむ。ファンゴーソ・ラグーンのけたたましい宣伝が始まった。ここから西方向にある新興住宅地である。

「これもインヴェラリティの事業なんですよ」メッガーが説明を始めた。各戸モーターボートの乗り場付き、すべて運河でつながっている。人造湖があって、その中央に水上コミュニティー・ホールがある。当然、湖底にはガリオン船が沈めてある——バハマから輸入して修復したのを。アトランティス大陸の遺跡としては、柱頭の一部の装飾壁の割れたやつを、カナリア諸島から調達してきた。イタリアからは本物の人骨を浚《さら》ってきて、インドネシアの巨大な貝殻も一緒に沈めた。スキューバ・ダイビングのお楽しみにとのこと。画面に地図が映し出される。エディパはハッと息をのんだ。メッガーは、自分への合図かと思って次の動きを見守った。でも彼女はただ、今日の昼に丘の上から住宅地を眺めたときの経験を思い出したのだった。自分を貫くような何かを、今また感じた。聖なる存在の顕現の予感を——印刷された回路、緩やかにカーブする道路、湖への私的な進入《アクセス》、死者の書……。

エディパの動揺が収まらぬうち、「カシアード」の続きが始まった。ミニ潜水艦の名は、死んだお母さんの名をとって〈ジュスティーヌ号〉。準備を整えて波止場に停泊中だ。パラパラと何人か見送っている。なかには例の老漁師と、まだ少女と呼ぶべき娘さんがいる。脚のすらっと細い、巻き毛の小悪魔《ニンフェット》で、ハッピーエンドのシーンでは、きっとこの子がメッガーと手をつないで登場するのだろう。もう一人、英国から派遣されたミッション系の、グラマーな看護婦さんがいて、こちらは父親と結ばれそうだ。ご丁寧に、雌の牧羊犬までいて、セント・バーナードのマレーを見つめてうっとりしている。

「そうですよ」とメッガーが言った。「ここで苦難が訪れるんだ。ケペズの機雷原があるのに加えてね、海峡の一番細くなったところに、ドイツ軍が巨大な網を仕掛けてる。二インチ半もある鋼索を編んだやつだよ。ひどいだろ」

エディパは自分のグラスにワインを注ぎ足した。二人は、軽く体側が触れあう位置で、ゴロリ横になっている。と、テレビから突如大きな爆音が聞こえた。「地雷だ!」メッガーは頭をかかえて、向こうへ転がった。「ダディー!」テレビの中のメッガーが泣き声を立てる、「こわいよー」。潜水艦の中は大混乱。狂走する犬の撒き散らすヨダレが、防水壁の割れ目から飛び込んでくる飛沫と混じる。父はその割れ目にシャツを突っ込みながら、「なんの、まだ大丈夫だ。海底まで沈んでネットの下をくぐるぞ!」

「バカだよね」とメッガー。「ネットにはちゃんと門《ゲート》があるのに。そうでなけりゃ、Uボートが英国艦隊を攻撃しに出て行けないじゃないか。英軍のE級サブマリンもみんなその門《ゲート》を使ってたわけでしょ」

「どうして知ってるの？」

「だって、そこにいたんだから」

「そうだけど……」と言いかけて、ワイン・ボトルを手にしたらもう空だった。

「はい、どうぞ」とメッガーが、上着のポケットからテキーラの瓶を差し出した。

「レモンは？」エディパの声は、映画のセリフの軽妙さだ。「ソルトもないの？」

「そういうのって観光客用でしょ。あそこへ行ったとき、インヴェラリティ氏はレモンをお使いでした？」

「あそこへ行ったって、どうして知ってるのよ」エディパは、グラスの中身が増えていくのを見つめている。液面の上昇と共に、憎らしさが募る。

「あの旅行、必要経費で落としてるの。僕、税理を担当しましたから」

「お金つながりか」エディパは考え込んだ。「あなたって、ペリー・メイスンの同類なのか。法の抜け道ばっかり詳しいの。イカサマなんだから」

「僕らの美しさにも目を向けてほしいなあ」メッガーの説明が始まった。「果てしなく巻き込み合う形態美。いいですか、法廷で陪審員の前に立つ弁護士は役者でしょ？ レイモンド・バーという役者が演じる弁護士が、陪審員の前で役者になる。僕は、むかし役者で、今は弁護士。実はね、僕の経歴を元にしたＴＶシリーズを作るというんですよ。それで、今そのパイロット版を撮ったんだけど、主演が友だちのマニー・ディプレッソってやつでね。こいつは元弁護士で、事務所を辞めて役者になって、そいつが僕の役──役者から弁護士になって、法廷で繰り返し役者をやる男──を演じるんだ。フィルムはハリウッドのスタジオの、エアコン付きの倉庫に入っている。光による品質劣化もないから、このグルグル回りが何度でも際限なく再生できるわけさ」

「ほらほら、あなた、たいへんよ」画面を見つめてエディパが言った。彼のズボンと自分のスラックス越しに、温もりが伝わってくるのを感じながら。まもなく──

「トルコ軍が海上からサーチライトで探してるだろ」メッガーがテキーラを注ぎ足すと、潜水艦の中の水位が上がった。「パトロール船にはマシンガンもある。これからどうなるか賭けてみるかい？」

「いやよ」とエディパ。「だって過去につくられた映画だもの」メッガーはほほえんでいる。「際限なく再生できるんでしょ？」

「でもあなたはまだ知らないんだから。見たわけじゃないし」CMタイム。耳をつんざく音量でビーコンズフィールド・シガレットの宣伝が流れる。フィルターに骨を焼いた最高級の炭を使っているとの触れ込みだ。

「骨って、何の骨？」

「インヴェラリティは知ってたよ。フィルターの工程のうち51パーセントは彼の所有だったから」

「言ってよ」

「いつかね。逃げられるかどうか、今賭けないとダメだ。最後のチャンス。どっちにする？」

エディパは酔っているのを感じた。理由もなく、この勇敢なトリオは助からないかもしれないという気がした。映画はこの先どのくらい続くのだろう。それもわからない。腕時計に目をやると、いつのまにか止まっていた。「バカな質問ね。脱出できるに決まってるじゃない」

「どうして？」

「この手の映画はみんなハッピーエンドに決まってるの」

「みんな？」

「たいてい」

「確率が下がりましたね」と、したり顔のメッガー。

その顔をグラス越しに見て、「じゃ、オッズをちょうだい」。

「それを言ったら、答えをあげるのといっしょですよ」

「それじゃーね」思ったより大きな声が出てしまう。すこし不安になってきたのか。「お酒はどう？　テキーラ一本。脱出できなかったって方に賭けるわ」まんまと言わされてしまった気がした。

「脱出できなかった――って方にワン・ボトルね」メッガーは考え込む。「いやあ、もう一本ボトル開けたら、きっとあなた寝ちゃうから、それ……」決然と、「ダメ」。

「あなたは何を賭けたいのよ」　答えはわかっていた。にらめっこが始まった。どちらも負けずにそのまま五分とも思える間、続いた。テレビのスピーカーからCMがつぎつぎ流れる。エディパのなかでイライラが募った。お酒のせいか？　それとも、ただ映画の続きが待ちきれなくてか？

「いいわよ」とうとう折れる。わざとダミ声を出して、「賭けるわ。お好きなもの何でも。あなたたち、助からない。みんなダーダネルス海峡の底に沈んで魚の餌食になっちゃうの。ダディーちゃんも、ドギーちゃんも、あなたも！」

「オーゥ・ケーィ」メッガーの母音が伸び、それと一緒に手も伸びてきた。賭け成立の握手かと思いきや、取った彼女の手のひらに唇をよせ、その運命の畝、彼女のアイデンティティの変わらざる塩の線影《ハッチング》に、ざらついた舌先を這わせようとする。これって、いま本当に起こっていることと？　どうなんだろう。死んだピアスと最初にベッドを共にしたときと同じだけリアルなのか。

だが、映画の続きが始まった。

絶壁に砲弾であいた穴があって、父親が体を屈めている。そこはアンザック軍団*の上陸地点で、トルコ軍の銃弾がどんどん飛んできている。ベイビー・アイゴアも、愛犬マレーの姿もない。

「ねえ、これ何よ……」

「まったくあいつら、乗っけるリールが違うだろ」

「ねえ、これ、前なの後なの？」と言いながらテキーラ・ボトルに手を伸ばすと、左の胸が彼の

＊　オーストラリアとニュージーランドの連合軍。

鼻先に触れそうになった。ひょうきん者のメッガーは、寄り目をせずにいられない。

「それを言ったら、答がわかっちゃうもの」

「ならいいわ!」と、パッド入りのブラの先で彼の鼻をつついて、「教えてくれなきゃ、賭けは取り消しよ」。

「そりゃだめだ」と、メッガーは動じない。

「あそこにいるの、彼が元いた連隊? それだけでも教えて」

「いいともさ。質問は許す。でも答えるのと引き替えに、一枚ずつ脱いでもらいますからね。ストリップ・ボッティチェリって、知ってました?」

エディパは名案を思いついた。「いいわよ。でもその前にちょっとだけ、バスルーム使わせてもらうわね。目をつむって。あっち向いて。覗いちゃダメよ」画面には石炭輸送船〈リバー・クライド号〉が二〇〇〇人の兵士を乗せて、セッデルバヒルの海岸に停泊している。不気味な静けさだ。「みんな、いよいよだぞ」英国式を真似た英語のひそひそ声。突如、陸地で構えていたトルコ軍の無数のライフル銃が一斉に火を噴いた。虐殺シーンの始まりだ。

「このパート、知ってるよ」目をつぶったまま、顔自体を画面からそらしたまま、メッガーが言った。「海岸線の五〇ヤード先まで血で真っ赤に染まったんだ。テレビでは見せないけどね」エディパが飛び込んだバスルームには、ウォークイン・クローゼットが付いていた。急いで裸になると、持参の衣類のありったけを出して重ね着を始める。色とりどりのパンティ六枚。ガードル、ナイロンのストッキング三足、ブラジャー三つ、ストレッチ・スラックス二本、ハーフ・スリップ四枚。黒のシース・ドレスの上には、サマードレスを二着着込み、Aライン・スカートを半ダース、セーター三着、ブラウス二着、キルト地の肩掛け、ベビーブルーのペニョワール、そして最後にオーロン地のムームーをひっかぶった。もちろん、ブレスレットと飾りピンとイヤリングとペンダントをありったけ身に着けるのも忘れない。一体どれだけ時間がかかったことか。支度ができたら、歩くのも自由にならない。フルサイズの姿見に映った自分を見てしまったのが失敗だった。プッと吹き出した拍子にステンと転んだ。そのはずみで、洗面台にあったヘア・スプレーの缶が落下。床に当たった拍子に、缶のなかの何かが壊れ、強烈な圧力を受けて噴霧化の過程がいっぺんに進行した。その噴出力で缶が飛ぶ。猛烈なスピードでバスルームを飛び回る。飛び込んできたメッツガーが見たのは、起き上がろうにも起き上がれずに床を転げ回っているエディパ。飛びあたりはベットリむせかえるようなラッカーの芳香だ。「すっごいや」ベイビー・アイゴアの声色でメッツガーが言った。シューシューと悪意の息を吐きながら、缶はトイレに当たって跳ね返り、メッツガーの右耳の数ミリ先をかすめていく。彼は床に身を伏せて、エディパと一緒にうずくまるが、その間にも缶は四面の壁にぶつかりながら飛び回っている。向こうの部屋から、重々しいクレッシェンドをなして、軍艦の砲撃音、機関銃と榴弾砲と携行火器の発射音、歩兵隊の断末魔の絶叫が聞こえてくる。死んでいく歩兵らの断末魔の叫びと、途中でぶち切れた祈りの声も。メッツガーの瞼を横切って視線を上に向けたエディパは、こちらを見下ろす天井の明かりを見返した。

ぎらついた視界。そのなかを光を跳ね返しながら狂おしく横切るスプレー缶。その噴出力は無尽蔵に思えた。怖いが、だからといって酔いは醒めない。なぜだか、缶自身が、飛んでいくコースを知っているようにエディパは感じた。というか、この速度についていける、神様か、あるいは電子計算機《デジタル・マシン》になら、それの複雑な網目状の飛跡を、予め計算で知ることができるだろう、と。だが彼女にはついていけない。時速一〇〇マイルもあるかと思えるスピードで、今にも自分にぶつかってきそうだということしかわからない。「メッツガー！」エディパは呻いて彼の上腕にシャークスキンの袖の上から噛みついた。この部屋のすべての物が、ヘア・スプレーの匂いを発している。缶が鏡にぶつかって跳ね返った。一瞬、鏡に銀色の網状組織の花が咲き、そのまま一瞬とどまった後、ジャラジャラと音を立ててシンクの中へ崩れ落ちた。シャワー室に入った缶は、曇り硝子のパネルに当たってそれを粉砕し、それから三方のタイルの壁で跳ねて天井に当たり、それ自身の歯擦音と、テレビから来るディストーションのかかった騒音がうなる中、照明の脇を抜け、ひれ伏す二人の体の上を飛び回るのだった。永遠に終わらないかと思ったが、やがて空中で失速し、ストンと床に落ちて、エディパの鼻先一フィートのところで止まった。彼女は横になってそれを見ている。

「マブい《ブライミー》」誰の声だろう。「すんげえ」　メッツガーの腕に噛みついていた口を離して見回すと、ドアのあたりに前髪を垂らしたモヘア・スーツの青年がいる。マイルズ一人ではない。四人いる。同じ若者が四人。これがザ・パラノイズなんだろう。それにしても、まるで見分けがつかない。四人のうち三人はエレキ・ギターを抱え、あんぐり口を開けている。その彼らの脇の下から、膝頭のあたりから、女の子の顔もいくつか覗いている。「すっごい、変態《キンキー》」女の子の一人が言った。「ロンドンから来たんですかあ」もう一人がたずねる。「こういうの、ロンドンで流行《はや》ってるの？」ヘア・スプレーの霧がただよい、床はガラスできらめいている。

「おどろきモモノキ」と、マスター・キーを持った男の子が締めくくる。そうか、これがマイルズか、とエディパは合点した。その子が、うやうやしく、前の週に出かけたというサーファー仲間の乱行パーティの話を余興に始めた。五ガロンの缶いっぱいに詰めた肝臓脂肪、サンルーフつきの小型車、それに芸のできるアザラシも出てくる。

「そんなのに比べたら、このくらい何でもないから」と、なんとか体を回すことに成功したエディパが言った。「みなさん、さ、出てって。外へ行って、歌ってよ。こういうの、ムード音楽がないとうまくないでしょ。わたしたちのために、セレナーデをお願い」

「よかったら、あの……」メンバーの一人が、恥ずかしそうに招待した。「あとでプールに来ませんか」

「ここで、のぼせちゃったらね」エディパは陽気にウィンクをした。若者たちは延長コードを部屋中のコンセントに差し込んで、束にして窓から外に出すと、ぞろぞろと出て行った。

　メッツガーが手を貸して、よろけるエディパを立ち上がらせた。「ほらほら、ストリップ・ボッティチェリ」向こうの部屋のテレビが「ホーガンの後宮」なる、ダウンタウンのトルコ風浴場の

CMをがなっている。へえ、この町にもダウンタウンがあったの、とエディパは思う。「それもインヴェラリティの財産だよ、ご存じでした?」とメッガーが口をはさむ。「サディストめ!」とエディパは叫んだ。「もう一度言ってごらんなさい、ブラウン管の中にあなたの頭を埋《うず》めちゃうから」

「あ、本気で怒った」メッガーがほほえんだ。

本気では怒っていないエディパ、「ねえ、彼の所有じゃないものって、あるの?」

メッガーは片方の眉をつり上げた。「それは……あなたが教えてくれなきゃ」

教えようにも、声が届かなかった。その瞬間、ドアの外から厚く塗り重なったギターコードが洪水のように押し寄せ、波打った。ザ・パラノイズの歌が始まったのだ。ドラマーが飛び込み台の上で危うそうなバランスを取っている。他のメンバーは見えない。後ろから近寄ってきたメッガーは、エディパの胸に両手を被せる魂胆だろうが、前に回した手が探っても、着ている服が多すぎて、乳房のありかがすぐにはわからない。ともかく二人、窓辺に立ってザ・パラノイズの歌を聞いた。

《セレナーデ》

ぼくはベッドで月を見ている

孤独な海《ロンリー・シー》に掛かる月
ぼくが上掛け引っぱるように
孤独な潮《ロンリー・タイド》を引く月を
音もなく、顔もなく
月は今夜の浜辺を充たす
昼の光のゴーストだけで
すべてはグレイの影のなか
月の光線《ムーンビーム》だけ白い
きみも今夜はロンリーかい
ふたりともにひとり寝の夜
孤独なアパート、孤独な君
ひとり泣くのはもうおよし
今夜は会いに行けないよ、ぼくには月を消せないし、満ちる潮も戻せない
だって夜があまりにグレイ
迷子になるし、心の中まで闇になる
だめだ、今夜はひとりベッドで
その訪れを待っていよう

空も砂も月も、悲しみの海《ロンリー・シー》もみんな連れていかれるのを
ロンリー・シー……　　　（フェイドアウト）

「で、お次は？」エディパが陽気に身震いした。

「最初の質問」メッツガーが思い出させる。テレビからセント・バーナード犬の吠える声。目を向けると、トルコの物乞いの子に変装したベイビー・アイゴアが犬を連れ、コンスタンティノープルっぽく作ったセットの中を人目を忍んで歩いている。

「これも最初の方のリールよね」期待をこめて彼女は言った。

「その質問はノーノーだね」ザ・パラノイズがジャック・ダニエルのボトルを忘れていった。ドア際にちょこんと置かれて、まるで妖精レプレコーンのご機嫌をとるミルクのようだ。

「あらら」と言って、エディパはグラスに一杯、ちょうだいする。

「ベイビー・アイゴアは、潜水艦〈ジュスティーヌ号〉に乗ってコンスタンティノープルに着きましたか？」

「ノー」メッツガーが答え、エディパがイヤリングを一つ外した。

「彼はそこへ、その、何だっけ、E級サブマリン？　それに乗って着いたの？」

「ノー」メッツガーが言った。エディパはイヤリングをもう一つ外した。

「彼はそこに、陸路で着きましたか？　小アジアを通って？」

「かもしれない」メッガーが言った。エディパはイヤリングをもう一つ外す。

「またイヤリング？」メッガーが言った。

「その質問に答えたら、あなたも何か脱ぐの？」

「答えてもらわなくても」メッガーは大きな声でそう言うと、上着を脱ぎ捨てた。エディパはグラスに注ぎ足し、メッガーはボトルからラッパ飲み。次の五分間、エディパはテレビに見入って質問を忘れ、メッガーは真面目な顔をしてズボンを脱いだ。父親はいま、軍法会議の最中らしい。

「これ、最初の方のシーンでしょう。お父さんが軍を追放《カシア》されるところね、ハッ、ハッ」

「フラッシュバックということもある」メッガーが言った、「軍から二度目の除隊処分をくらう可能性もね」。エディパはブレスレットを取った。そんな具合に夜は進んだ。画面には映画の断片が次々と流れ、エディパを包む衣服の層はいくら剝いでも肌まではほど遠い。ウィスキーにも、プールサイドで延々と続くボーカルとギターのお祭り騒ぎにも終わりはこない。CMが割って入ると、メッガーは、最初のうちこそ「インヴェラリティ」だの「筆頭株主《ビッグ・シェア》」だのとコメントを差し挟んだが、そのうちに笑顔で頷くだけになった。そんなメッガーをいちいち睨み返しながらエディパは、目の裏に頭痛の花が開いていくのを感じていた。新しい愛人の組み合わせが無数にあっても、自分たちのように時間そのものを遅らす術を知ってるカップルは珍しいだろう。そんな思いが強まるうちにも、世界はだんだんぼやけていった。いつだったろう、バスルームで鏡を覗いたとき、自分の姿が映らないのでほとんどパニックしそうになった。考えてみたら、鏡は割れてシンクに落ちたのだった。「悪運《バッドラック》は七年続くんだって」と大声で独り言。「そしたらあたし三十五よ」バスルームのドアを閉め、この機を利用して、何のためだろう、ふらつきながらスリップとスカートをもう一枚ずつ着込み、太腿までのガードルをつけ、ニーソックスを履いた。日が昇ったらメッツガーは消えてゆくだろう。それを自分が望んでいるかどうかも解らなかった。部屋に戻ると、メッツガーはボクサー・ショーツ一枚姿、頭をソファの下に入れてグースカ眠りながら勃起している。背広の下に隠していたお腹も、けっこう立派な出っぱり具合だ。テレビでは、ニュージーランド軍とトルコ軍が互いに銃剣を突き刺し合っていた。エディパも雄叫びを上げて突撃をかけた。彼の上に飛び乗ってキスをすると、目覚めたメッツガーのギラリとした視線が飛び出て、彼女を貫いた。両胸のあいだのどこかに、その鋭さがチクリと刺して、彼女が大きく息を吐くと、それと一緒に体の中から、今まで堅く守ってきたすべてが溶け出し、神話の世界か何かのように流れ出して、彼女はぐにゃりと、メッツガーの脇に倒れ込んだ。もう全然力が入らない。彼が服を脱がせるのに手を貸す力も残っていない。二十分かけて、彼女の体を右に転がし左に転がし、あれを外し、これを引きずり下ろす、そんなメッツガーをエディパは、バービー人形の着せ替えをする、短髪の女の子の拡大モデルのようだと思った。そうされているうちにも、一、二度寝込んでしまったかもしれない。気がついたら行為の最中だった。すでに快楽の上昇曲線《クレッシェンド》が始まっているところで目覚めるというのは、すでに移動しているカメラの映像へ切り替えるようなものだ。

外ではギターの遁走曲《フーガ》。聞こえてくる電子の声を拾っていったら六つほどはありそうだ。ザ・パラノイズでギターを弾くのは三人だけだから、他の連中が参加《プラグ・イン》しているのだろう。

その通りだった。彼女のクライマックスとメツガーのが重なったその瞬間、テレビを含むその場のすべての明かりがすべて同時にイッた。一面デッド。全き漆黒。これはなかなかできない経験だろう。ザ・パラノイズがヒューズを飛ばしたのだ。灯りが戻って、部屋一面の衣類の散乱とアルコールの染みの中で絡み合った彼女とメツガーを浮かび上がらせたとき、テレビ画面に見えてきたのは、無情なる水位上昇とともに次第に暗くなっていく潜水艦〈ジュスティーヌ号〉の中に閉じこめられた、父と犬とベイビー・アイゴアの姿だった。多量の泡のなかで、まず最初に犬が溺れた。片手をコントロール・ボードに置いて泣き喚くベイビー・アイゴアにカメラが近づき大映しにする。そのとき何かがショートして、ベイビー・アイゴアが大量の電流の通り道となった。手足を激しく痙攣させながら喚きまくる恐ろしい声。その一方で、いかにもハリウッド的な蓋然性の歪曲によって感電死をまぬがれた父親が、お別れのスピーチをやっている。ベイビー・アイゴアと愛犬とにこんな思いをさせたことを詫び、みんな一緒に天国に行けないことを悔やむのだ。「おまえの小さな目は、パパの見納めをしていった。おまえは救済される。わたしは地獄に堕ちる」最後のショットでは、苦悩するこの父親の目玉がスクリーン一杯に拡がる。浸入する海水が轟々と鳴り響き、奇妙に三〇年代映画音楽風の、サックスを厚く重ねたサウンドが膨れあがり、THE ENDの文字がフェイドインする。

エディパは飛び上がって、向こうの壁まで走り、メッツガーを起こして睨みつけ、「みんな、助からなかったじゃないの」と叫んだ。「この悪党め！　わたしの勝ちだったのに」

「景品、差し上げたもの。ボク自身を」と言ってメッツガーはニッコリ。

「それで――」これが最後の質問である、「インヴェラリティはわたしのこと、何て言ってたの」。

「簡単にはいかないだろうって」

彼女は泣き出した。

「こっちへおいで」とメッツガー、「ほらほら」。

しばらくしてから、「わかったわ」。そして言われる通りにした。

3

事態は時を待たず、奇妙な展開になっていき、彼女はやがて、みずから〈トリステロ・システム〉と――または単に（秘密の称号でもあるかのように）〈ザ・トリステロ〉と――名づけるものを見出すことになる。だが、それの発見の背後に、自分を閉じこめた〈塔〉からの解放が目的としてあったのだとすれば、メッガーとの不倫の一夜こそ、その出発点となったわけだ――論理的には。そう、そこが、これからエディパの頭をいちばん悩ますところなのだ――物事が、論理的に結びついてしまう、というところが。まるで、サン・ナルシソに足を踏み入れたとき直感したように、まわり中に啓示があふれてきたようなのである。

啓示の多くは、ピアスの遺した切手を通してやってくることになる。切手のコレクションは、ピアスにとって、しばしばエディパの代理をつとめたものだった。何千もの小さな色つき窓。それを通して時空が奥深くまで眺望できる。エランドやガゼルが群れるアフリカの草原から、西の虚空を目指して進むガリオン船、ヒトラーの頭、沈む夕陽、レバノン・シーダーの木、この世に存在しない寓意的な図像の数々——そうした一枚一枚を覗き込みながらピアスは、そこにエディパがいるのも意に介さず何時間も過ごすことが、よくあった。切手に夢中になったことがなかったエディパは、そのコレクション全部を目録にして評価額を調べることを思うと頭痛がしてきたが、それだけのことだった。切手自体が何か、自分に伝えるべきことを持っているだなんて、そんな疑いはまるで抱かなかった。でも、もし、あの晩の奇妙な情事に始まる、ほとんど自分の手元で《オフハンドに》起こったかのような一連の出来事によって、彼女自身に受け入れ態勢というか、感受性の高まりが生じていなかったら、もの言わぬ《ミュートな》切手たちが何事かを自分に告げるなどということはありえなかっただろう。切手はエディパと、ただの恋敵の関係のまま、一緒にピアスと死に別れ、いくつかの山《ロット》に分けられ、新たな主人のもとへ売られていくだけだったろう。

　感覚の高まりを、彼女がいやおうなしに意識したのは、ムーチョから届いた手紙が最初だったか、それともメツガーと入った〈ザ・スコープ〉という名の奇妙なバーでのことだったか。振り返ってもどちらが先か憶えていない。ムーチョからの文面には、たいしたことは書いてなかった。エディパがとにかく週に二度、送ることにしていた通信へのおざなりの返事であって、彼女の方も、メツガーとのことを書いたりしたわけではない。そういうことは書かなくても、なぜかムーチョには通じてしまう気がしていた。通じてしまえばムーチョは、KCUF主催のゴーゴーダンス会場の、体育館の光る床の上、白い線で大きな鍵穴図形が描かれたなかで踊る一人の女の子に目を留めることになる。腕を振り下ろす仕草のいささかぎこちない、ヒールのせいで向かい合って踊っている男の子より一インチほど背が高いその子は、シャロンか、リンダか、ミッシェルという名の十七歳のヒップな子で、そのビロードの瞳が、ある一定の確率でムーチョ自身の視線とぶつかるだろう。それから事態は、とてもグルーヴィな感じに進んでいくのだけれど、土壇場になってムーチョは気づくのだ――未成年との不法行為に踏み込む勇気は自分にない、と。エディパにはこのパターンがわかっていた。前に何度か起こったことだ。そういうときエディパは慎重に、フェアな対応をする。ムーチョに疑いの言葉を差し挟んだのは一度だけ。それもまた、空が白み始める前、午前三時の出来事だった。あなた刑法が怖くないの、と聞いてみた。もちろん《オフ・コース》、という答えが、だいぶ間をおいて返ってきた。それだけだった。しかしそのトーンから、もっと多くのことが、苛立ちと苦悶の間にある何かが、聞こえてきたような気した。心配させたらラジオのおしゃべりに影響するかも、と彼女は案じた。自身の過去にも十七歳のときがあって、何につけよく笑ったことを思い出すうち、ある感情に押し流されるのを感じる。それは優しさ《テンダーネス》とも呼べるものだったが、その情の背後に身を置いてしまっては泥沼だから、それは避けていた。だから夫を問い詰めることもしなかった。二人の間のコミュニケーション不全というのは、いつもそんな感じで、背後に倫理的な動機があったのである。

ムーチョから届いた便りの外見に、いつもより細かな注意が向いたのは、中身の不毛さを直感していたせいだろうか。最初は気づかなかった。それは、いつものムーチョ風で、局から失敬した封筒に、ありきたりの航空便切手が貼ってあり、消印の左わきには、政府の広告スタンプが押してある――「猥褻郵便物を見たら最寄りのPOTSMASTERまで」。どうかしら、ムーチョの手紙に卑猥な言葉があったっけと、暇なエディパは文面にもう一度目を走らせようとして気がついた。「ねえメッガー、ポッツマスターって何?」

「食器《ポット》の管理者でしょうな」*バスルームから権威を装う声が聞こえる。「重い方のを担当する。保存用の瓶とか、一ガロンの缶、ダッチ・オーブン」

彼に向けてブラジャーを投げつけてから、「猥褻郵便物は全部ポッツマスターまで届けなくちゃいけないんですって」。

「政府が誤植をやらかしたか」とメッガー。「いいじゃないか、核ミサイルのボタンさえ押さないでいてくれれば」

LAへ向かう方角にヨーヨーダインの工場があって、その近くに〈ザ・スコープ〉という名のバーを見つけたのは、同じ日の晩のことだったかもしれない。この日もそうだったが、〈エコー・コーツ〉は時々いたたまれなくなった。プールが静かすぎ、プールを見通す窓の景色が虚ろすぎるというだけじゃない。マイルズの仲間が全員マスター・キーのコピーを持っていて、覗き見が絶えないのだ。風変わりな行為の観察学習会が、時を選ばず始まることになる。あまりのひどさに対策も練った。ウォークイン・クローゼットにマットレスを持っていって、簞笥を引きずってその戸の前に立て、一番下の引き出しを抜いて上に載せ、空いた空間に足を突っ込む。こうすればメッツガーも、クローゼットの中で脚が伸ばせるようになるのだが、その準備が整うまでには気持ちの方が萎えているのが常であった。

行ってみると〈ザ・スコープ〉は、ヨーヨーダインの電子機器の組み立てに関わる社員の溜まり場だった。入り口のネオンサインは緑色で、オシロスコープの画面そのままに、変動するリサジュー図形が躍っている。この日は給料日なのだろう、中の客はみんな酔っていた。その視線を浴び続けながらエディパとメッツガーは一番奥の席に進む。サングラスをした、干からびた顔のバーテンが出現した。メッツガーがバーボンを注文する。店内を見回したエディパは落ち着かない気持ちになった。このバーに集《つど》っている人たちには、なにか言葉にはならない不気味なところがある。みんな、無言で、サングラスの中からこちらを見ている。戸口近くにいる二、三人は鼻くそをほじってどこまで飛ばせるか競っている。

バーの向こう端の、ジュークボックスのような機械から突然のコーラス。フワーッ、ビキビキビキという音が聞こえてきた。一瞬にして静まりかえる。ドリンクを持ってくるバーテンも忍び足だ。

＊ POSTMASTER（郵便局長）を一字入れ替えたPOTSMASTERからまず思い浮かぶのは、「マリワナ（ポット）の精通者」といったイメージ。

「ねえ、なに、これ」——声をひそめて。

「シュトックハウゼンだ」と、グレイの髭を伸ばしたヒップなバーテンが答えた。「早い時間帯の客層には、ラジオ・ケルン時代のサウンドがウケるんだ。待っててごらん、みんなスイングを始めるから。純粋な電子音楽を流すのは、このあたりじゃウチだけだしね。土曜日に来てよ。午前零時、サインウェーブ・セッションっての、やってるから。自由参加のライブ・セッションでね、カリフォルニアの州一帯どこからも集まってくる、サンノゼ、サンタバーバラ、サンディエゴ……」

「ライブ？」メッツガーが言った。「電子音楽を生《ナマ》で演《や》るの？」

「ここでテープにする、生演奏をね。裏の部屋にはオーディオ・オシレーターから、効果音マシンから、コンタクトマイク、みんな揃ってる。手ぶらでやってきても大丈夫なようにさ。お客さんがいいバイブを感じて、一緒にやりたいと思っても道具がないんじゃ話にならないでしょ」

「まあまあまあ」といって、メッツガーはベイビー・アイゴアのスマイルを浮かべてみせた。

テーブル越しの席に、ウォッシャブルのスーツを来た、細身の青年が腰をおろし、「マイク・ファローピアン」と名を名乗って、ピーター・ピングィッド協会《ソサエティ》と称する組織への勧誘を始めた。

「きみ、狂信的極右団体の勧誘員？」と、人に取り入るプロであるメッツガーが聞いた。

ファローピアンは瞬きして、「彼らが我々をパラノイドだってよく言いますよ」。

「彼ら？」メッツガーも瞬きした。

「我々？」エディパがたずねた。

ピーター・ピングィッド協会の名は、南軍の軍艦〈不平丸《ディスグラントルド》〉の指揮官からきている。一八六三年早々、アメリカ南部連合国の独立を目指す軍隊が大胆な計画を立てた。南米のホーン岬を回ってサンフランシスコを攻撃し、第二の戦線を拓こうというのである。だが大望を抱いて出帆した艦隊は、途中、嵐と壊血病のために船体もしくは士気を壊す。ただ一隻、小ぶりで元気な〈不平丸〉だけが、翌年西海岸までたどり着いたのだが、その時までに、ピングィッド提督の与かり知らぬところで、事態は急変していた。すなわちロシア皇帝ニコライII世*が、南軍を支援して戦争への介入を図ろうとする英仏への牽制を意図して、ポポフ少将の指揮の下、コルベット艦四隻とクリッパー艦二隻からなる極東艦隊をサンフランシスコに派遣したのである。ピングィッドがサンフランシスコを襲撃するのに最悪のタイミングだった。その冬、南軍巡洋艦〈アラバマ〉と〈サムター〉によるサンフランシスコ攻撃が間近いとの噂に反応して、ポポフ少将は、指揮下の太平洋小艦隊に対し、かかる展開が生じた場合は速やかに対応すべしという臨戦命令をみずからの責任で発布していた。ところが相手の巡洋艦は巡洋するばかりで、それ以上の戦意は見せない。それでもポポフは定期的な偵察を繰り返した。一八六四年三月九日、ピーター・ピングィッド協会の全会員にとって聖なるこの日に実際何が起こったのか、正確なところは知られていない。ポポフが軍艦を派遣したのは事実である。コルベット艦〈ボガティア号〉かクリッパー艦〈ガイダ

* 意図的な誤情報でないとすれば、ピンチョンには珍しい勘違い。この時期のロシア皇帝はアレクサンドルII世。

マック号〉か、いずれかだ。米ロ両艦は、現在のカーメル・バイ・ザ・シーもしくはピズミック・ビーチにおいて相見《あいまみ》え、正午ごろ、一説には夕方、いずれかが発砲した可能性がある。一隻が発砲したとなれば、もう一隻も砲火を返したことになろうが、両者ともに砲弾の届かぬ距離にあったために証拠になる傷跡を残していない。夜になり、朝がきた。ロシア艦は消えていた。だが運動は相対的なものであり、〈ボガティア号〉か〈ガイダマック号〉のいずれかの航海日誌——それは四月、サンクト・ペテルブルクの軍務局に送られて、現在赤の文書資料館《クラスヌイ》に保管されている——を信じるなら、夜間のうちに消えたのは〈不平丸〉の方である。

「それはどうでもいいんです」ファローピアンは肩をすくめてみせた。「我々は真実の聖典をつくろうとしてるんじゃないんだから。もちろん、そのことで損はしてますよ。南部のバイブル・ベルトにいる、今も南軍の旗に誇りを抱く人たちから大きな支持が得られるかもしれないのを、みすみす逃していているしね。

「でも、これこそが、ロシアとアメリカの史上初の対決だったんだ。攻撃の砲弾、報復の砲弾、その二つを永遠に沈めたまま太平洋は波打ってきた。ただその水面にできた波紋はますます拡がって、冷戦下の我々みんなを包んでいるんです。

「ピーター・ピングィッド提督は、わが国最初の犠牲者なんだ。我々の、より左がかった仲間であるジョン・バーチ協会は、彼を熱狂的愛国者に仕立て上げようとしているけれど、それは違う」

「犠牲者って、提督は殺されたの?」エディパがたずねた。

殺された以上の目に遭った、とファローピアンは考えていた。対決のあと、何週間も艦長室にこもってしまった。奴隷制廃止論者のロシア(一八六一年に農奴解放を成し遂げた)と、リップサービスとして奴隷制廃止を口にしつつ工場労働者を奴隷のように搾取しているアメリカ北部政権の間に、軍事同盟のごときものがあるに違いない。この驚愕すべき事態に彼は苦悶した。

「しかし、それじゃあ」とメッガー、「提督が産業資本主義に反対しているみたいに聞こえるよ。反共の聖人が、そんなことでいいのかい?」

「バーチ協会の連中みたいなこと、言わないでくださいよ」ファローピアンが言った。「人間を善人側《いいほう》と悪人側《わるいほう》に分けていたんじゃ、根本的な真実には到達できません。彼は産業資本主義に反対だった。当たり前です。我々みんなそうですよ。だって産業資本主義は、確実にマルキシズムに通じるじゃないですか。なら、根本は一緒でしょう。どちらもおぞましい。ホラーです」

「産業に関するすべてが、だよね」試しにメッガーは言ってみた。

「その通り」ファローピアンがうなずいた。

「提督はその後どうなったの?」エディパが知りたがる。

「将校の座を辞しましたよ。南部人としての育ちにも、誉れにも、反してです。リンカーンとロシア皇帝に辞職を強いられたってことですよ。さっき犠牲者と言ったのはその意味です。部下の多くとともにLAの近くに住みました。で、それから死ぬまで、富を築く以外、何もしなくなってしまった」

「なんて痛々しいこと」とエディパ。「何をして富を得たの？」

「不動産投機、カリフォルニアの」ファローピアンが言った。ちょうど自分のドリンクを口に含んだエディパは、口から楽々一〇フィート、きらめく円錐形の霧を噴き出し、笑い崩れた。

「ホワッツ《なんです》」と、ファローピアン。「その年に旱魃があって、LAの中心地区が一区画六十三セントで買えたんです」

入り口近くで大きな歓声が上がった。色白の太った青年を中心に、人波が押し寄せる。青年は肩から革のバッグを提げていた。

「郵便コール！」みんな叫んでいる。ほんとに、軍隊のようである。攻め立てられた恰好になった太っちょの青年は、カウンターの高みに尻を乗せて、名前をコールしながら人垣に封筒を投げ始めた。ファローピアンも席を立って群れに加わる。

メッツガーはメガネを取り出し、配達人の青年を細かく観察した。「ヨーヨーダインの社章をつけてるぞ。どういうことだと思う？」

「社内便なんじゃないの」エディパが言った。

「夜の、こんな時間にか？」

「遅番なのよ、きっと」と言ってみたけれど、メッツガーは眉間に皺を寄せただけ。エディパは肩をすくめ「すぐ戻るわ」と言って席を立った。

トイレの壁には、口紅による猥褻な落書きに混ざって、製作用のレタリングを使ってきれいに書かれた、こんな案内があった。

洗練されたお遊びに関心ある方。貴女とハズと女友達。人数が多ければそれだけ楽しみも増えますわね。連絡は、必ずＷＡＳＴＥを通して、カービーまで。私書箱７３９１、ＬＡ

WASTEって？　何だろう……。見ると、案内の下に薄く鉛筆でこんな印が書いてある。丸のループと三角と台形の組み合わせ――初めて目にするマークだった。

何か性的な含みがありそうにも見える形だが、そうではない気がした。バッグからペンを取り出し、住所と、そのマークを、メモに書きつけながら思った。もう《ガッド》！　また神聖文字《ヒエログリフィック》だわ。席にはファローピアンが戻っていた。当惑顔である。

「それ、見えちゃいけなかったんです」彼は言った。だがエディパの目にはちゃんと見えた。彼が手にした封筒に切手はなく、代わりにPPSというイニシャルの手押しスタンプがある。

「わかるよ」とメッツガー。「郵便配達は政府の独占事業だから、それに対抗するのは当然だよな」

ファローピアンは苦々しく笑った。「それほど反逆的でもないんですよ。ヨーヨーダインの社内便を使ってるんです。こっそり。でもメンバーがゴッソリ入れ替わってますね。配達人が不足して、スケジュールがきついもんで、みんな神経すりへらしてます。工場のセキュリティでも、何かオカシいって気づいてるようだし。それで監視もきびしいんですよ。あいつ、デ・ウィットっていうんだけど」と言って指さした太っちょの配達員は、今はカウンターから引き下ろされ、顔をひきつらせながら、飲みたくなさそうな酒を振る舞われている。「今年担当した中で、一番神経質なやつで」

「どのくらい手広くやってるんだ、これ」とメッツガー。

「いや、サン・ナルシソ支部だけですよ。ワシントン支部も、たぶんダラスでも、似たようなプロジェクトを試運転しているようだけど、カリフォルニアでは今のところ我々だけですね。裕福なメンバーになると、手紙を煉瓦に巻きつけて、それ全体を包装紙にくるんで、鉄道のエクスプレス便で出したりするのがいるんですけど、そういうのは少数です」

「なんか、ズルして続けているって気がするなあ」メッツガーは同情して言った。

「規則があるんです」ファローピアンは同意して、弁護にまわる。「一定量の郵便を回していかないといけないんです。全員、ヨーヨーダインの配達ネットワークを週に一度は利用するのが義務で、しないと罰金なんですよ」彼は自分宛の手紙を開けてエディパとメッガーに見せた――

　やあマイク、調子はどう？　ちょっと思い立ったもんだから。本の進展、どうですか？　今日はこんなとこかな。〈ザ・スコープ〉で会おう。

「だいたいがこんな具合で」ファローピアンが辛そうに言った。

「本の進展て？」エディパがたずねた。

　ファローピアンは、一八四五年の郵便改革と南北戦争との関係を洗い出すべく、合衆国の私設郵便事業の歴史を調べている。彼によれば、それまで、四五年・四七年・五一年・五五年と、私設郵便の根絶を目指す法案が続けざまにできたにもかかわらず生き残ってきた配達ルートを、まさに一八六一年という年に北部政権が徹底して経営破綻に追い込もうとしたのは偶然ではない。彼はそこに権力の寓話を読み取った。権力が乳を吸って健やかに育ち、長じて組織的な搾取を行うという物語を。だが、エディパに、そこまでは話さなかった。その晩は抑えた。その晩エディパに残った青年の印象は、アルメニア的な鼻をした、細身の、店の緑のネオンとどこか似た目をした子、というものでしかなかった。

　こんなふうに始まったのだ。エディパのための、けだるく、不吉な、トリステロの開花が。開花というべきか、舞踏というべきか。待たされて、焦《じ》らされて、最後になって、残っていてくれた客の前で繰り広げられる特出しのストリップというべきか。ハラリと落ちるガウン、メッシュのブラ、宝石をちりばめたガーターとGストリング……歴史がまとったそれらの衣裳は、ベイビー・アイゴアの映画の前でメッガーと戯れた晩のエディパ自身のように、脱いでも脱いでも尽きることがない。トリステロの、その凄まじい裸身を拝むためには、いつ明けるともわからない朝に向かって闇夜の中へ飛び込んでいく必要があるのだろうか。正体を明かしたとき、相手はあだっぽい微笑を浮かべ、バーボン・ストリートの流儀でオヤスミのお辞儀をし、彼女を安全な客席に残し、しゃなりしゃなりと舞台裏に消えていくのだろうか？　それとも、踊り終えるや、笑みの消えた容赦ない悪意のまなざしをエディパに向けたまま花道を進んできて、人気《ひとけ》の消えた座席に坐る彼女の前に歩み寄り、身を屈め、聞くに堪えない言葉を吐きつけるのだろうか？

トリステロの舞いが、どの時点で始まったのかという点は明らかである。彼女とメッガーが、インヴェラリティの代理権委託の認可を得るため、アリゾナ、テキサス、ニューヨーク、フロリダ（これらの州に彼の不動産があった）およびデラウェア（ここにある会社を彼は共同所有していた）から、公文書が届くのを待っていた間のことだ。二人でファンゴーソ・ラグーンまでドライブに出かけた。二人のあとからマイルズ・ディーン・サージ&レナードのザ・パラノイズの面々が、少女たちも同乗したギューギュー詰めのコンバーティブルでついてきた。道中は平穏だったが、ハンドルを握ったサージが、眼の上に垂れ落ちる前髪のせいで二、三度車をぶつけそうになり、説得されて、途中から女の子の一人と交代した。濃いベージュ色の丘にベッドルーム三つの均質な家々が何千も建ち並ぶ、急造された宅地が連なる風景のどこか向こうに太平洋が身を潜めている。そのことは、内陸の眠ったようなサン・ナルシソにはない、この地のスモッグ特有の傲慢で辛辣な感触からも窺うことができた。想像を絶する太平洋。その前では、どんなサーファーも海の別荘《ビーチパッド》も下水計画も観光客の侵入も、白昼の同性愛行為も、船を借りての海釣りも、一切が意味の関与を失う。地球から月が飛び出たときに開いた穴、月と別れた記念のモニュメント。波音や潮の香りを知覚せずとも海はそこにある。潮のようなうねりから触覚が伸びてきて、あなたの眼球や鼓膜を飛び越え脳に直接微少な——どんな毛細電極も測れないほど微少な電流を送ってきているのだ。エディパは海を信じていた。キナレットを離れてここに来るずっと前から彼女は、海には南カリフォルニアを償ってくれる（同じ州でも彼女自身が住む地区は償いなど当然必要としない）力があると信じていた。人がその岸辺でどれだけのことをしたとしても、真のパシフィックは犯されることなく完全無欠な姿で在り、縁で演じられる醜態を、より普遍的な真実へとまとめ上げ、引き受けてくれる、そんな漠とした信頼の気持ちを抱いていた。本日午前、みんなして海へ向けて突入をかけながら（とはいえ、もちろん、どんな海にも行き着くはずもないドライブだったが）エディパが感じたのは、おそらくきっと、そんな思い、その不毛な希望、だけだったのかもしれない。

大地を削り動かす機械類、まるで木の生えない地面、かの古代の神聖さに通じる幾何学文様、それらの間を彼らは走り、いよいよ旋回する砂利道を下降し始めた。ここは大地を人が彫り削って造った、インヴェラリティ湖である。沖に土を盛り固めて造った島が青い小波に囲まれている。その上に、ずんぐりしたタマネギ頭の屋根を持つ建物が見えた。屋根は緑青《ろくしょう》をふいた銅の色。ヨーロッパ風のカジノを、アールヌーボーの美学に沿って建て直したら、こんな感じになるだろうか。エディパはひと目で惚れ込んだ。ザ・パラノイズの一隊は折り重なるように車を降り、楽器をかついでキョロキョロしている。よそから持ってきて敷きつめた白い砂の下に、プラグの差し込み口はないかと探しているふうである。エディパはシボレーのトランクを開け、途中イタリア風ドライブインで買った、茄子入りパルメザン・チーズサンドの入ったバスケットを取り出した。メッガーが取り出した巨大魔法瓶の中身はテキーラ・サワー。一行はバラバラに広がって湖岸を、小さな繋船場《マリーナ》のひとつへと向かった。マリーナといっても、ここの地所《ロット》はボートの主が直接所有しているのではない。

「ヘーイ」とイギリスのアクセントで叫んだのは、ディーンだろうか、サージだろうか。「ボートひとつ、いただいちゃおうぜ」

「それ、賛成」少女らが応じた。メッガーは手のひらで目隠しをして歩き、錆びた錨に蹴つまずいた。「どうしてワザと目隠しなんかして歩くのよ」エディパが聞いた。

「だって窃盗だし」とメッガー、「あいつら、弁護士が必要になるかもよ」。桟橋《ピア》に沿って子豚のようにつながっているモーターボートのひとつから唸るような音がした。煙も見える。パラノイズの連中が誰かのボートのエンジンを本当にかけてしまったのだ。「カモーン」と言う声が聞こえたのと同時に、十台ほど先のボートから、青いポリエチレンのカバーシートを被った男が現れて、大声を張り上げた。「ベイビー・アイゴア、手を貸してくれ」

「あの声、聞き憶えがあるぞ」メッガーが言った。

「急いでくれ」とブルーのシートが言った。「オレも一緒に乗せてくれ」

「早く、早く」とパラノイズ。

「マニー・ディプレッソじゃないか」落ち込んだ声でメッガーが言った。

「あの俳優で弁護士のお友達ね」エディパは憶えていた。

「大きな声を出すなって」防水布の円錐と化したディプレッソが、船着場の上を、けっこう器用に体を操りながらやってくる。「監視がいるんだ。双眼鏡で見張ってる」メッガーは手を差し伸べ、エディパをハイジャックした〈ゴジラⅡ号〉——身の丈六メートルほどのアルミ製の三胴船——に乗せ、ついでにディプレッソにも手を貸したつもりだったが、摑んだのが防水ビニールだけだったものだから隠れ蓑がスッポリ取れて、スキン・ダイビングのスーツにゴーグルをつけたディプレッソが姿を現した。

「ちょいと事情があってな」彼が言った。

「待てー!」きれいにハモッた呼び声が二つ、砂浜の遠くの方から、かすかに聞こえる。男が一人走ってくるのが見える。刈り上げの髪、浅黒く日焼けした肌、サングラス、ずんぐりした体型。片方の腕は折り曲がって翼のよう、ジャケットに差し入れた手は胸の位置だ。

「いまカメラを回してる最中かい」何食わぬ顔でメッツガーが聞いた。

「現実だよ、これは。ほら早く」ディプレッソはかなり泡を食っている。若者たちは綱をほどき、〈ゴジラⅡ号〉をバックさせて向きを変え、みんな一斉にフーッと叫んで、地獄から飛び立つ蝙蝠のように出発した。ディプレッソはほとんど船尾から転げ落ちそうだった。振り返ったエディパの目に、もう一人、最初の男と同じずんぐり型で、同じグレイのスーツを着た男が追ってくるのが見えた。銃の類を持っているかどうかは、よく見えない。

「オレの車は湖の反対側だ」とディプレッソ。「もう見張られているにきまってるがな」

「見張らせてるのは誰だ」メッツガーが聞いた。

「アントニー・ジュンギエラーチェ」その名を口にするディプレッソの顔を、不吉な影がよぎった。「またの名がトニー・ジャガー」

「って誰?」

「ザーメン野郎《スファチム》」肩をすくめたディプレッソは、船尾のスクリューの泡に唾を飛ばした。ザ・パラノイズの面々は「きたれ友よ《アデステ・フィデレス》」のメロディで、

　　ヘイ善良な市民、ちょいとボート失敬
　　ヘイ善良な市民、ボートを失敬……

などと歌いながら、いちゃつき合い、突き落としっこのゲームを始めた。エディパは身を低くして危険を避け、ディプレッソを見つめている。メツガーの言うとおり、この人が本当にテレビのパイロット・フィルムでメツガーを演じたのだとしたら、何とハリウッド的なキャスティングをしたのだろう。顔かたちも身のこなしもぜんぜん似ていない。

「トニー・ジャガーが誰かって」とディプレッソ、「コーサ・ノストラの大物でしょうが」。

「役者のおまえが、どうしてマフィアなんかやってるの」

「オレ、また、弁護士なんだよ」ディプレッソが言った、「あのパイロット・フィルムに買い手なんか絶対つかないだろ。メツガー、あんたがダロー弁護士みたいな立ち居振る舞いでも見せてさ、大衆的関心ってのを煽ってくれないと無理だ。頼むぜ、センセーショナルなことやってくれよ」。

「たとえば？」

「たとえば、今オレがピアス・インヴェラリティの遺産に対して起こしてる訴訟で勝つとかさ」

メツガーは、クールな自分に許されるかぎりの驚きを示して目をしばたたいた。ディプレッソは笑ってメツガーの肩にパンチを入れる。「へへへ、そうなんだよ」

「誰が何を狙ってるんだ。おい、こちらの女性も遺言執行人だ。ちゃんと話をしておいた方がいいぞ」メツガーはエディパを紹介し、ディプレッソは、うやうやしく、ゴーグルに指先をもっていった。日がかげり、風が急に冷たくなったと思ったら、前方の頭上に大きく、緑青色のコミュニティー・ホールが、ほとんど衝突しそうなところまで迫っていた。壁の高みにある尖った窓、銑鉄製の花飾り、濃密な静寂。なにやら彼らを待ち構えていたような雰囲気。舵柄を握っていたディーンが、小さな木のドックにボートを上手く着けた。みんなして降りる。気が気でないディプレッソが、外階段へ向かった。「オレの車、大丈夫かどうか見たい」と。エディパとメッガーも、ピクニック用品を手に持って一緒に外階段を昇り、バルコニーへ上がる。建物の影《シャドー》からふたたび日射しの中へ。金属のハシゴを伝ってルーフに出ると、ドラムの皮の上を歩いているような足音がボコ、ボコと虚ろなホールに響いた。中でザ・パラノイズが歓声を上げる。丸屋根の側面を登るディプレッソのダイビング・スーツが太陽の直射にまぶしく光る。エディパは毛布を拡げ、白い発泡スチロールのカップにアルコールを注いだ。下りてきたディプレッソが、「車、まだあるぞ」と言った。「急いで取りにいかなきゃ」

「依頼人は誰なんだよ」テキーラ・サワーを差し出しながらメッガーがたずねた。

ディプレッソの鼻に上下の歯で咥えたカップが被さっている。そのカップ越しに、人を食った調子で、「いま追っかけてきてるやつだよ」。

「あなた、依頼人から逃げてるの?」とエディパ。「救急車が来ても、やっぱり逃げます?」

「だってアイツ、金を貸せとしつこいんだ。この裁判じゃ、どんな結果になろうと前払い《アドヴァンス》をいただくのは無理かなと、オレが言ったらさ」

「なにか、最初から裁判に負けるつもりみたい」エディパが言った。

「気乗りしない」ディプレッソは認める。「オレのジャガーXKE、あれは一時的発狂状態のときに買ってしまったもんだから、ローンの返済がヤバい、そんな状態で、貸せる金なんかないだろ」

「その〝一時的〟というのは、三十年以上か」とメッガーが言った。

「トラブルが差し迫っていることが分からんほどは狂ってない」とディプレッソ。「トニー・Jが絡んでるんだ。賭博のプロだ。噂によると、地元の裁判所にわざわざ出向いて、自分は裁きに拘束されない理由があることを証拠にして出してきたそうだ。やだよ、オレ、痛い目、遭いたくないね」

エディパが睨んだ。「勝手な人ね、自分で関わっておいて」

「コーサ・ノストラ全体が見張っている」と言ってメッガーがなだめた。「常に見張っている、組織の意に反して誰かを助けたら、そりゃ、まずいよな」

「オレ、シチリアに親類、あるネ」ディプレッソがギャング漫画のセリフを真似て言った。青空を背に、小塔と切妻と換気用ダクトのうしろからザ・パラノイズと女の子たちが現れて、バスケットの中の茄子のサンドに摑みかかった。メッガーはテキーラの大瓶を守るべく、その上に坐り込んだ。風が出てきた。

「裁判の話を聞こう」風に乱れそうな髪を両手で押さえてメッガーが言った。

「おまえ、インヴェラリティの帳簿を見てるよな」ディプレッソが言った。「じゃあ、ビーコンズフィールドのフィルターの話も知ってるわな」メッガーはどっちつかずのニヒルな表情だ。

「骨炭なのよね」エディパは憶えていた。

「そうなんだが、オレの依頼人のトニーが言うには、自分が骨を供与したんだと、なのに支払いがないんだと」

「聞いたかぎりで判断すると」メッガーが言った、「インヴェラリティらしくないな。その手の支払いのことでケチる人間じゃないぞ。収賄が絡んでいるのなら別だがな。僕がやってるのはリーガルな税控除のほうで、賄賂のことまではわからない。で、依頼人氏が働いてた建設会社はどこなの?」

「建設会社だよ」と言って、ディプレッソは目を細める。

メッガーはあたりを見回した。ザ・パラノイズと女の子には聞こえない距離だろう。「人骨なんだな?」と聞くと、ディプレッソがうなずいた。「じゃ、掘り出されたものか。ハイウェイの建設業者は複数ある。インヴェラリティが株主をやっているところが契約をとった。書類的には非の打ちどころがない。完全に合法さ。賄賂がからんでいたとして、表に出るはずはない」

「ねえ」エディパがたずねた。「道路をつくる会社が、どうして骨を売るの?」

「古いお墓も突っ切らなくちゃならないだろ」メッガーが説明した。「イースト・サン・ナルシソ・フリーウェイを造ったときだって、じゃまな墓地があったが、こんなところにあるのが悪いと、そのまま突っ切った。問題じゃない」

「賄賂がなければ《ノー・ブライブズ》、高速できない《ノー・フリーウェイ》」ディプレッソが首を振った。「骨はイタリアから来たんだ。まっとうな売買でな。一部は」と言って湖の方へ差し伸べた腕を波打たせ、「この湖に沈めた。スキューバ・ダイバーのお楽しみにって、湖底に飾った。今日はその、湖底の管理の仕事で来たんだ。なのにトニーのやつが追ってくる。骨の残りは、煙草のフィルター開発事業に使われた。五〇年代のはじめごろ。肺ガンなんて言わなかったころだ。トニー・ジャガー曰く、みんなラゴ・ディ・ピエタの湖底から引きあげたんだと」。

「おいおい《マイ・ガーッ》」湖の名前を聞いたメッガーの反応である。「GIの骨か?」

「中隊丸々一個分くらいあったかなあ」マニー・ディプレッソが言った。「憐れみの湖《ラゴ・ディ・ピエタ》」とは、ナポリとローマの間、ティレニア海岸付近、ローマ進軍を目指す米軍兵が包囲された中で消耗戦を余儀なくされた場所である。その名を口にする者はもはやいないが、一九四三年には悲劇の舞台として知られていた。何週間もの間、数隊の米兵が、物資も情報も途絶えたなか、静かに澄み渡った湖の狭い岸辺に身を寄せ合って、迫《せ》り出す断崖絶壁からドイツ軍の昼夜の縦射を浴び続けたのだ。湖水はあまりに低温で、安全な岸に泳ぎ着くまで体熱がもたない。筏を組もうにも樹木がなく、飛行機はといえば、ときたま地上掃射にやってくるスツーカ機だけだった。あれだけの少数部隊で、あれだけの期間もったのは立派だった。岩場ながら、塹壕も掘れるだけは掘った。崖の上へ小規模な襲撃もかけたが、帰ってくる者は少なかった。ただ一度、マシンガンを一つせしめたことはある。脱出路を探しに出て帰還できた少数の者は、出口のないことを告げた。万策が尽きても彼らは耐えた。その日一日、また一日と命にしがみついていた。だが全員が潰えた。姿かたちも、言葉さえも、何一つ残さず消えていった。ある日、ドイツ軍が絶壁を下りてきた。下士官兵が岸辺に横たわる死体を、もはや使えなくなっていた武器を含む用具もろとも湖へ投げ入れた。やがて死体は湖底に届き、そのまま時は過ぎていった、と思ったところが、五〇年代初頭になってトニー・ジャガーが動き出した。この男、ドイツ軍に配属されたイタリア部隊の伍長とあって、湖底に何が眠っているか知っていたのだ。で、仲間をさそってその回収に乗り出した。引き揚げることができたのは骨だけだった。その先の話は、理路が怪しくなってくる。まずアメリカ人観光客がそのころから膨れあがったという事実。この人たちは見たいものにはいくらでもドルを注ぎ込むという性癖があった。これにLAのフォレスト・ローン墓地に関する噂と、アメリカ人の死者に対する熱狂が絡む。もう一つ、当時の権力者マッカーシー上院議員とその取り巻きが、ヨーロッパ観光に行くアホな金持ちに、戦時に米軍が負った傷に対し——とりわけ故国に戻らぬ遺骨に対し——敬意を表すよう促してくれると期待する思惑もあったようだ。数々の思惑を迷路のように絡めたトニー・ジャガーのアイディアとは、要するに、自分が集めた骨を、今日〈コーサ・ノストラ〉として知られるファミリーのコネを通して、アメリカのどこかに売り捌こうというもので、こいつがうまくいった。骨は輸入代行会社から肥料業界に渡り、そこで、大腿骨を一、二本使って実験したのだが結果が出ず、人骨はだめだ、ニシンで行く、という結論になった。で、数トンの人骨が倉庫会社に預けられ、インディアナ州フォートウェインの倉庫に眠っているのを、その一年後くらいにビーコンズフィールド社が目を付けたってわけだ。

「そうか」メッツガーが跳ねた。「インヴェラリティじゃなくて、ビーコンズフィールドが買ったのか。インヴェラリティはタバコ関係ではただ一社、オステオリシスの株だけ保有していたんだが、これはフィルター開発のために共同で設立した会社だ。ビーコンズフィールドの株は一つも持っていない」

「ねえ、いまの話」女の子の一人が口をはさんだ。黒のニット・レオタードに先の尖ったスニーカーを履いた、ウェストの長い、褐色の髪の美形の子である。「先週観にいった、ジェイムス朝演劇に気持ち悪いくらい似てない？　あのすんごく気色悪い復讐劇」

「『急使の悲劇』ね」とマイルズ。「たしかに。変態《キンキー》なところがそっくりだ。消えた兵士の骨を湖の底から引き揚げて、炭にするとかさ」

「聞かれてたぞー！」ディプレッソが叫ぶ。「こいつら、いつもだ。誰か必ず聞き耳を立てるか、覗き見をしてる。おまえら、人の部屋に盗聴器しかけて、電話の話も聞いてるんだろ」

「でもさ、聞いたことは漏らさないもん」別の女の子が言った。「ビーコンズフィールドも吸わないもん。吸うのは大麻《ポット》だもん」笑い声。しかし冗談だったのではない。ドラマーのレナード君がビーチローブのポケットに手を突っ込んで差し出したのは、片手一杯のマリワナタバコ。仲間に一本ずつ配り始めると、メッツガーは目を閉じ、横を向いて「不法所持」とつぶやいた。

「アチャー」湖面を振り返ったディプレッソが、野性の目を剝き、口を開いたままの顔で言った。

一隻の小型ボートが現れて、こちらに向かってくる。風防ガラス越しには、グレイの背広を着た二つの人影がうずくまって見える。「オレ、逃げるから。なあ、メッツ、あいつら、ここに来てもいじめるなよな、オレの依頼人なんだ」と言って彼はハシゴを下りていった。エディパは溜息とともに寝転がり、風越しに、青くてからっぽの空を見つめた。やがて〈ゴジラII号〉のエンジン音が聞こえた。

「メツガー」彼女は気づいて、「ボートに乗って行っちゃうわよ。わたしたち島流しよ」。

島流しは夜まで続いた。日没後、マイルズ、ディーン、サージ、レナードと四人のガールフレンドが、火のついたマリワナを高く掲げ、フットボールの応援団がフリップカードでやるみたいにSとOの文字を交互に描きつづけていたが、それがファンゴーソ・ラグーンの警備隊――カウボーイ役の俳優崩れと、LAの白バイ警官崩れの二人から成る、闇夜の護り手――の目に入った。救出に至るまでの長い午後は、ザ・パラノイズの歌と、テキーラと、ファンゴーソ・ラグーンを太平洋と間違えて飛んできたドジなカモメの餌に茄子サンドイッチを放ることと、リチャード・ウォーフィンガー作『急使の悲劇』の筋書きを聞くことに費やされた。が、八つの口から出てくる話は、同じ数の口から立ち上る大麻の煙と同じ。記憶の輪《ループ》っかはすぐに崩れ、地図に知られぬ世界に入り込んでいく。あまりにワケがわからないのでエディパは翌日自分で観に行くことにした。メツガーのエスコートも取り付けて。

『急使の悲劇』を上演していたのは、サン・ナルシソを本拠とする〈タンク・プレイヤーズ〉という名の劇団だった。この「タンク」が指すのは、小さなアリーナ劇場で、右隣りに交通調査会社、左隣りに、去年はなかった（来年もないであろう）トランジスタ製品の安売店がある。日本製のものすら投げ売りしているのは、入手先がよほどいかがわしいからだろう。エディパは、気乗りのしないメッツガーを連れて、空席の目立つ客席に坐った。開演の時間になっても客の数は増えなかった。ただ衣裳は豪華であり、照明も芸術的、役者のセリフはみな、米国標準の舞台用イギリス英語だったが、開演五分後、すでにエディパは、十七世紀の観客相手にリチャード・ウォーフィンガーが展開した悪の光景を、固唾をのんで見守っていた。世界滅亡前夜《プリアポカリプティック》の雰囲気というか、当時の客の死滅願望、現世への倦怠感が感じられる。あの人たち、あと数年で革命の内乱に呑み込まれるんだと思うと、その無頓着さに胸が痛む思いがした。

さて、スクァムッツリア公国の邪悪な公爵アンジェロは、芝居の現在からさかのぼること十年前、隣国ファッジョの善き公爵を毒殺する。善き公爵が日曜日のミサのたびに宮廷礼拝堂の、エルサレムの司祭〈聖ナルシソス〉の像の足下に跪いてキスすることを知り、その足に毒を塗らせたのだ。その正式な跡取りであるニッコロ（この芝居の善き主人公）はまだ幼く、成人するまで腹違いの兄である悪党パスクァーレが摂政として実権を握る。が、もちろんこの男に、幼い異母弟をいつまでも生かしておく気はさらさらない。スクァムッツリアの悪い公爵と共謀して考えついたのが、かくれんぼに誘ってニッコロを言葉巧みに巨大な大砲の中へ導き入れ、腹心の配下に発砲させようという企みである。第三幕で、パスクァーレが憎々しく振り返るシーンのセリフを引用す

れば、

田畑を潤す血の雨に打たれ
狂乱の巫女メナードの奏でる
硝石の歌、硫黄の旋《しら》べを聴く

――ことになるはずだったのだが、腹心と信じていた、名をエルコーレという、善き心をもった策士が、ニッコロを殺させまいとする宮廷の反体制一派と共謀して、身代わりの子ヤギを大砲に詰めさせたうえ、町の女を斡旋する老婆に変装したニッコロを連れ、宮殿を逃れる。

以上は、第一場の、ニッコロが友人ドメニコにみずからの生い立ちを語るシーンで明かされること。成人したニッコロは、当時の神聖ローマ帝国のほぼ全域で郵便事業を独占していたトゥルン&タクシス家の特別配達人として、アンジェロ公爵の城に出入りしている。表向きの目的は新市場の開拓――というのも、スクァムッリアの公爵は頑固にも、よりお得なトゥルン&タクシス家の郵便配達を拒絶しつつ、隣国ファッジョに置いた手先のパスクァーレとの通信に、自分の命じる使者しか立てなかったから――なのだが、言うまでもなく、ニッコロはそれに乗じて父の仇討ちを果たすべく、機会を秘かに待っていたのであった。

一方、悪徳公爵は、手持ちの女性として唯一使える妹のフランチェスカを隣国の公位簒奪者パスクァーレの后となし、両国を併合する計画を練っている。だがそれには一つだけ障碍があった。妹は、嫁ぐべきお相手の実の母であったのだ。そもそもファッジョの善き前公爵を毒殺させた理由の一つが、妹との密通の結果が誕生していたことにある。ここで笑いを誘うシーン。フランチェスカが兄に、肉親同士の婚姻は世間的に通りませんと兄に仄めかすと、アンジェロは、われらが兄妹、十年の肉体関係を続けておるのに、おぬしの心にまだそんなタブーが生きていたとはな、と応じる。近親婚だろうと何だろうと、婚礼は執り行わねばならぬ、それは長きにわたる我が野望の実現に不可欠なのだと公爵が言えば、いいえ、教会が認めませんわ、とフランチェスカ。ならば、と枢機卿の買収を仄めかすアンジェロは、はやくも妹の体をまさぐりはじめ、その白いうなじを嚙んでいる。会話の調子も変転し、飽くなき快楽に耽る者たちの言葉が飛び交い、二人が長椅子に倒れ込むところで一場が終わる。

第一幕の最後では、うぶなニッコロ自身の口から素性の秘密を聞き知ったドメニコが、悪党公爵への謁見を願い出て、友を裏切ろうとする。だがアンジェロはもちろん自室に籠もって色事に大忙し、結果、行政担当の従者が代わりに会って話を聞いたのだが、この従者こそ、幼きニッコロの命を救い、ファッジョ公国からの逃亡を助けたエルコーレだった。その事実をエルコーレが伝えたのはしかし、猥褻なジオラマを見せるからと言葉巧みにドメニコを誘い、みっともない姿勢に屈ませ、変な形の黒い箱に彼の頭を突っ込ませた後のこと。鋼鉄の万力がその頭を締め付ける。助けを求める彼の叫びは、箱の中に響くだけ。その手足をエルコーレは、紅の絹紐で縛り上げる。そしてドメニコは裏切りの言葉を伝えた相手が、誰であったかを告げられるのだ。その舌が、差し入れられたペンチで引き抜かれる。体には二度、三度と剣が突き刺さり、頭の入った箱の中には、黄金をも溶かすという王水が注ぎ込まれる。ドメニコが死に至りつく前に営まれる数々の「お愉しみ」には、陰部切断も含まれていて、これが絶叫と、舌なき口での祈りと、激しい身もだえのなかで執り行われる。細身の刀剣の先に刺した舌をさし上げながらエルコーレは壁に据えた炎の明かりの下へ走っていき、舌に火をつけ、その剣を狂ったように振りまわしながら叫ぶ――そして次のセリフの絶叫をもって、第一部は幕を下ろす。

おぬしに男性《オトコ》は要らぬものと
道化の聖霊エルコーレは思う
悪意の、不聖の霊は降りたり
始めよ、恐怖のペンテコステを

照明が消え、舞台が静まりかえる。向こう側の客席の誰かが「オエッ」とはっきり言った。

「出ようか」とメッガー。

「でも骨のことが知りたいから」

だが、それが出てきたのは、第四幕になってからのことだった。第二幕は、主に枢機卿の拷問である。母と子の近親婚に教会の認可を与えるくらいなら死を選ぶと譲らないカトリックの高僧を、望みどおり死へ送り込むシーンが延々演じられるのだが、その合間に、拷問に喘ぐその叫びを耳にしたエルコーレが、ファッジョ公国内のパスクァーレに恨みを持つ分子に急使を送り、母子の結婚の噂を流して、世論を味方につけようと図る。もう一つ、アンジェロ公爵の急使の一人と暇つぶしに喋っていたニッコロが、〝消えた衛兵〟について聞き知るシーンがある。かつて善き公爵を衛るべくファッジョの領内から選りすぐった五〇人ほどの騎士団、ファッジョの若き華と呼ばれた彼らが、ある日突然、スクァムッリア国境付近で演習中に消息を絶ったのだ。その直後に公爵毒殺事件があったのだという。これを聞いて、正直者のニッコロは、もし二つの事件に関係があり、どちらも裏でアンジェロ公爵が糸を引いていたと知れた日には、あのヤローどうなるか見ておれ、と漏らしてしまう。相手の急使（名をヴィットーリオという）にしてみれば、これは聞き捨てならぬことで、すみやかに公爵に報告せねばと、観客に向かって傍白する。その間にも拷問室の残虐行為は続き、自分の流れる血を聖杯《カリス》で受けたものを差し出された枢機卿は、その「清め」の言葉を神にではなく悪魔に向けて発することを強要される。さらに足指の切断。落ちた親指をミサにおける聖体のようにかざした枢機卿は「これはわが体なり」*と言わされる。これを聞いたアンジェロは大はしゃぎ。いままで五〇年間、教会の嘘っぱちばかり聞かされてきたが、いま初めて本当のことを語ったな、とほざいている。清教徒の観客へのサービスかと思えるほど

＊　キリストが最後の晩餐でパンを手に取って言った言葉で、カトリックの聖体拝領の儀式で繰り返される。

反教会的な——だが、清教徒ならそもそもそも劇場のような不道徳的な場所へは来ないのだから、そもそも無益な——シーンである。

第三幕はファッジョの宮廷を舞台に、パスクァーレの惨殺描写に費やされる。エルコーレの息の掛かった連中によるクーデターの総仕上げだ。城の外で戦闘が繰り広げられるなか、パスクァーレは優雅な貴族趣味のお部屋で乱交の真っ最中。その余興の中心が、最近インドの地から連れ帰ったという、獰猛ながら芸達者な黒色の類人猿であった。これが実は言うまでもなく着ぐるみを着た謀反人であって、合図とともに、シャンデリアの上からパスクァーレに飛びかかり、同時に踊り手に化けていた女装の数人が、四方から、王位を盗った私生児《バスタード》に迫る。それからの約一〇分間は、復讐の軍団による、手責め・足責め・首絞め・毒盛り・炎責め・踏みつけ・目つぶし・エトセトラ……その一つひとつの責苦を、パスクァーレは細部にわたる演技で描写し客を愉しませ続ける。彼の苦悶が絶頂に達し、息絶えたところで、ジェナーロという、まるで存在感のない人物が初登場、正統な世継ぎであるニッコロの帰還まで、彼が公国の暫時的な君主となることが宣言される。

ここで休憩が入った。タバコを吸いにロビーに出るメッツガーの足がよろけた。エディパは女性トイレで、昨晩〈ザ・スコープ〉で見たマークはないかしらと、ぼんやり壁を見回した。壁は真っ白で、それが彼女には驚きだった。公衆トイレなのに、周縁的コミュニケーションの形跡がまったくない。そのことが逆にエディパは怖かった。

『急使の悲劇』第四幕。事態の急な展開に戦《おのの》き、逆上するアンジェロが舞台にいる。ファッジョの政変の報せも届き、ニッコロがどこかで生きているという可能性も浮上してきた。噂によれば、ジェナーロが兵を集めてスクァムッリアへ向かおうとしているとも、また枢機卿の殺害を知った法王がまもなく動き出すとも。四面楚歌の公爵は、まだ腹心と信じているエルコーレを呼び寄せ、もはや自分の家来も信頼できぬと思ったのだろう、トゥルン&タクシスの者に初めて伝書の配達を命じる。エルコーレはニッコロを呼び入れ、公爵の意に従うように告げる。鵞ペンと羊皮紙とインクを取り出したアンジェロは、最新の情勢を知らぬ二人に背を向け、観客の方を向いて説明を始めた――ファッジョが攻めてくる前に大至急、こちらから善意を示しておくことが必要だと。だがその文面を書きながら彼は、今使っているこのインクが、きわめて特殊なものだと匂わせる、いくつかの謎めいた言葉を漏らした。たとえばこんなふうに――

これなる漆黒の液を、encre《アンカー》と呼びなす仏蘭西国《フランス》を、
我らが壮きスクァムッリアも真似て呼ばん
言葉なき深みより引き上げられた錨《アンカー》であってみれば

あるいは

白鳥はただ一本、虚ろな羽を供し
不運な羊は皮のみを提す
しかるに黒々と、絹糸のごとく間を流る
この液は抜かれもせず、剝がされもせず
獣とはいえど異色の獣より集められしもの

これらのセリフのいちいちを、アンジェロはニンマリと楽しそうに口にするのだ。そしてジェナーロへ手紙を書き終えると、封印をし、それをニッコロが胴衣《ダブレット》の中にたくし込んでファッジョへ向かった。彼はまだ、政変のあったことも、自分が正統なる公爵として到着を待ち望まれていることも、エルコーレ同様、知らされていない。場面変わって、小軍を率いたジェナーロがスクァムッリア公国に向かうシーン。飛び交うセリフは多いが、つまるところは、ヤツらが和平を望むなら、我が軍が国境に着く前に使者を送って伝えるべきで、さもなくば、不本意ながら、アイツらのケツは預かったということである。場面は再びスクァムッリア。アンジェロの使者ヴィットーリオが飛び込んできて、ニッコロが謀反を口にしていたと告げる。そこに別の者も飛び込んで、ドメニコ(つまりニッコロを裏切った友)のバラバラ死体があがったことを告げ、その片足が履いていた靴の中から、ニッコロの正体を暴く血で綴ったメモが出てきたと報告する。激怒のあまりアンジェロはほとんど卒倒せんばかりになって、ニッコロの追跡と破滅を命じる。だが、自分の家来が手を下すようにと命じたのではない。

ここらあたりからなのだ。物事が奇妙な具合になってくるのは。冷気がそっと撫でるように、明瞭だったはずの言葉がぼやけ始める。それまで、発せられる物事の名は文字通りの意味を持つか、隠喩的な意味を持つかのどちらかだった。だが公爵による殺害命令はそれではなかった。一種の儀礼的躊躇としか言いようのない、新しい表現が形をなしてきたのである。ある種のことは、声に出しては伝えられないということが、ありありとわかる。出来事も、ある種のものは、舞台上で描かれない。みんなに想像がつくようなものでもないのに。そこまで描写はどれも過剰に過ぎるほどだったのに。公爵には、こちらが解るようにしゃべる意図がないのか、あるいはそれができない理由があるのか。誰がニッコロを追ってはならないか、そのことは叫ぶほどの声でヴィットーリオに告げられた。自分の用心棒らのことは、害虫、阿呆、腰抜けと、面と向かってこき下ろし、排除した上で、誰に追跡させるというのか？　ヴィットーリオはわかっていた。スクァムッリアの宮廷の使用人たち全員がわかっていた。だからこそ、みんな意味ありげな視線を交わしている。なんという大がかりな楽屋オチなのだろう。この時代の観客にはみんなわかっていたというのか。アンジェロは知っているのに、口にしない。すんでのところで漏らさない——

覆面のまま墓場へ送れ
誉れの名を取り戻さんとして倒れし者

そやつの仮面を真実となして踊らん
復讐を誓いて眠らぬ奴等より
素早く剣を集めるのだ
ニッコロが掠《かす》めし名のかすかな囁《ささや》きに
一瞬も立ち止まることなく
引き寄せよ転落を、魂なき崩落を
口にすることもできぬほどの破滅を……

場面変わって、ジェナーロとその軍隊。スクァムッリアからスパイが到着し、ニッコロが向かっていることを告げる。大歓声。だがその中で、口数は少ないながら、弁舌は見事なジェナーロが口を開き、ニッコロは今なおトゥルン&タクシス家の下で馬を走らせていることを忘れるな、と弁じる。すると歓声は一瞬にして止み、舞台上に、さきほどアンジェロの家来を包んだのと同じ、奇妙な冷気が忍び込んだ。すべての役者が（明らかな演出の導きを受けて）たった一つの可能性を意識している。ジェナーロは何の手掛かりも与えない。先ほどのアンジェロに優る素っ気なさだ。神と聖ナルシソスの名を口にしてニッコロへの加護を祈ると、みんなそのまま馬を進めて行ってしまうのである。ジェナーロは副官に自軍の位置をたずねる。そこは、ファッジョの〝消えた衛兵〟が最後に目撃された湖からほんの三マイルほどのところだった。

さてアンジェロの城内では、策謀家エルコーレの策もいよいよ尽きた。ヴィットーリオら数名によってドメニコ殺害が告発される。証人たちが続々と入ってきて、猿芝居の裁判が演じられ、エルコーレは、爽やかといってもいいくらいの単純な集団刺殺によって、最期を迎える。

次のシーンで我々は、ニッコロの最期を目撃することになる。休憩のため、湖岸に馬を停めた彼は、この場所でファッジョの衛兵が消えたという話を思い出す。木の下に座してアンジェロの手紙を開き、そこで初めて政変について、パスクァーレの死について知る。いま自分は、自分こそが収まるべき王座に向けて、領土全体の祝福に向けて、高邁な理想の実現に向けて、馬を進めているのだということを知る。彼は樹木にもたれ、嘘で塗り固められた手紙の一節を、辛辣なコメントを入れつつ朗読する。文面には、ジェナーロを懐柔し、その間にスクァムッリアの軍を組織し隣国ファッジョに攻め込もうという魂胆が明らかだ。ふと、舞台裏から賊の近づいてくる足音が聞こえる。ニッコロは跳び上がり、放射状に延びる路の一つに目を凝らす。片手で剣の柄《つか》を掴んだまま、震えて、声も出ない。この時の彼のセリフは無韻詩文のなかでも、最短のものだろう。「T-t-t-t-t…」悪夢の金縛りから身を引き剝がそうとして、一歩一歩踏んばりながら後退していくという感じだ。そのとき、しなやかで凄まじい静寂のなかを、舞踏家の優雅さを持つ、手足の長い、女性的な、黒タイツとレオタードと手袋姿、黒いストッキングを頭に被った人影が三つ、跳ねるように登場し、ピタリ止まってニッコロを見据えた。ストッキングのせいで顔は暗く、歪んでいる。彼らは待つ。そこで暗転。

スクァムッリアでアンジェロは兵力を組織しようとするが叶わず、ヤケを起こして、城内に残る使用人とかわいい娘らを集め、すべての出口に儀礼的に錠を下ろし、ワインを出してご乱行の宴を始める。

第四幕の最終場面で、ジェナーロの軍はいよいよ湖岸に着くのだが、そこに兵士が一人駆けつけ、ニッコロと確認された死体が発見されたことを報告する。死体は口にすべからざる惨状だが、首のお守りは、まちがいなく子供の頃ニッコロが懸けていたものだった、と。ここでまた、さきの静寂が舞台を包む。みなお互いの目を見合っている。兵士はジェナーロに、死体の上にあったという血の付いた羊皮紙を渡す。封印を見れば、それはアンジェロがニッコロに届けさせようとした文書だった。ジェナーロは一度それを見やり、ハッとして見直し、声に出して読み始める。何という奇跡だろう、それはもはや、ニッコロが舞台で読んだ、嘘で固めた文面ではなかった。アンジェロが、彼の罪状を長々とすべて告白し、最後の締めで、かのファッジョの衛兵たちに起きた本当のことを明かしたものであった。彼らは、驚くなかれ、全員がアンジェロによって殺害され、湖に投棄されたのだった。その骨は後に引きあげられ炭となり、その炭からインクが作られた。暗澹たるユーモアのセンスをもったアンジェロは、以後ファッジョとの交信に、必ずそのインクを使っていた。いま読まれているこの文書にしても、同じである——

だが今、汚れなき者どもの骨

ニッコロの血と混じり合い
無垢と無垢とがかく結びて
交わりから生まれたる子の名は奇跡
卑劣なる嘘が、まことの言葉に直り
その真実を、われらは遺志《テスタメント》として支えゆかん
ああ死してなお高貴なるかな、ファッジョの衛兵

奇跡を前に、その場の全員が跪き、神の御名を讃美し、ニッコロを哀悼し、スクァムッリアを木っ端微塵に打ち砕くことを誓うのだが、しかしジェナーロの最後の言葉が、あまりに絶望的な響きであった。当時の観客には真にショッキングであったことだろう。ここで彼は、アンジェロが口にせず、ニッコロが震えて言葉にできなかった名前を明かしているのである。

嘗てはトゥルン&タクシスを名乗りし
そやつはいま、剣の刃のほか主を知らず
金の一巻喇叭《ラッパ》は無音にて横たわる
神聖なる星の枠《かせ》とて護れはすまい
トリステロと出会う運命を負いし者は

He that we last as Thurn und Taxis knew
Now recks no lord but the stiletto's Thorn,
And Tacit lies the gold once-knotted horn.
No hallowed skein of stars can ward, I trow,
Who's once been set his tryst with Trystero.

トリステロ。幕間の暗転とともに、この一つの言葉が暗い中空に浮いてエディパの首を傾げさせた。だが、このときはただそれだけ。後に彼女を圧迫することになるあの力は未だ持っていなかった。

第五幕は完全なアンチ・クライマックス。スクァムッリアの宮殿にジェナーロがもたらす血の海をもって始まる。アルカリ泥の落とし穴、地雷、爪に毒を塗った鷹……ルネッサンス期の人間に知られていた残虐な死のすべてが勢揃いするといった感じで、その後メッガーが評した言葉によると、無韻詩劇で演じた「ロードランナー」のカートゥーンのようであった。エンディング・シーンでは、死体で埋まった舞台に、唯一の生き残りが佇んでいた——魅力に欠ける行政官のジェナーロである。

プログラムには『急使の悲劇』の演出家としてランドルフ・ドリブレットという名が記されていた。最後に残ったジェナーロを演じた男でもある。「ね、メッガー」エディパが言った。「一緒に舞台裏に来て」

「誰か知り合いでもいるの?」及び腰でメッガーが言った。

「ハッキリさせたいことがあるのよ。ドリブレットと話さなきゃ」

「お、骨のことか」メッガーは考え込む表情をする。エディパが言った。

「なんていうのかしら、このままじゃ気持ちが落ち着かないのよ。二つ、あんまり似てるんですもの」

「いいさ」メツガーが言った。「次はなんだ？　退役軍人局にピケを張るか？　ワシントンに大行進をかける？　オオ神様《ガーッ》」と言って小劇場の天井を仰いだ。帰り足の客の何人か、クルリと頭をこちらに向けた。「このウーマンリブの、教育過剰の、おつむの弱い、熱血ハートの女から護ってください。僕は三十五歳、こんなことには関わりたくない」

「メツガー」世間体を気にしてかエディパは小声で、「わたし、若き共和党員《ヤング・リパブリカン》ですからね」。

「まいったな、ハップ・ハリガン*の漫画かよ」メツガーはさっきよりもっと大きな声で言った。「まだ字もろくろく読めなかったころでしょう、あれは。そうなのか、土曜の午後のテレビ映画で、ジョン・ウェインが自分の歯で一万人の日本兵をやっつけるってのが、エディパ・マースの第二次世界大戦ってわけ。今じゃみんなワーゲンを運転するし、ソニーをポケットに入れて歩いているっていうのにねえ、みなさん、この人は二十年前、戦争中に起きた非道を糺したいって言うんですよ。亡霊の目を覚ましたいって。それも、酔ってマニー・ディプレッソと言い合ったのが始まりだ。法的にも道徳的にも、まず果たすべき責任は、代理人になった遺産であって、いかに勇敢な戦死を遂げたとはいえ、アメリカの英霊たちでないことを忘れている」

「そうじゃないのよ」彼女は口をはさんだ、「ビーコンズフィールドのフィルターの素材が何だ

＊　一九四二年（エディパが五歳くらいのとき）に始まった戦闘機ヒーローものの雑誌連載漫画。正しくは Hap ではなく Hop Harrigan。

ってかまわないわ、ピアスがコーサ・ノストラから何を買い付けたかなんて、考えたくもない。憐れみの湖《ラゴ・ディ・ピエタ》で何が起こったかも、肺ガンのことも……」あたりを見回して、言葉を探し、無力感に襲われる。

「じゃ、何なんだ」メッツガーが挑発する。ヌッと立ち上がって闇の中に浮かびあがる。「何なの」

「わからないわよ」彼女は言った。平静を失っている。「ねえ、いじめないで。味方になって」

「敵は誰？」サングラスを掛けながら、メッツガーがたずねた。

「つながりがあるのかどうか、見たいの。好奇心」

「好奇心か」とメッツガー。「ふむ、車で待ってよう」

彼が消えるのを見届けて、エディパは楽屋を探しに行った。ループになった廊下を二度巡ってから、二つの照明に挟まれて影になったところにドアがあるのを、ようやく見つけた。入っていくと中は柔らかでエレガントな渾沌。みんなの末梢神経が剥き出しになって、先端のアンテナから出る電波が相互干渉しているといった印象である。

顔から血糊を落としている若い女優の後について、明るく照らされた鏡のところまで、汗に濡れた腕とぶつかり、その瞬間だけカーテンのように垂れた髪の毛に触れながら、エディパは部屋の奥へと進んだ。ドリブレットは、今もジェナーロのグレイの衣裳のままだった。

「最高でしたわ」エディパが言った。

「触ってごらん」腕を伸ばしてドリブレットが言った。彼女は触れた。その灰色の衣裳はフランネルだった。「汗だくで演じるんだよ。そうしない限り、ジェナーロは存在しないわけだからね？」

エディパはうなずいた。この人の眼球がすごかった。明るい黒の瞳のまわりに線がはびこり、網状組織《ネットワーク》をなしている。涙にこもる知性について調べる実験室の迷路といった感じだ。ここに来た目的を、相手は知っているようだった。彼女自身はわかっていないのに。

「芝居の内容のことですね」彼は言った。「やめておきなさい。これはエンタテインメントとして書かれた。ホラー映画と同じさ。文学じゃない。意味はないんだ。ウォーフィンガーはシェークスピアじゃないんでね」

「どんな人なんですか？」

「シェークスピアってどんな人？　昔むかしの話でしょう」

「台本を見せていただけません？」　具体的に何を求めているのかは自分でもわからなかった。

ドリブレットは彼女を、一つしかないシャワー室のわきにある書類キャビネットに案内した。

「いまシャワーを浴びておきたいんで」彼は言った。「さもないと〝石鹼落とし〟ではしゃぐような連中がわんさか入ってくるんでね。台本《ホン》は一番上の引き出しだよ」

だが、どれも紫色の複写ばかりだった。擦り切れたり、破れたり、コーヒーのシミがついたのばかり。それ以外は何も入っていなかった。「あのー」シャワー室に届く声で、「オリジナルはどこですか？　コピーを取った元はどれなの？」

「ペーパーバックだ」ドリブレットが叫び返す。「出版社とかは知らんよ。フリーウェイの近くにあるツァプフ古書店ってところで見つけたんだ。アンソロジーで、『ジェイムス朝復讐劇』というタイトル。表紙に髑髏が描いてある」

「貸していただけます？」

「誰かに持っていかれた。公演初日のパーティで。これを演じるたびに五、六冊は必ず失《な》くなっていくんだよ」シャワー室から首だけ出てくる。体の残りは湯気の輪を被っていて、その上に頭だけ風船のように漂っているという不気味な姿である。注意深く、大いに楽しみながらエディパを凝視している。「ツァプフのところにもう一冊あったよ。まだあるかもしれない。場所は見つけられそうかい？」

何かが彼女の腹部に来て、少しのあいだ踊って去っていった。「ねえ、引っかけでしょ」と言って睨むと、迷路の溝に縁取られた相手の瞳は、しばらく黙って見返した。

「なぜなんだ」ドリブレットが沈黙を破った。「なぜ、みんな、テクストにそんなに関心を持つんだ」

「みんなって誰ですか？」質問を返すのがちょっと早すぎたか。ドリブレットは一般論で言っただけかもしれない。

ドリブレットの頭が前後に揺れた。「文学的な議論に巻き込まれるのはごめんだね」と言ったあと、「あんたらが誰なのかは知らないけど」と言い添えて笑う。見憶えのある表情。エディパは舞台を思い出し、死体の冷たい指が自分の肌に触れたような気持ちになった。トリステロの攻撃が話題になるたび、舞台のみんながこれと同じ顔をしたっけ。この、夢に出てくる嫌な男のワケ知り顔みたいな、おぞましい表情は、彼が仕込んだものであるはずだ。そうだ、この顔について質問しよう。

「その表情もト書きに指示されていたんですか？　すごいたくさんの人が、秘密を共有してるって、それでわかりますもんね。それともこれ、演出家がお考えになったの？」

「私が考えた」とドリブレットが言った、「それと、四幕で刺客が三人、舞台に出てくるだろう。そのシーンも実は私が書き加えた。ウォーフィンガーの戯曲にあれはないんだよ」。

「どうしてですか？　どこかから別の情報が入ってきたんですか？」

「違うんだなあ」苛立ちの口調だ。「きみたちさ、聖書を読むピューリタンとそっくりだよ。言葉、言葉、言葉。あの劇はどこに存在するんだと思う？　そのキャビネットの中じゃないよ。これから探そうっていうペーパーバックの中でもない。そうじゃなくて——」湯気の中から手が出てきて、浮遊する頭を指した。「ここだよ、ここ。ここを使うのが私の仕事さ。スピリットに肉を与える。言葉が何だっていうんだ。そんなもの、繰り返される騒音以上のものではない。セリフを役者の耳に響かせて、骨の内側に記憶させるための念仏さ。いいかい、リアリティは、この頭にあるんだ。私のね。プラネタリウムの投光機はこの私。舞台上でみなさんがご覧になる閉じた小宇宙はすべて、私の口と目から出てくる——ときどき他の穴からもね」

だが彼女も引き下がるわけにはいかなかった。「あなたの感じ方が、ウォーフィンガーと違うというんでしたら、その理由は何なんですか。この……トリステロに関して」その一語を発すると、ドリブレットの顔は急に引っ込んで湯気に隠れた。まるでスイッチが切れたかのよう。エディパはその一語を言いたくはなかったのに。芝居がはねた後もウォーフィンガーは、その語のまわりに、舞台上で生じさせたのと同じ儀礼的な禁忌のオーラを創り出している。

「仮に私がここで溶け出して」漂うスチームの中でくぐもった声がした。「下水を伝って太平洋に流れ込んだとしよう。そのときには、今夜きみの見たものも一緒に消えるわけだ。きみの中で、なぜかはしらんが、あのちっぽけな世界と関わってしまった部分も溶けて消える。消えずに残るのは、ウォーフィンガーが嘘《フィクション》にしなかった事柄さ。スクァムッリアとファッジョ。そういう国が実際あったのならそれは消えない。トゥルン&タクシスの郵便組織もね。切手収集家は実在したって言うよ。その〈敵対者〉も実在した可能性はある。だが彼らは歴史の痕跡だよ。化石さ。死んで無機物《ミネラル》になった。価値も可能性も潰《つい》えたんだ。

「なんなら私に恋してみるかい。私の分析医と相談するのも、寝室に録音機を隠して、眠っている私の語りをチェックするのもアリだな。そうしてみるかい？ 手掛かりを集めて、理論をこしらえ、作り直し、トリステロが出現した可能性に対して、なぜ登場人物があのように反応したのか、なぜ暗殺者が来て、なぜ黒装束を着ていたのか、論じることはできるだろう。そうやって人生を無駄に使って、真実に触れられると思うならそうしなさい。ウォーフィンガーが与えたのは言葉と一つの作り話。それに命を与えたのは私だ、以上」言葉が止んだ。シャワーの水音が跳ねている。

「ドリブレットさん?」しばらくして、エディパが呼んだ。

一瞬また顔が現れた。「やってみるかい」ニコリともしていない。目玉の網がふたつ。その中心で瞳が答えを待っている。

「電話します」と言って、エディパは去った。そのままズンズン歩いて、戸外に出てから思った。わたし、骨のことを聞きに行ったはずなのに、トリステロなんかの話になってしまった。ガランとした駐車用地にたたずみ、メッツガーの車のヘッドライトが自分に向かってくるのを見ながら彼女は、この出来事が、少しでも仕組まれてはいなかっただろうかと考えた。

メッツガーはカーラジオを聞いていた。乗り込んで二マイルほど走ってから気がついた。この放送局はKCUFで、さっきから聞いていたのは、夜間の気まぐれによって電波受信された、夫ムーチョの声だったことに。

4

その後もマイク・ファロー＝ピアンには会ったし、『急使の悲劇』のテクストもある程度はフォローした。だが気は安まるどころか、情報をつかむたびに「啓示」は累乗的に増えていくのだ。まるで集めるにしたがって、どんどん向こうからやってくるかのように。今はもう、目にするものも、匂うものも、夢に見るもの、思い出すもの、すべて〈ザ・トリステロ〉なるものに織り込まれていくかのようであった。

たとえばエディパは遺言状を、ていねいに読み返してみた。仮にピアスが、自分が消えたあとの世界に、組織された何かを残すことを意図したのだとしたら、死後も消えずに残る物に命を吹き込む仕事が、自分に課せられているのではないだろうか。ドリブレットが言ったように、プラネタリウムの中心の黒い装置に自分がなって、はるか彼方のドーム天井に向け、チラチラと脈動する、星をちりばめた意味を照射する、それも自分のやるべきことじゃないか、と彼女は思う。でもそれには障碍が多すぎた。法律のことも、投機のことも、不動産のことも、死んだピアス自身のことすら、エディパはあまりに何も知らない。その無知の大きさをドルに換算して示したものが、遺言検認裁判所から要求された委託保証金の額面なのかもしれないと思えた。〈ザ・スコープ〉のトイレの壁に描いてあったシンボルマークを書き写した手帳のページに彼女は、*Shall I project a world?*――わたしが世界を投射するのか――と書いた。それはムリでも、せめて、天球の星座に矢印を映写する？　ドラゴンや鯨やサザンクロスの形をたどってみせるだけでもいい、どんなことでも……。

　そんな思いで彼女はある日、早起きして、ヨーヨーダインの株主総会に向かったのだ。自分にできることなどあるはずもないのだが、とにかく動いてみないと、惰性の力で動けなくなりそうな気がしたから。門の一つをくぐるところで、丸くて白いヴィジター用のバッジをもらい、百ヤードの長さのカマボコのような建造物の前の、広大な駐車場《ロット》に車を停める。全体がピンク色のこのカマボコはヨーヨーダインのカフェテリアで、ここが総会会場である。そこで二時間、エディパはベンチの椅子で二人の爺さんに挟まれていた。爺さんは双子だろうか、とてもよく似ていて、交互にコックリをする。すると、シミとホクロだらけの手が交互に彼女の膝の上に落ちる。まるで持ち主が眠っている間に手だけ勝手に夢の散歩を楽しんでいるといったふうだ。集まった人々のまわりを黒人のウェイターがマッシュポテト、ほうれん草、小エビ、ズッキーニ、ポットローストの入った容器を、長い、きらめくスチームテーブルに運んでいる。正午にどっと押し寄せるヨーヨーダインの社員に備えての準備である。定例の議題の処理に一時間を費やした後、ヨーヨーダインの合唱会が始まった。株主と代理人と会社役員が、コーネル大学の校歌に合わせて歌う——

《賛歌》

ロスの高速見下ろして
さわぐ車を下に聞き
宇宙電子の砦建つ
ヨーヨーダイン支える我等
我等は宇宙航空部門
誓う不滅の忠誠心
ピンクの館は輝きて
椰子の木高く、誠実《まこと》あり

続いて社長のクレイトン（″ブラディ″）チクリッツ氏直々のリードにより「オーラ・リー」すなわち「ラブ・ミー・テンダー」のメロディで――

《グリー》

ベンディックスの核弾頭　造るはアヴァコ
ダグラス、グラマン　笑いが止まらない
ロッキードとマーチン　ローケットでゴー
カモにされるは　我が社だけ

コンヴェアのサテライト　地球をまわる
ボーイングのミニットマン　海をわたる
ヨーヨーダイン、ヨーヨーダイン　我が社だけ
契約ばかり　宙に舞う

こんな愛唱歌がほかに数ダース。歌詞を憶えていられない歌ばかりだ。歌い終えると会衆は、小隊《プラトゥーン》のサイズに編成され、工場の駆け足見学に出かけた。

どうしたことかエディパは、はぐれてしまった。居眠り半分の爺さんたちに囲まれ、護られながら、スペースカプセルの実物模型を見ていたまではいいのだが、気がつくと蛍光照明と大いなるオフィスのざわめきの中だった。四方八方、白かパステルカラー。男のワイシャツと紙と製図板。この白光をサングラスで遮って、誰かに救出されるのを待つしかない。でも誰も気づいてくれない。水色の机の間の通路をうろつく。角を曲がって、コツコツとヒールの音を響かせると、下を向いていた頭が順番に上がって、通り過ぎる彼女の姿を技師の目が見つめた。誰も話しかけてこない。これが五分一〇分と続くうちに頭の中がパニックになりかけた。このエリアから脱出するのは不可能に思えた。すると偶然——ヒラリウス先生に言わせれば、外界から識閾下《サブリミナル》の手掛かりを使って、意中の人まで行き着いたということなのだろうけれど——スタンリー・コーテックスという名の、ワイア縁のバイフォーカル眼鏡をかけた男の前に出た。菱形模様《アーガイル》のソックスにサンダル履きといういでたちで、社員というには若すぎる感じ。よく見ると、仕事をしていない。太いフェルトのペンシルで、こんな模様をいたずら書きしていた。

「ハロー」とんでもない偶然を目にして足を止めたエディパが言った。そして試しに「カービーの使いよ」と、トイレの壁に書いてあった名前を口にしてみた。口にしてみるとこの名前、ぜんぜん陰謀らしく響かない。単にアホらしくしか聞こえない。

「ハーイ」スタンリー・コーテックスは返事と同時に、例のマークを書き殴っていた封筒を、さっと引き出しにしまい込んだ。そして彼女のバッジを見て、「迷子ですか」とたずねる。

あのマークはどういう意味なのか、ぶしつけに訊いてみても無駄だろう。彼女は言った。「見学してるの。わたし、株主なんです」

「へえ、株主さん」ひと通り彼女に目を走らせてから、隣りの席の回転椅子を足で引き寄せ、エディパの前まで転がした。

「坐ってよ。あなた、ホントに会社の方針を動かしたりできる人？　何を提案しても、そのままゴミ箱行きになるのとは違う人？」

「動かせるわ」ここは一か八かである。

「特許に関する条項をさ、なくしてもらえると、とてもありがたいんだけど」コーテックスが言った。

「特許？」コーテックスが説明した。ヨーヨーダインの技術系職員は、雇用契約の際、自分の発明品も、その権利はすべからく会社に譲渡するという一項にサインさせられるのだ。

「ほんとうに独創的なエンジニアが、これじゃ力を発揮できないでしょ」と言ってコーテックスは、「そんな奴がこの会社にいるかどうかは別だよ」と苦々しく言い添えた。

「えっ、まだ発明している人がいるなんて知らなかった」と言って、エディパは相手を刺激してみる。「だって、ほら、エジソン以来、発明家って聞かないもの。チームワークの時代ですもんね」――これは、さっきの歓迎スピーチでブラディ・チクリッツ社長が口にした単語である。

「チームワークってのも」コーテックスは呻いた、「よく使われる言葉さ。その種の言葉で、責任を回避するのよ。世の中全体がガッツを失っていることの表れですよ」。

「驚いた」とエディパ。「たいそうな言い方するじゃない」

コーテックスは左右に目をやり、それから椅子を滑らせて近づいてきた。「ネファスティス・マシンって知ってます?」エディパは目を大きくしただけ。「ジョン・ネファスティスが発明したの。今はバークレーにいるんだけど、こいつ、今でも発明するんですよ。ほら、ここに特許のコピーがある」と言って引き出しから、分厚い書類のコピーを取り出した。それには箱の図が描いてあった。ヴィクトリア朝風の髭の紳士の写真付き。上部からピストンが二つ飛び出て、はずみ車《フライホイール》とクランク軸につながっている。

「この髭の紳士、どなた?」エディパがたずねた。ジェイムス・クラーク・マックスウェル。スコットランドの有名な科学者なのだそうだ。〈マックスウェルの悪魔〉と呼ばれる微細な知的生物の存在を提唱したことで知られる。この悪魔は、さまざまな速度の空気分子が飛び交っている箱の中に棲んでいて、スピードの速い分子と遅い分子を選り分ける。高速分子は低速分子よりエネルギーが大きいから、一ヶ所に充分な量が集まればその部分の温度は高くなる。その高温部と、それより低温の部分の温度差を利用すると、熱機関が作動する。悪魔は坐って選り分けるだけだから、システムにエネルギーを注入する必要はない。ということは、熱力学の第二法則に逆らって、無から有を生じさせることができる。永久運動が可能になる。

「選り分けるのって、仕事じゃないの？」と、エディパ。「郵便局行って、それ言ってごらんなさいよ。袋詰めにされてアラスカのフェアバンクスまで送られちゃうわよ。〈ワレモノ注意〉のステッカーも貼ってもらえないかも」

「メンタルな仕事ではあるけれども」コーテックスが言った、「熱力学的意味では仕事じゃないんだ」そして続ける――ネファスティスのマシンには正真正銘のマックスウェルの悪魔がいて、クラーク・マックスウェルの写真を見つめながら、右か左か、温度を高くしたい方のシリンダーに意識を集中するとそちらの空気が膨張し、ピストンを押し出すのだ、と。キリスト教教義普及協会の、あの有名な写真――右側面を写した横向きの写真――が一番うまくいくのだそうである。

黒眼鏡《シェード》越しにエディパは、視線を巡らせた。首を回さないように注意して。誰もこちらを見ていない。空調機のうなる音、ＩＢＭタイプライターを打つ音、回転椅子の軋る音、分厚い参考資料が閉じる音、青写真を畳んだり開いたりする紙の音。あとは頭上で無音のまま楽しそうに睨んでいる蛍光照明のぎらつき。それらの音と光に囲まれ、本日のヨーヨーダイン社は異状なし。狂っているのはエディパの立つこの一角だけだ。一〇〇〇人もの中からエディパ一人が選ばれて、誰からも強要されていないのに狂気の前へ歩み入った。

「もちろん、誰でも動かせるってもんじゃないですよ」とコーテックスは注意した。「その才能《ギフト》がないとね。ジョンの言い方だと、感応者《センシティブ》ってんだけど」

エディパは黒眼鏡《シェード》を鼻の頭まで下げ、睫毛をしばたたいてみせた。返事に事欠いたなら、色っぽい仕草を返すのも一策である。「わたしもその感応者になれるかしら、どう思います？」

「本当に試してみたいなら、彼に手紙を出すといい。感応者って数が少ないらしいから、試してもらえるでしょ」

エディパはメモ帳を取り出して、描き写したマークの下に、「わたしが世界を投射するのか」とメモッたページを開いた。「私書箱五七三」コーテックスが言った。「バークレー」

「いや、違った」一瞬、彼の声がおかしな調子になったので、エディパは視線を上げた。強く見つめすぎたかと思ったが、すでに彼の思考は自動的に進んでいて、口から言葉が出ていた。「サンフランシスコには一つも――」と言って、これはまずいと気づいたようで、「テレグラフ・アヴェニューのどこかだよ」とつぶやき、「今言った住所は間違いさ」と付け加えた。

彼女は思い切って切り出した。「だったらWASTE《ウェイスト》のアドレスはもう使えないのね」だが、彼女はそれを「ウェイスト」と一つの単語のように発声した。彼の表情が固まり、不審の表情となった。「W・A・S・T・Eですよ、奥さん」彼は言った。「頭文字を連ねたの、廃棄物《ウェイスト》じゃない。もうこの話は、おしまいね」

「女性用トイレで見たのよ」とも言ってみたが、スタンリー・コーテックスはもはやどんな餌にも反応してくれそうになかった。

「忘れなさいって」と助言して本を開き、彼女を無視する。

だがエディパにしてみたら、忘れるどころの話ではない。「WASTEのシンボルマーク」を、コーテックスが書き殴っていたのだ。その封筒は、ジョン・ネファスティスからでないにしても、同類の誰かから来たものに違いない。そのエディパの疑念を膨らませてくれた人物が、誰あろう、ピーター・ピングウィッド協会のマイク・ファローピアンだった。

「そうなんだ、あのコーテックスって男は、地下組織と関わってるんです」数日後、彼は言った。

「ひょっとして、ノイローゼ気味の連中の地下組織かな。だったら、まあピリピリされても仕方ないじゃないですか。彼から見れば、世界は酷なところなんだから。学校じゃ洗脳でしょ、我々みんなそうだけど、〈アメリカの発明家〉という神話を吹き込まれる[*1]。モールスは電信《テレグラフ》を、ベルは電話を、エジソンは電球を発明した。トム・スウィフトなんか一冊ごとに大発明だよ。発明品ひとつに対して発明家一人。それが、大人になるとヨーヨーダインみたいなモンスターに権利を全部譲渡させられるわけだ。〝プロジェクト〟とか〝タスクフォース〟とか〝チーム〟なんてものにハメられてね、擦れ合って、みんな無名にされてしまう。誰も発明なんかされたくないわけ。望まれてるのは、型通りのデザインの儀式において、マニュアル通りの手順にしたがって、小《ち》っちゃな役割を演じることでしょ。そんな悪夢のなかに、一人ぼっちで生きてくんですよ。それって、どんな感じでしょうね、エディパさん。もちろんみんな連結はするでしょう。連絡し合って、同じ仲間に出くわせば、初対面でも仲間だと判別できる。そういう機会って、五年に一度しかないかもしれないけど、それでも、すぐにわかるもんです」

その晩の〈ザ・スコープ〉にはメッツガーもいて、論客を演じた。「きみ、右翼すぎて、ほとんど左翼だよね」と口をはさむ。「企業がその従業員に特許権を与えるのを拒否しちゃいけないっていうのかい？　どうしてよ。それって余剰価値の理論に聞こえるけどなあ？　きみの言ってるのは、マルクス主義者と一緒だよ」そしてこの典型的な南カリフォルニア風の談議は、お互い酔いが回るにつれて、ますます混乱していった。エディパはひとり沈んだ顔。彼女が今夜ここに来たのは、単にスタンリー・コーテックスとのことがあったからだけではない。他にも啓示が開けていたのだ。一つのパターンの出現——どれもが郵便と、その配達に絡んでいる。

ファンゴーソ・ラグーンの向こう側の湖岸に行ったとき、青銅の碑が建っているのを見たのだった。「此地に於いて一八五三年、ウェルズ・ファーゴ[*2]に帰属する十二人が、奇怪なる黒装束の覆面盗賊団と勇敢に戦った。それを伝えたのは息絶え絶えになった一人の郵便配達人。他に手掛りは、襲われた一人が土に記した十字の印のみ。賊の正体は今日なお霧の中にある」

十字の印？　頭文字のTを誤認したんじゃなくて？　『急使の悲劇』のニッコロが震えながら

＊1　少年向け科学冒険物語シリーズの天才少年。
＊2　ゴールド・ラッシュの時代にサンフランシスコに設立された、現存の金融機関。

口にしたのはTの音だった……。エディパの心に、この事実がのしかかった。公衆電話でドリブレットの番号を回した。このウェルズ・ファーゴの事件を彼が知っていて、それで劇の刺客に黒を着せたのではないかと思ったのだ。電話は人気《ひとけ》のなさそうな部屋で、無駄に鳴り続けていた。彼女は受話器を置いて、ツァプフ古書店に向かった。おやじさんが、15ワットの光の円錐から出てきて、ドリブレットが言っていたペーパーバック版『ジェイムス朝復讐劇』を一緒に探し、見つけてくれた。

「こいつがね、よく出るんですよ」とツァプフ。表紙に描かれた髑髏が、ほの暗い光の中で彼らを見つめた。

よく、ってドリブレット以外にもってこと？　それを訊こうと口を開いたが、声にすることができなかった。これから頻繁になっていくエディパのためらい、その第一号である。

〈エコー・コーツ〉に戻った彼女は――メッガーはその日一日他の用事でLAに行っている――さっそく、ただ一ヶ所「トリステロ」の語が出てくるページを探した。見つかった行の欄外に、たぶん学生の書き込みだろう、鉛筆で「異文あり、一六八七版」と書いてある。ある意味、これがエディパの憂鬱を吹き飛ばした。例の一行に対する別の読みを知れば、その単語の暗黒の顔を照らし出す助けになるかもしれない。冒頭の短文は、このテクストのソースとして、二種類の二つ折版《フォリオ》（ともに刊行年不詳）を挙げている。が、奇妙なことに、序文には筆者の名前が書かれていない。奥付に、ハードカバー版の情報があった。『フォード・ウェブスター・ターナー&ウォーフィンガー戯曲集』というタイトルの大学用教科書で、一九五七年、カリフォルニア州バークレーのレクターン・プレスから刊行された、とある。彼女は、前の晩にザ・パラノイズが置いていったジャック・ダニエルの封を切ってグラスに半分まで注いでから、LAの市立図書館に電話した。調べてもらうことはできたが、そのハードカバー版は所蔵していないとの返事だった。相互貸出システムで検索してくれるというが、エディパは待ったをかけた。思いついたのだ。「出版元がバークレーだから直接行って訊いてみます」そうだ、ついでにジョン・ネファスティスも訪問してみよう。

実をいうと彼女は先の史碑を偶然見かけたのではなかった。ある日、思い立ってインヴェラリティ湖を再訪したのである。インヴェラリティの死を越えて生き続けているあれこれの利権に対して、〝自分のなにかを差し出す〟ことをしないといけない——自分の身を置くだけでも——という気持ちになっていたからだ。徐々に募るオブセッションとでも言うべきか、散らばる断片から何かしらの秩序を、星屑から星座を、つくることができないかと思うようになったのだ。で、次の日にヴェスパーヘイヴン・ハウスに出かけてみた。ヨーヨーダインがサン・ナルシソに進出したころ、インヴェラリティがつくった老人ホームである。正面の娯楽室には、窓という窓すべてから光が差し込んでいる感じがあった。薄ぼんやりとした画面にレオン・シュレジンガーのアニメ・キャラ*が走り回るその前で、一人の老人が居眠りをしている。老人の髪の分け目の、ピン

＊　ポーキー・ピッグのこと。ダフィー・ダック、バッグス・バニーの可能性もある。

ク色した、フケだらけの涸谷《アロヨ》を、一匹の黒い蝿が散策していた。太っちょの看護婦が、殺虫剤のスプレー缶を持って走り込んできて、「早く飛びなさいよ、殺せないでしょ」と蝿に向かって喚いているが、蝿は用心深くその場を動かない。「ソスさんがうるさがってるわ」――の大きなひと言でソスさんが跳ね起き、瞬間、足下をすくわれた蝿が、あわてふためいてドアへ向かった。それを看護婦が、シューシュー毒を撒き散らしながら追いかける。

「こんにちは」エディパが言った。

「夢を見ていたよ」ソスさんが言った。「わしのじいさんの夢だ。ヨボヨボでね、わしは九十一だが、じいさんも同じくらいの歳にはなっていたろう。子供のときにゃ、じいさんは、さいしょから九十一歳だったように思ったもんだが、今は」と言って彼は笑った、「このわしが一生九十一歳だったように思えるよ。ああ、で、そのじいさんはな、よく話してくれた、ポニー速達便《エクスプレス》の配達夫をやってたんだと。あんた、それ、ゴールド・ラッシュの時代のことだよ。乗ってた馬の名前が、アドルフっていってな」。

今は過敏な感応力を持つエディパは、あの青銅の碑を思った。孫娘風の笑顔をつくって、「そのおじいさん、西部の悪漢どもをやっつけたりしなかったの？」とたずねる。

「残酷な人じゃったねえ」とソスさん。「インディアンを殺すのが大好きでな、その話が始まると、口からツーと涎が垂れた。心からの自慢だったんだろ」

「さっき見てた夢の話をしてくれませんか？」

「あ、そうだったかね」と、ちょっと恥ずかしそうな素振りをして、「ポーキー・ピッグの話と一緒になってしまった」テレビをさした指を揺らして、「あれはいやな機械だねえ、夢のなかにも入ってくるよ。ポーキー・ピッグにアナキストが出てくる回、見たことあるかい?」

実は見ていたのだが、エディパはノーと答えた。

「その、アナキスト連中がさ、みんな黒を着てるんだよ。三〇年代のやつだな、まだポーキー・ピッグが子供で。いまはもう甥っ子がいるんだってね、子供たちが言ってたよ、シセローっていう。戦時中にポーキーが軍需工場で働いていたのを憶えてるかな、バッグス・バニーも一緒だった、あれも面白かったなあ」

「黒いのを着てたんですね」エディパが促す。

「インディアンの話とごっちゃになったかい」思い出そうとしている表情だ。「夢の話と。黒い羽根をつけたインディアンね、インディアンというのは、実はインディアンじゃないんだよ。わしのじいさんが言ってたが、頭につける羽根はもともと白いんだが、その偽インディアンは、骨を焼いて、炭をつくって、その炭で染めて羽根を黒くするんだと。全部黒なら夜中にゃ見えなくなるな。連中は夜に襲ってくるんだ。それでじいさんは、こいつはインディアンじゃないとわかったそうだ。夜中に襲ってくるインディアンはいないからな。夜中に命を落としたら、魂が闇の中で迷子になるって――野蛮人の考えそうなことだ」

「インディアンじゃないとすると」エディパはたずねた。「何なんでしょう」

「なにやらスペイン語の名前だったぞ」そう言ってソスさんは眉をしかめた。「メキシコの名前か。思い出せんわ。指輪に書いてあったか」 椅子のそばの編み物袋に手を伸ばして、青い毛糸や、編み棒や、型紙を出し、最後にくすんだ金色の認印指輪《シグネット・リング》を取り出した。「じいさんはな、殺した相手の指にはめてあったのを切り落としてきたんだと。九十一にもなって、残酷な人だねえ」 エディパは見据えた。指輪のマークはやっぱりWASTEのシンボルだった。

周囲に視線を巡らすと、すべての窓から光が射している。まるで、なにかクリスタルの中に閉じ込められたような気がして怖くなった。エディパは「マイ・ガッド」とつぶやいた。

「このごろわしは感じるんだ。気温の頃合いによってね」ソスさんが言った。「それと気圧の関係かな、すぐそこにいるように感じる日がある」

「おじいさまを、ですか?」

「神様《マイ・ガッド》をさ」

エディパはファローピアンにも会いに行った。ポニー・エクスプレスとウェルズ・ファーゴのことなら彼は本が書けるほど知っていると思ったからだ。実際その通りだったが、黒衣の対抗勢力のことは知らないようすだった。

「示唆するものはありますよ」彼は言った。「あの史碑の記述については、州の役所にも手紙で問い合わせたんです。あっちの部署からこっちの部署にたらいまわしされてるんでしょうね、きっと。何ヶ月たっても埒が明かない。いつか届くでしょう、資料本が。で、読んでみると――

『お年寄りの記憶する話によると……』。昔話がさ、何の資料になるっていうの。まったくたいしたカリフォルニア雑録だよ。その著者はきっと死んでてね、ウラを取る方法がない。偶然に得られる手掛かりを探っていくしかないよ。あの老人から聞き出せたやつとか、そういう関連をたどっていくしかないでしょうね」

「あれ、ほんとに関連があると思う？」たとえあったとしても、その糸はあまりに細い。一本の白髪が、一世紀にわたって伸びているようなものだ。九十代の老人が二人。すり潰れた無数の脳細胞が、彼女と真実の間に立ちはだかっている。

「名前もない、顔もない、黒衣の盗賊団か。たぶん連邦政府が雇ったんだろうね。私設郵便事業の抑圧は、それは残忍なものでしたから」

「対抗する郵便組織の仕業ってことはありえない――」

ファローピアンは肩をすくめた。エディパはWASTEのマークも見せたけれど、もう一度、肩をすくめる仕草が返ってきただけ。

「これ、〈ザ・スコープ〉のトイレにあったのよ、ねえ、マイク」

「女性用だろ、女の考えることなんてフォローできないよ」彼の口から出てきたのはそれだけだった。

ウォーフィンガーの戯曲の、例の二行を調べる気になっていたら、次のコネクションには独力でたどり着いたかもしれない。実際はジェンギス・コーエンという、LA地区ではもっとも名高い切手収集家に助けられた。インヴェラリティの遺言状に、切手の目録作成と時価査定は評価額の一パーセントを支払って彼に依頼する、という趣旨の一項があって、それにしたがってメッガーが、この愛想のよい、アデノイド気味のエキスパートを連れてきたのである。

プールの水面が霧にけぶる雨の朝。メッガーはまた仕事で、ザ・パラノイズの面々もレコーディング・セッションに出た朝、エディパのところに、このジェンギス・コーエン氏から電話がかかってきた。受話器を通しても明らかに困惑ぶりが伝わってくる。

「変則的なところが何点かありましてね、マースさん。こちらにいらしてください」

この「変則」とは、トリステロと関連する何かだろうと、フリーウェイの上を滑走しながら、彼女はほとんど確信していた。切手帳は、一週間前にメッガーが貸金庫から出し、エディパのインパラに乗せてコーエンのところに届けてあった。切手に関心のない彼女は中を覗いたこともなかったが、今は——雨がそう囁いたのだろうか——ファローピアンも知らない私設郵便組織のことをコーエン氏は知っているかもしれない、と考えている。

彼の住むマンションは事務所兼住宅で、扉を開けると、中は戸口の連続だった。サンタモニカの方に向かって、雨天の光を含んだ部屋が次から次へ連なっている。その何重もの戸口にフレームされて、コーエン氏が立っていた。軽い夏風邪をひいているという彼は、ズボンの前が半開きの、バリー・ゴールドウォーター上院議員のスウェット・シャツを着込んだ、エディパの母性本能をくすぐるタイプのおじさんである。連なる部屋を、おそらく三分の一ほど進んだところの部屋のロッキングチェアまで案内され、本物のホームメイドのタンポポ酒を、ちいさな可愛いグラスで差し出された。

「このタンポポは墓地に生えていたのを私が摘んだんです、二年前にね。もうその墓地はありません。イースト・サン・ナルシソ・フリーウェイの建設で取り壊しになりました」

シグナルが来た。それが彼女にはもうわかった。癲癇の発作を持つ《エピレプティックの》人も同じだという。発作が来る前に、ある匂いを、色を、自分を純粋に刺し貫く装飾音《グレイス・ノート》の到来を感じる。後の記憶に残っているのは、その世俗的な残滓の方であって、発作に襲われているときの啓示そのものはきれいさっぱり消えているのだ。エディパは思った。これが終わったとき（終わるとしての話だけれど）自分に残るものとしては、手掛かりと予告と示唆が積み重なった記憶だけなのだろうか。中心にある真実は、あまりに眩しすぎて、記憶を焼き切ってしまうのではないだろうか。その閃光によって、運んできた情報を自動的に消滅させる仕組みになっていて、日常が舞い戻ってきたときには露出過多のブランクしか残っていないのでは……。タンポポ酒をひと口飲む間に彼女の心を、こんな思いが捕らえた。すでに何度もそういうことが起こっていたとしても自分にはわかりようがないし、またやってきたとしても、それを捕らえるすべなど知りようもないんだ。たぶん最後の一秒までついていけても——だがそんなこと、誰にもわかりっこない。雨の日のコーエン宅。連なる部屋の通廊を見やりながらエディパは、このとき初めて、自分は途轍もなく遠いところへさまよい出てしまうかもしれない、と思った。

「特に承諾はいただいてないですけど」ジェンギス・コーエンの声がした。「専門家の委員会に連絡させてもらいました。切手そのものはまだです。それにはあなたの許可と、メッガー氏の許可が両方必要だ。しかし、この手の諸経費はすべて、遺産でまかなわれることになりますよね」

「おっしゃっていることが、わたしにはちょっと……」エディパが言った。

「ちょっと失礼」彼は小さなテーブルを転がしてきて、切手フォルダーのセロファンの間からピンセットで、そっと一枚の切手をつまみ上げた。一九四〇年発行、合衆国特別記念切手、ポニー・エクスプレス、3¢、色はヘナ・ブラウン。「ごらんなさい」小さな眩いライトをつけて、楕円形の拡大鏡を彼女に手渡す。

「それ、裏側ですけど」だがコーエンは切手を軽くベンジンで拭くと、そのまま黒いトレイの上に置いた。

「透かしですよ」

エディパは凝視した。またしても、真ん中やや右寄りに、黒く、例のラッパ・マークが浮き立っている。

「これは、何ですの?」そう尋ねるまでにどれだけ時間が経過していたとしても、自分には知りようがない。

「それが、わからんのです」とコーエン。「それで委員会に問い合わせているんですがね、友人も何人か見に来ましたが、みんな言うことは慎重ですね。しかし、こちらを見てください。どう思います?」 同じフォルダーから次に彼が取り出したのは、昔のドイツの切手だろうか。中央に¼という数字、上にはFreimarke、すなわち郵便切手という文字が見え、そして右手の余白に「トゥルン&タクシス」の銘があった。

「これって」ウォーフィンガーの芝居に出てきた、「私設の郵便のようなものなんでしょう?」

「一三〇〇年頃から、ビスマルクが一八六七年に買い取るまではですね、マースさん、トゥルン&タクシスこそがヨーロッパの郵便を仕切っていたんですよ。しかし、彼らが糊付きの切手を発行していたというのはあまり聞かない。これがそのレアな一枚です。隅をごらんなさい」四隅を飾っているのは、輪が一つグルリと巻いたラッパのマークだった。WASTEのシンボルマークによく似ている。「郵便ラッパですね」コーエンが言った、「トゥルン&タクシス家のシンボル。紋章にも使われていますよ」。

「金の一巻喇叭は無音にて横たわる《タシット・ライズ・ザ・ゴールド・ワンス・ノッテッド・ホーン》」エディパは忘れていない。もちろんだ。「コーエンさんが見つけた透かし模様は、一巻喇叭《ラッパ》とほとんどそっくりで、一つだけ余分なものがベルのところから出かかっているというわけね」

「馬鹿げて聞こえるかもしれませんがね」コーエンが言った。「これはラッパの消音器《ミュート》じゃないかなと思うんですよ」

エディパはうなずいた。黒衣、無音、隠遁、とくれば、その正体は誰であれ、目的はトゥルン&タクシスの郵便ラッパの音をふさぐことにある。

「通常は、この切手も、他のもですが、透かしは入りません。他の点から考えてもですね——線影のようすとか、目打ちの数、用紙の古び方とか——これは明らかな偽造です。エラーじゃありません」

「じゃあ価値はないんですね」

コーエンはニッコリ笑って、チンと洟をかんだ。「正真正銘の偽造品がどれだけの値で売れるかを知ったら、目が飛び出ますよ。収集家の中には、それを専門にする者もいるくらいで。問題は誰がこんなイタズラをしたのか。実にたちが悪い」彼は最初の切手をひっくり返し、ピンセットの先で指し示した。ポニー・エクスプレスの配達人《ライダー》が西部のどこかの堡塁から、馬を疾走させていくところである。右手向こうの繁みから、おそらくはライダーの走っていく方向をめがけて、丹念に彫った黒い羽根が突き出ている。「どうしてわざわざ間違いを描き込むのか」このときのエディパの表情を彼は見ただろうか、見たとしても無視して彼は続けた。「これまでに八枚見ています。どれもこの手のエラーを入れてるんですよ。全体のデザインのなかに綿密に織り込んでいる、まるで愚弄しているようだ、文字の入れ替えすらやっている。U.S.Potsage《ポッツエイジ》とかね。まったくひどいもんです」

「それ、最近のですか?」思わず大声を発してしまった、自分でもびっくりするくらいの声を。

「どうかなさいましたかね、マースさん」

彼女はまずムーチョからの手紙の消印の話をした。猥褻郵便物を見たら最寄りのPotsmaster《ポッツマスター》

まで、という。

「おかしいですねえ」コーエンにも驚きらしい。「文字の入れ替えはね」ノートを調べながら、「一九五四年のリンカーンの４¢切手でしか起こっていないはずです。それ以外の偽造例は一八九三年まで遡る」。

「それって七十年前ですよね。そんなに年寄りの方が……」

「同一犯の仕業ならね」とコーエン。「で、仮にですが、それがトゥルン＆タクシスと同じだけ遡れるとしたらどうでしょう。オメディオ・タシス――というのはミラノを放逐された男ですが――彼が最初の郵便団をベルガモ地方で組織したのは一二九〇年のことですよ」

二人は黙り込んで、雨粒が窓や天窓を物憂げに痛めつけるのを聞きながら、突然に降って湧いた驚嘆すべき可能性と向かい合った。

「こういう話、以前に持ち上がったことはありますか？」エディパは聞かずにいられない。

「八百年の伝統を持つ郵便偽造？ 私は聞いたことがありませんな」エディパは一切を話し始めた。ソス老人の認印指輪のこと。スタンリー・コーテックスが落書きしていたマークのこと、〈ザ・スコープ〉の女性トイレに書いてあったミュート付きラッパのこと。

「正体不明の何かが、どうも、今もさかんに活動しているという印象ですな」と、言わずもがなの返答だった。

「政府には、報告すべきことでしょうか」

「彼らの方が、間違いなく、多くのことを知ってるでしょう」声がこわばっている。突然、身を引いた感じがした。「止《や》めときましょう。われわれには関わりのないことだ、でしょ?」

彼女はW・A・S・T・Eのイニシャルについてもたずねてみたが、もはや話に引き込む術はなかった。彼はノーと答えたが、返答のタイミングがあまりに唐突で、もはや彼女の思考とは噛み合わない。ウソを答えているのかもしれないとも思えた。エディパのグラスにタンポポ酒が注ぎ足される。

「だいぶ透明になってきました」さっきより改まった口調だ。「数ヶ月前はだいぶ濁ってたんですがね。春になって、またタンポポが咲き出しますとね、このワインの方も、また発酵を始めるんです。まるで記憶しているみたいにね」

違うでしょ、エディパは悲しくなった。そうじゃなくて、タンポポの故郷だった墓地が、まるで今も存在しているみたいに、と言うべきよ。みんなまだそこを歩けて、イースト・サン・ナルシソ・フリーウェイなど必要ない、骨たちも安らかに眠っていて、タンポポの霊に滋養を与え、骨を掘り起こす人もいないみたいに——と言うべきでしょ。ワイン・ボトルの中でも死者は、死んだままでいられるみたいに、と。

5

次の一手はランドルフ・ドリブレットにもう一度会うことなのだろうが、その代わりにエディパは、バークレーへと車を走らせた。リチャード・ウォーフィンガーが、どこからトリステロの情報を得たのか気になったし、もし可能なら、発明家ジョン・ネファスティスのところへ郵便物が届くようすも見たかった。

メッツガーは、キナレットの家に置いていったときのムーチョと同じで、彼女が行ってしまうことを騒ぎ立てたりしなかった。北上しながら彼女は、家に寄るのは今がいいか、帰りにしようか、心の中で争ったが、結局高速の出口を逃してしまったことが葛藤にケリをつけた。湾の東を通り、バークレーの丘陵地にさしかかったところにホテルはあった。斜面に不規則な層をなして広がるドイツ・バロック様式の建物である。ほとんど夜中の十二時だった。深緑色のカーペット、曲がりくねった廊下、装飾的シャンデリア。ロビーの案内に「歓迎　アメリカ聾唖者カリフォルニア支部会様」とある。照明の一つ一つが、ギラッと目に食い込むようだ。建物を包む沈黙が深く重々しい。フロントデスクで眠っていた受付係がパッと目を覚まし、手話で話しかけてきた。こっちも中指で応えてやろうかと思ったが、そのとき急に彼女をノンストップの運転からくる疲れが襲った。部屋までの廊下は、サン・ナルシソの街路のように、ゆるやかな曲線をなしている。従業員に案内されて部屋に入る。部屋の壁にレメディオス・バロの複製画が掛かっていた。物音一つしない。彼女はすぐに眠りに落ちたが、ベッドの向こうの鏡の中に何かいそうで、その悪夢に繰り返しうなされた。何かいるといっても、それは具体的な形象ではなく、なにか可能性のようなもの、直接見えるものではなかった。ようやく眠りについたあと、夢に出てきたのは夫のムーチョだった。柔らかい白いビーチに身を横たえたエディパを抱いている。そこは自分の知るカリフォルニアとは違う、どこか別の海だった。目が覚めたとき、彼女はベッドのうえに背筋を伸ばして腰かけ、鏡の中のやつれた自分と対面していた。

出版社のレクターーン・プレスは、シャタック・アヴェニューの小さなオフィス・ビルにあった。『フォード・ウェブスター・ターナー&ウォーフィンガー戯曲集』はそこにはなかったが、エディパの12ドル50セントの小切手を受け取って、オークランドの倉庫の人に見せるようにと、そこの住所と領収書を渡してくれた。本を手にしたのはお昼をすぎてからだった。さっそく例の二行を探す。ここまでやって来たのも、これが知りたかったから。見つけた。これだ。彼女は立ちすくむ。木漏れ日が風に揺らいだ。

「神聖なる星の枠とて護れはすまい」のあとが、「アンジェロの強欲と交わりし者は」（"Who once has crossed with the lusts of Angelo"）となっている。

「違う」彼女は声を上げた。「トリステロと出会う運命を負いし者は」（"Who's once been set his tryst with Trystero"）でしょう?」彼女の見たペーパーバック版には、誰かが鉛筆で異文のことを書き込んでいた。でもそのペーパーバック版は、いまここに持っている版の写しだったはず。怪訝に思って見ると、これにも注記があった。


四つ折版《クワトロ》（一六八七）のテクストのみにしたがった。それより古い二つ折版は、活版のこの箇所に差し鉛がしてある。ウォーフィンガーがここで宮廷の誰かを中傷するような当てこすりをしたために削除されたというのがダミーコの説で、彼によると、後に「復活」した行《ライン》は、イニゴ・バーフスティブルという名の植字工の作であるという。信憑性に乏しい「ホワイトチャペル版」（一六七〇頃）では、この行が「この出会いを、すなわち不吉で歪んだ、オー、ニッコロ」'This tryst or odious awry, O Niccolò' となっているが、結びにアレクサンダー格をもってきて韻律を乱すとは考えがたいし、統語的にも、この一行はまとまった意味をなさない。ただ、この表記が一種の地口になっていて、'This trystero *dies irae*…'*

* *dies irae* は英語では一般に「ディーエス・イーレイ」と読むので前から続けると odious awry（オーディエス・オーリイ）と似た音になる。「怒りの日」の意味で、最後の審判の日を指す。

の音が背後に聞こえるとするJ＝Kセイルの主張も、非正統的ながら傾聴に値しよう。しかし、そう解釈してもなお、テクストの乱れをなくすためには、*trystero* なる語の語義確定が必要だ（イタリア語の *triste*《かなしい》の、疑似変異形として解釈することも可能か）。いずれにせよ、この「ホワイトチャペル版」は、断片しか存在していない上に、これまでも指摘してきた通り、派生的、ないしは偽造と目される詩行が多く、信頼性に乏しい。

だったら、とエディパは思う、ツァプフの古本屋でわたしが買ったペーパーバックの、あのTrystero のある一行はどっから持ってきたの？　四つ折と二つ折と不完全な「ホワイトチャペル」版以外に、別の版があるってこと？　編者の序文――こちらには、エモリー・ボーツ教授（カリフォルニア大学バークレー校英文科）なる署名がついていた――も見てみたが、そこには触れてなかった。さらに一時間近くを費やして、すべての注釈に目を通してみたけれども、どこにも、書いてない。

「なによ、これ！」と大声で罵って車のエンジンをかけ、大学構内に向かう。ボーツ教授に会うためだ。

本の刊行年に注意すべきだった。一九五七年。いまとは別の世界である。ボーツ先生はもういらっしゃいません、英文科のオフィスの女性が言った。サン・ナルシソ大学に移られました。カリフォルニアのサン・ナルシソ市です。

そうでしょうとも、決まってるじゃない。住所をメモって建物の出口に向かいながら、ペーパーバックの出版元を思い出そうとして記憶をたどるが、思い出せない。

夏の日の、平日の、昼下がり。エディパがいた頃の大学なら沸き返っているはずはない。だがこのキャンパスは事実沸き返っていた。ウィーラー・ホールからの下り坂をサザー・ゲートに向かって歩き、門をくぐるその辺りは学生たちでいっぱいだった。コーデュロイ、デニム、素足、ブロンド・ヘア、角縁メガネ、日光を反射する自転車のスポーク、ブック用バッグ、揺れるカード・テーブル、地面に垂れる陳情書。ポスターにはFSM、YAF、VDCの、彼女の知らない略字がいっぱいだ。噴水の水が投げ入れられた洗剤で泡立っている。議論する学生の、鼻と鼻がくっつきそう。そんな中を、分厚い一冊の本を抱えてエディパは歩く。魅了されつつも、信じてしまうことはできない疎外感。つながりを得たくても、自分の知らない宇宙をずいぶんと探索したあとでないと無理だろう。自分が大学生だったころは、誰もが怖じ気づいていた。内にこもり、表向きだけ人当たりよくしていた。そういう時代だった。同級生たちだけじゃない、まわりも行く手も、とにかく世の中の目に見える仕組みのほとんどすべてがそうだったのだ。権力の上層部に、死をもってしか治癒できない病がはびこっていて、みんなああいうふうに生きていくしかなかった。それが一体どうなってしまったのだろう——このバークレー構内に、過去の学園の、あの眠たそうな雰囲気は微塵もない。ここは、むしろ、報道記事で読む極東やラテンアメリカの大学のようだ。国中が祝福する神話を貶め、洪水のような不平不満を掻き立て、命がけのコミットメントを遂行して政府打倒へとつなげていく——そんな国の大学みたいだ。聞こえてくる言葉は、でも、英語である。ブロンドの子供たちと一緒にバンクロフト・ウェイを横切る彼女の耳に、トコトコ走るホンダやスズキに混じって聞こえてくるのは外国語ではなく、アメリカン・イングリッシュ。一体あの人たち——ジェイムスとかフォスターとかいった国防・国務長官、ジョーゼフという名前の上院議員——はどこへ行ってしまったのだろう。エディパたちをアホらしくも穏やかな青春の日々のなかに閉じ込めたあの狂気じみた神々は何処へ消えてしまったのだろう。別世界に消えたのだ。別パターンの系路に沿って、別の決定機構が動き出した。スイッチが閉じられ、旧来の進行をつくっていた顔なき転轍手《ポインツマン》は、みな職場を替えられ、見捨てられ、逮捕され、追跡を逃れ、頭がおかしくなり、ヘロインに、アルコールに、狂信にはまり、偽名のまま命を落として、探し出すのも不可能になった。だが、若い時分のエディパは彼らと一緒に暮らしていたから、とっても奇妙な生き物になっている。デモもできない、坐り込むのも無理。ただひたすら、ジェイムス朝のテクストに出現した奇妙な言葉の追跡に燃えている。

　テレグラフ・アヴェニューが一直線の灰色をなして延びる、そのどこかのガソリンスタンドに彼女はインパラを乗り入れ、電話帳でジョン・ネファスティスの住所を探した。そして、とある疑似メキシコ風のアパートの前に車を停め、郵政公社《USメール》の郵便箱で名前を確かめ、石段を上り、窓のカーテンの列を進んで部屋の戸口に立った。現れたのはクルーカットの男だった。コーテックスと同様のあどけなさを残した顔。ポリネシアのイメージを取り合わせた、トルーマン大統領時代を偲ばせる時代物のシャツを着ていた。

自己紹介に際してスタンリー・コーテックスの名を告げる。「わたしが〝感応者《センシティブ》〟かどうか、見ていただけるって言われたんです」

ネファスティスのテレビ画面には、ティーンエイジャーが集まって、ゴーゴーダンスの〈ワトゥーシ〉らしきものを踊っている。「若いっていいね」と、彼は説明した。「この年頃の女の子って、特別な何かがある」

「わかるわよ」彼女は言った。「うちの夫も一緒だから」

ジョン・ネファスティスは、気心が合った印の微笑を送って、奥の部屋に行き、マシンを持って戻ってきた。特許の書類に描かれた通りの品である。「これの仕組み、知ってるかい?」

「スタンリーから、だいたいは聞いたんだけど」

すると彼は「エントロピー」について厄介な話を始めた。エディパがトリステロに取り憑かれているように、彼はこの言葉でトラブっているようだった。専門的すぎてよくわからない話だったが、要するに、エントロピーには、はっきりと種類の違う二つがあって、一方は熱機関に、もう一方は情報に関係するらしい。一方のエントロピーを表す数式と、もう一方のエントロピーを表す数式とが酷似していることが、一九三〇年代に取り沙汰された。しかしそれは偶然である、なぜなら両者の領域に接点がない——とはいえ、実は一点だけ接点がある。それが〈マックスウェルの悪魔〉というもので。悪魔が坐って分子を熱いのと冷たいのに選り分けると、系のエントロピーは減っていく。だがその減少は、どういう具合か、悪魔が集める個々の分子の位置情報によって相殺されるのだ。

「コミュニケーションが鍵だ」ネファスティスが叫んだ。「悪魔が集めたデータを、感応者に送る。すると感応者の方も同じように反応しないといけない。箱の中には何億何兆という分子があるんだよ。それぞれのデータをぜんぶ集めて、すごいディープな、霊能的なレベルでのやり取りに賭けるんだ。その猛烈なエネルギー値の集合を受け取って、実質それと同等量の情報を送り返す《フィードバックする》ことが感応者に求められるのさ。それができるなら、回路が回り出す。もちろんふつうの人間の目に見えるのは、ピストンの動きだけだよ。そのピストンのごくわずかな動きに、大量で複雑な情報が対応してる。ピストンが一回動くたびに、大量の情報が、繰り返し破壊されていくわけだ」

「ヘルプ」エディパが言った。「その説明、わたしに届かない」

「エントロピーというのは、ひとつの修辞表現でね」溜息ながらにネファスティスが言った。「物事をつなぐ働きをする。隠喩《メタファー》として、熱力学の世界と情報流の世界をつないでいるんだ。このマシンはね、その両方を使うんだよ。ここに棲んでる悪魔は、メタファーを単に言葉の優美さのために使っているわけじゃない。その隠喩を、客観的な真実にして見せるんだ」

「でも」エディパは異端の説を唱えたくなった。「二つの式がそっくりだったからこそ、悪魔が生み出されたってことはないの？　この悪魔さんは、そもそも比喩的な存在なのじゃないかしら？」

ネファスティスがニヤリとした――計り知れない、静かな、信心者の微笑。「クラーク・マックスウェルにとっては実在してたんだよね。メタファーが生まれるずっと前の時代にさ」そうだろうか、クラーク・マックスウェルは、悪魔の実在をそんなにファナティックに信じていたのだろうか？　箱に描かれたマックスウェルの横顔の肖像をエディパは見つめた。顎髭の紳士は横を向いたままで、こちらと目を合わせようとしない。額は丸くつややかで、後頭部には奇妙なこぶがあり、それがカールした髪で覆われている。その目は穏やかで落ち着いているけれども、たっぷりとした髭の陰《シャドウ》になった口が怪しげだ。夜中になると、この深い翳《かげ》りの中から、心痛むもの、胸に取り憑いたものが形をなして出てくるのではないだろうか……。

「写真から目を逸らさずに」ネファスティスが指示する、「シリンダーに集中しててよ。いや、ご心配なく、どっちのシリンダーに集中するかは、センシティブなら解るんで。心を開いて、悪魔のメッセージを受け入れればいいだけだから。じゃ、あとで」と言って彼はテレビアニメに戻っていった。クラーク・マックスウェルの謎めいた横顔をエディパは見つめた。「ヨギ・ベアー」の二回分が終わり、「マギラ・ゴリラ」に続いて「ピーター・ポタマス」の声が始まっても、依然、悪魔からの発信を待った。

小さな小さな悪魔さん、あなた、ほんとにそこにいるの、それとも、これ、ネファスティスの悪ふざけ？　ピストンが動かないかぎり、その答えはわからない。写真からはみ出たクラーク・マックスウェルの手は、本を持っているのだろうか。その目は、ヴィクトリア朝時代の永遠に失われた光景を見つめ続けるばかり。エディパの不安が募った。髭に隠れた口が、ごくわずか、微笑ともつかぬ微妙な動きをしたように思えた。目の中の何かがチラリ、たしかに変化したような……

そしてほら、視界の上の縁に見える右のピストン、あれは、さっきとは、ほんの少し、違う位置にきてないだろうか？　だがクラーク・マックスウェルの写真から目を離さずに、ピストンを直視するわけにはいかない。そのまま数分。ピストンは以前の位置を保ったまま。甲高い漫画的な声がテレビジョンから飛び出ている。見えたのは、網膜の一瞬の痙攣だけ、一個の神経細胞が誤射しただけ。本物の感応者《センシティヴ》には、もっとちゃんと見えるのだろうか。このまま何も起こらずに終わってしまうのかと、不安が結腸から身体全体に走った。そんなことで不安になる自分が怖くなった。ネファスティスは気がふれてるの、気にすることない、ここがおかしいんだから。「本物のセンシティブ」なんて、ただ彼の幻覚を共有できる人のことよ。

でも、共有できたら素晴らしいかもしれない。さらに一五分、彼女は努力を続けた。悪魔さん、誰でもいいわ、何かがそこにいるのなら姿を見せて、必要なの、出てきてください。繰り返し心で唱える。でも何も起こらない。

「だめみたーい」思わず発した声は、驚いたことに半ばかすれ、フラストレーションで泣き出しそうだった。ネファスティスが来て肩に手を回した。

「だいじょうぶですよ」と彼は言った。「泣かないで、ほら、カウチに来て。すぐにニュースの時間だから、そこでやろう、ね」

「やる？　やるって、何を？」

「性の交わり」ネファスティスが答えた。「もしかしたら、今夜は中国ネタをやってくれるかもしれない。ベトナムのニュースも高まるけどさ、一番はやっぱり中国だよね。何てったって数がすごいもの。繁殖のパワーをジワンと感じて、交接気分が盛り上がるじゃない」

「ガアアッ」とエディパはひと吠えして逃げ出した。暗い部屋をネファスティスが、指パッチンをしながら追いかけてくる。これもTVで憶えたのだろう、いかにもおバカっぽい、「しょーがないなあカノジョ」みたいに茶化す雰囲気がありありだ。

「スタンリー君によろしくねー」戸口で叫ぶ彼を尻目に、階段をバタバタ駆け下りて通りに出たエディパは、ナンバープレートにスカーフを被せ、タイヤを軋らせながらテレグラフ・アヴェニューを南下した。ふと我に返ると、隣りに猛スピードのマスタングがいる。マシンが与えてくれる勇壮さの感覚を制御できない少年が、ほとんど彼女を殺しそうなハンドル捌きをしているのを見て、エディパは初めて、ここはもうフリーウェイなのだと気がついた。もはやこのままベイ・ブリッジに向かっていくしかない。折しもラッシュアワーの真っ盛りで、これほどの交通量はロサンジェルスのような都市しかありえないと思っていたエディパにとって、その光景は不意打ちだった。数分後、ブリッジの弧のてっぺんからスモッグが見えた——と思ったが、違う、霧《ヘイズ》よ、と思い直した。サンフランシスコにスモッグがかかるわけがない——民間伝承によれば、カリフォルニアをもっと南に下っていかないとスモッグは始まらない。だからこれは、太陽光線の微妙な角度によるものに違いない。

排気ガスと、汗と、照り返しと、夏の夕べの不機嫌がみなぎるアメリカン・フリーウェイ。その上でエディパ・マースは、自分を訪れたトリステロ・システムについて考えた。サン・ナルシソのモテルの静まりかえったプールの水面でも、瞑想を促す筋曲線をもつ、まるで日本の石庭のような住宅街の道路を前にしても得られなかった落ち着きが、ここでは得られた。

まずはさっきのジョン・ネファスティスの場合。二種類、すなわち熱力学と情報のエントロピーが、式にしてみたらたまたまよく似ていた。ところが、彼はそこから一歩踏み出して、〈マックスウェルの悪魔〉とかいう存在を持ち出し、その偶然に、いわばハクをつけた。

自分の場合はどうだろう。自分の前に現れたメタファーは、一体いくつのパーツから成っているのか。二つ以上あるのは確か。このごろはどっちを向いても「偶然の一致」が花開くという状況なのに、それらを結わえておくものが、ひとつの音《サウンド》しかない。一つの単語、「トリステロ」という言葉があるだけだ。

トリステロに関して、断片的な知識はある。それは過去にヨーロッパで、トゥルン&タクシス家の郵便網に対抗した。そのシンボルがミュート付きラッパだった。一八五三年にはすでにアメリカに出現していて、あるときは黒装束の無法者、あるときはインディアンに偽装して、ポニー・エクスプレスやウェルズ・ファーゴと闘った。それが、今日のカリフォルニアに生き続けていて、性的嗜好の変わった人や、〈マックスウェルの悪魔〉の実在を信じる人同士の相互コミュニケーションを媒介している。その中に、もしかしたら夫のムーチョもいるかもしれない（でも彼からの手紙はとうに捨ててしまったし、もう切手をジェンギス・コーエンに見てもらうわけにもいかなくなったから、確かめるにはムーチョ自身に聞いてみないと）。

トリステロは実体として存在するのか、それともエディパによって仮想、ないしは夢想されつつあるものなのか。それほどまでに自分の魂は、死者の遺産《エステート》と交わり、相互浸透してしまったのか。ここはサンフランシスコだし、まわり中がピアスの資産という場所からは離れているから、今からでも、すべての絡みが剝がれ、ほどけ、静かに消えていく可能性もなくはないだろう。そうだ、今夜は運任せに漂ってみよう。それで何も起こらなければ、すべては神経性のもので、精神分析の先生が治してくれると確信できる。ノース・ビーチで彼女はフリーウェイを降り、そのまましばらく乗り回して、倉庫の並ぶ急な坂の脇道に停めた。そしてブロードウェイを歩いて、今宵の街に繰り出してきた第一陣の群れに混ざった。

だがそれから一時間とたたぬうちに、ミュート付きのラッパに遭遇した。ルース・アトキンスのスーツを着た中年男でいっぱいの通りに、フォルクスワーゲンのバスから押し合いながら降りてきた観光団の一行は、これからサンフランシスコのナイト・スポットを回るのだろう。エディパの耳元で声がした。「これ、あなたに付けますね。わたしゃオリますんで」現れ出た指が器用にピンを動かして、彼女の片胸に留められたそれは、大きなサクランボ色のバッジ。「ハイ！

私はアーノルド・スナーブ！　楽しいことあったら教えて」と書いてある。エディパがキョロキョロ見回すと、キューピー顔の男がウィンクをして、ナチュラル・ショルダーの上着と縞模様のシャツの間に消えていくところだった。アーノルド・スナーブさんは、もっと楽しいことをお探しのようだ。

誰かがホイッスルを鳴らした。エディパも群れの一員になり、バッジをつけた集団と一緒に導かれていく。着いた先は〈ザ・グリーク・ウェイ〉。おやまあ、ゲイバー？　エディパは寄せる人波にちょっとの間抵抗したが、まあ、いいか、今夜は漂うことにしたんだ。

「これからここで」ガイドの男のシャツは、襟のところを汗の触手が黒々と這っている――「ご覧じるのは、シスコの特産物のひとつと言いましょうか、第三の性、俗に言うラベンダー色の人々であります。ちょっと変態《クィア》っぽく感じられる方もいらっしゃいましょうが、でも、お約束ですぞ、観光客みたいなふるまいはナシ。言い寄られるのも結構じゃないですか、有名なノース・ビーチの夜の、愉快《ゲイ》なる想い出の一部にしてしまいましょう。ドリンクは二杯ですよ。ホイッスルが鳴ったら、駆け足集合。よろしいですか、みなさん、どうぞお行儀よく……次はフィノッキオに行くんですからね」ヒュー・ヒューッとホイッスルが二回鳴り、団体さんは一斉に叫びながらエディパを巻き込み、バーの中へ狂乱の突進をかけた。騒ぎが一段落してあたりを見回すと、エディパは何やら知れぬドリンクを手にしてドアの近くに立っていた。体の触れあう距離に、長身の、スエードのスポーツ・ジャケットを着た男がいた。その襟についているのは、みんなのサクランボ色のバッジではなかった。蒼白く光った、その精巧細工の合金は、トリステロのラッパを象《かたど》ったピンではないか。ちゃんとミュート付きである。

わかったわ、彼女はつぶやく。わたしの負けよ。一時間のお試しで、こういう結果が出たんだから、おとなしく、バークレーのホテルに戻ればいいの。でも戻れない。

そのピンの男にエディパは話しかけた。「もしもわたしが、トゥルン&タクシスのエージェントだって言ったら、あなた、どうします?」

「なんだって? どの劇団のエージェントだ?」耳の大きな、ほとんど坊主頭というくらいに髪を刈り込んだ、ニキビ顔の男が言った。まるで虚ろな目玉がぐるりと回って、エディパの胸の膨らみに視線を落とす。「アンタ、女のくせに、アーノルド・スナーブっていうのかい。どこでもらったの、その名前」

「あなたのその襟のピンを、どこで手に入れたのか教えてくれたら言うわ」

「あ、そりゃだめだ」

もう一歩、つついてみる。「いいわよ、ホモの印でも。全然気にしませんから」

相手の目は虚ろなまま。「あいにく、そっちのほうへは、なびかない質《たち》でね」と言ってから「アンタのほうにもだよ」と付け加え、背中を向けてドリンクを注文した。エディパは自分の胸のバッジを取って灰皿に入れ、静かな、ヒステリックに叫び出すのを抑え込むような声で言った。

「ねえ、助けて。ホントに頭が狂っていきそうなのよ」

「ワタシらのところに来てどうするんだい。牧師さんだろう、相談するなら」

「わたし、郵便はUSメールを使ってるんです。それ以外に方法があるなんて誰も教えてくれなかったし」懇願するかのように彼女は言った。「でもね、敵側の人間じゃないの。敵と思わないで」

「味方ってのはどうだ?」スツールがくるり回って、男の顔が、エディパの眼前にきた。「ワタシと組みたいかい、アーノルド君?」

「わかりません」と言うのが無難である。

虚ろな目がジロリ見つめた。「アンタ、わかることは何?」

エディパは知っていることのすべてを話した。いいじゃない《ホワイ・ノット》。洗いざらいだ。話が終わるころには、ホイッスルが鳴って、団体さんは行ってしまった。彼が二杯飲むあいだに、エディパは三杯飲んでいた。

「その〝カービー〟っていうのは聞いたことがあるよ。コード・ネームで、実在の人物じゃない。だが、あとの話は初耳だな。湾の向こうの、中国人で興奮するお兄ちゃんにしても、アンタの見た気色悪い芝居にしても。しかし、これに歴史があったとはなあ、考えてもみんかったよ」

「わたしはそのことばっかり考えてるの」悲しそうな声である。

「で」刈り上げの頭を掻きながら彼は言った。「その話、アンタ、する相手がいないんだ。バーで会った、名前も知らない男以外に」

顔も上げず、うなずくだけ。「そうね」

「ダンナは？　かかりつけの分析医《シュリンク》は？」

「両方いるわ」エディパは言った。「でも言ってないの」

「言えないことなのかな？」

目線を一瞬、相手の空白の目に合わせて、エディパは肩をすくめた。

「じゃ、ワタシの知ってることを教えよう」と彼は心を決めた。「このピンだが、これはＩＡのメンバー証だよ。ＩＡとは〈恋愛依存者匿名会《イナモラーティ・アノニマス》〉。〃イナモラーティ〃とは愛に溺れた人間を指す。依存症としてこれは最悪だ」

「愛に溺れそうになると、誰かが意見をしに来るの？」

「その通り。愛を必要としない世界へ行き着くことが会の目的だからな。ワタシはラッキーだったよ。若いうちに断つことができた。しかし、驚くな、六十にもなった男で、いやもっと年寄りの女でも、愛がきれて夜中に叫び出すのがいるんだと」

「じゃあ、ＩＡも、アル中患者の匿名会のような会合を持つの？」

「持たんとも。電話番号をもらって、そこに電話して、相談を受けるということだよ。他のメンバーの名前は一切知らされない。症状があまりひどくて自分の手に負えなくなったら、もらった番号のダイヤルを回す。われわれは孤独を生きるんだよ、アーノルド君。会合などしていたらすべてオジャンになってしまうじゃないか」

「さっきの、意見をしに来る人はどうなの。その人に恋をしちゃうって展開はないんですか？」

「彼らはいなくなる。二度と会えない。応答サービスの本部から派遣されてくるんだが、同じ人間が当たらないようになっている」

それに郵便ラッパがどう絡むのだろう？　これを物語るには会の創立時に遡らなくてはならない。一九六〇年代はじめ、ロス周辺に住んでいたヨーヨーダインの管理職——副社長の下で、工場長より上の地位だったが——この男が三十九歳にしてオートメーション化の煽りをくらい、失職の憂き目となった。七歳の時から、末は社長、あとは死ぬだけ、というレールの上を脇目もふらずに歩いてきた男だ。自分自身も理解できない専門用語で綴られた書類にサインすることしか学んできていなかった。自分がサインしたそのプログラムが、なんらかの専門的な理由で失敗しても、失敗の理由について、専門家から説明されないかぎり何もわからないので、非難もされずやってこられた――そんな彼が、管理職をクビになって最初に何を考えたか。もちろん自殺だ。だがここに至っても行動パターンは変えられず、まずは委員会に諮ってみないと結論が出せない。で、「LAタイムズ」の個人通信欄に広告を出して情報を募った。自分と同じ境遇に追いやられ、なお自殺せずにいるための完璧な理屈を探り当てた人はいませんかと、たずねたわけだ。自殺を遂げることのできた人が答えてくるはずはないから、これはいい答えを引き出すための名案だろうと思ったのが甘かった。返事がこない。一週間のあいだ彼は、日本製の小型双眼鏡（これは退職通知が届いた日に家を出ていった妻からの別れのプレゼント）で庭先のメールボックスを監視しながら気を揉んでいたのだが、毎日きちんきちんと正午に届く通常郵便物は、すべてジャンクの宣伝メールばかり。そんなある日、酒の臭いがぷんぷんする寝息を立てて、自殺の夢を見ているときだった。高層のフリーウェイのインターチェンジのてっぺんからラッシュアワーのロスの車列めがけて飛び降りる白黒映像の夢から彼を叩き起こす、執拗なドアのノック。日曜の夕方近くのことだった。戸を開けると、ニットの夜警帽を被り、鉄のフックの義手をつけた浮浪者が、ひと束の手紙を差し出して、何も言わず走り去っていく。そのほとんどが、自殺に失敗した者からの手紙。無器用すぎて、または間際になって怖じ気づいて死にきれずにいる連中からのものばかりで、生き続けることの積極的な理由を説得力をもって述べたものは一通もない。それでもなお、元管理職のこの男は態度を決めかねていた。「自殺すべき」か「すべきでない」か、紙に二つの欄を作って、一週間も、理由を書き立てていた。とにかく何かが、決心の引き金を引かないかぎり動けない——その引き金を引いてくれたのが、「LAタイムズ」の記事だった。ベトナム僧侶の抗議の焼身自殺のニュースが、AP通信の写真付きで第一面を飾っていた。「グルーヴィ！」元管理職は大声で叫ぶと、車庫に行って彼のビュイックのタンクからガソリンを抜き取り、ザカリ・オールの三つ揃いスーツを着込んだ。そして上着のポケットに、自殺失敗者の手紙をぜんぶ突っ込むと、キッチンへ行って床に坐り、衣服にたっぷりガソリンを染み込ませ、そしてジッポ・ライター（ノルマンディーの生け垣でも、アルデンヌの丘でも、ドイツでも、戦後のアメリカでも、彼に付き添った忠実なジッポ）の火口に惜別の一回転を与えようと親指の腹を押し当てたちょうどそのとき——玄関で鍵が回る音と人の声がした。入ってきたのが誰かと思えば、別れた妻。一緒に入ってきた男は、まもなく、ヨーヨーダインの同僚で、ＩＢＭ７０９４の導入を進言し、自分を追い出した効率化のエキスパートだとわかった。何という皮肉だろう。素晴らしすぎる。感慨に打たれて彼はしばらく、灯芯のようになったネクタイをガソリンに浸けたまま聞き耳を立てた。漏れてくる会話によると、効率専門のバカ野郎は、居間に敷いたモロッコ絨毯の上で、妻と事に及びたいらしい。妻も嫌がっていない。淫らな笑い声とジッパーの開く音。脱ぎ飛ばされる靴の音。激しい息遣い。呻き。それを聞きながら彼は、ガソリンからネクタイを引き上げて笑い出した。そしてジッポの蓋を閉じた。「笑い声がするわ」という妻の声、「ガソリンの臭いがするぞ」という効率マンの声、全裸の二人が手に手をとってキッチンに入ってくる。「ベトナムの坊さんの真似をしようと思ってね」と元管理職が説明する。「それを決めるのに三週間もかかったのか」効率マンは驚きの声を上げた。「ＩＢＭ７０９４だったら、どのくらいですむと思う？　一〇〇万分の一二秒だよ。これじゃ解雇も当然だな」元管理職は、天井を見上げ、たっぷり一〇分間、笑い続けた。その中ほどで恐れをなしたか、妻とその愛人は服を着て、警察に報せに出かけた。元管理職は裸になってシャワーを浴び、濡れたスーツを物干しに掛けようと戸外に出たら、何としたことだろう。奇妙なこともあるものだ。ポケットに入れてあった手紙の切手が、ガソリンのせいでインクが溶けたのか、何枚か白く変色している。その一枚を、何気なく剝がしたところ、目に飛び込んだのが、ミュートつきのラッパの絵だった。下に透けて見えている肌にラッパのマークが浮かんでいる。「啓示《サイン》だ」と彼はつぶやいた。宗教心のある男だったら、そのまま地面にひざまずいたろう。代わりに彼は、荘重なトーンで宣言した。「わたしの最大の過ちは愛であった。今日から愛には一歩も近づかないことを誓おう。ヘテロ、ホモ、バイ、ドッグ、キャット、カー……あらゆる種類の愛から身を遠ざけて一人になり、一人ぼっちの者たちの会を創立する。その目的に余生を捧げよう。会員の印はこのラッパ。わたしを丸焦げにしたはずのガソリンが示してくれた紋章である」そしてこれを実行した。

すでに酔いが回っていたエディパ、「その人いま、どこにいるの？」とたずねた。

「匿名《アノニマス》だから」〈恋愛依存者匿名会《イナモラーティ・アノニマス》〉の男が答えた。「なんならアンタのWASTEを通して、手紙を出してみるかい？　宛て先は、そうだな、IA創立者殿、でいいだろう」

「手紙の出し方、知らないんだもの」

「考えなさい」彼の方もだいぶ酔いが回っている。「自殺しそこねた連中が地下の郵便組織を通してつながり合っているとして、お互い、どんなことを書き送ってるのか」彼は頭を振って、ニコリとすると、スツールからよろよろ立ちあがってトイレに向かい、人の群れにまぎれてそのまま帰ってこなかった。

あたりはホモセクシャルの酔っ払いばかりだ。女性は自分しかいない。エディパはこれまで感じたことのないほどの孤独を感じた。これがわたしの人生よね、ムーチョは話してくれない、ヒラリウスは聞いてくれない。クラーク・マックスウェルは振り向いてもくれなかった。その上にこの人たちよ！　絶望を彼女が襲った。自分と性的嗜好がまるで合わない人の群れに取り囲まれた孤独感。このバーの中の、感情のスペクトルはどんな具合だろう。暴力的な憎しみに染まった者もいる（あの、インディアンのように肩まで伸びた髪をフロストにして耳の後ろにやっている、尖ったカウボーイ・ブーツの、まだ二十歳そこそこの子）、冷徹な観察者もいる（角縁メガネのナチス親衛隊風の男の目が、女装した男かどうかエディパの脚を観察している）。どれも害になりそうな人間ばかりだ。まもなく彼女は席を立ち、〈ザ・グリーク・ウェイ〉を後にして街に出た。感染のはびこる街に。

そして、群れなすトリステロのラッパのイメージに囲まれて一夜を過ごした。チャイナタウンの漢方薬店の仄暗い窓に、中国文字に紛れてマークが見えた――気がしたのだが、確認するには灯が暗すぎた。そのあと舗道の上にふたつ、六、七メートルほど間隔を空けて、チョークで描いたラッパが立つ。間は、複雑に四角を並べた模様になっていて、中に文字や数字が書いてある。子供の遊びか、地図上の場所か、それとも秘められた歴史の年号か？　メモ帳に図形のかたちを写し取って、ふと見上げると、半ブロックほど行った先の戸口に、黒い上下の服を着た男が、たぶん男が、こちらのようすを窺っている。牧師風の立襟が見えたような気もしたが、危険は冒さず、来た道を引き返した。胸が高鳴る。前の角のところでバスが止まった。走って追いつく。

後はバスを乗り継いだ――眠気覚ましに必要なときだけ歩くことにして。訪れる夢の断片はどれも郵便ラッパと関係していた。後になって、この夜のことを夢と現《うつつ》に分けようとしても無理だろうという気がした。

朗々と演奏される楽曲のような一夜の、そのどこかの楽節で、彼女は身の安全を知った。何かが――たとえそれが次第に醒めゆく自分の酩酊だとしても、それが――自分を守ってくれるという確信が訪れた。街は彼女のものだった。これまで「コスモポリタン」「文化都市」「ケーブルカー」といった慣用のイメージに撫でつけられてよそよそしい感じがしていたこの街が、今夜はすっかり自分のものとなった。今夜だけは、街の血管の先の先まで行き着けそう。その先は覗き込むしかない毛細血管まで。静脈が無惨に潰れて、この街の醜いアザをなしているところまでも行き着けそうだ。今夜だけは、何者であれ彼女に手出しができない気がした。そして実際セーフだった。シンボルマークが繰り返し現れるだけで、この経験を抑圧したり、剝奪したりするトラウマが生じるわけでもない。だったら、この記憶は彼女の中に残るだろう。残って自分に蓄積される――その可能性に直面して彼女は、ちょっと身を動かせば死の願望が叶えられるところに立ったような感じがした。高層バルコニーからオモチャのような通りを見下ろしたとき、ローラーコースターに乗り込んだとき、動物園の野獣の給餌に立ち会ったときのような。死の官能の一端に触れた彼女は、その中に身を投じたらどんなに素敵かと思った。重力の引きも、弾道の法則も、野獣の爪も牙も、これ以上の快楽は約束してくれないだろう。震えながら、彼女はその快楽に触れてみた。記憶はわたしの中に残る。やってくる手掛かりは、それぞれが、すごく明瞭でわかりやすく、永続しそうな気配を漂わせていた。だが同時に彼女は気になった。この貴重な「手掛かり」は、何かの代償なのではないかと。あの直接的な、癲癇《エピレプシー》とともに訪れる〈言葉〉を、夜の闇を剝ぎ取ってしまうかのような叫び《クライ》を、失ってしまった代償なのではないのか、と。

ゴールデンゲート・パークで彼女はパジャマ姿の子供たちが輪になって遊んでいるところに出くわした。一緒に遊ぶ夢を見てるの、と子供たちは言った。でもこの夢は、目が醒めているのと同じだよ、だって朝、目が覚めたとき、まるで一晩中起きてたみたいに疲れてるんだ。この子たちは昼間、母親たちに外で遊んでいると思わせておいて、近所の家の戸棚の中や、樹上にこしらえた台や、生け垣をくり抜いて作った秘密の穴蔵で、夜の睡眠を補っている。夜は真っ暗でも全然こわくない。みんなで輪を組めば中には誰も入り込めないから、想像上の焚き火が燃えてさえいれば、他に何も必要ない。みんな郵便ラッパのことは知っていた。でもエディパが舗道で見た、チョークで描いた遊びのことは知らなかった。縄跳びの時はラッパは一つしか描かないの、と小さな女の子が説明した。輪と、三角と、ミュートのところに、みんな順番に入ったり出たりするの、そのときこの歌を歌うのよ。

トリストー・トリストー、ワン・ツー・スリー
ターニング・タクシー、海こえて……

「ターニング・タクシー？　トゥルン《ターン》&タクシスじゃなくて？」

そんなの聞いたことないよと言って、みんな不可視の焚き火で手を暖め始めた。仕返しにエディパは、彼らの存在を信じるのをやめた。

24番ストリートから入ったところに終夜営業の汚らしいメキシコ料理屋があって、エディパはそこで自分の過去の一片と出会った。ヘスス・アラバルが、角の席、テレビの下に坐ってチキンの足で半透明のスープをかき回していたのだ。「よお、マサトランにいた彼女じゃないか」彼は声を掛け、ここに坐れよ、とエディパを招いた。

「あなた、ぜんぶ記憶しているの、ヘスス、観光客のことまで。CIAは元気？」CIAと言っても、かの諜報機関ではなく、〈アナキスト蜂起同盟《コンファラシオン・デ・ロス・インスルヘンツ・アナキスタス》〉のこと。フロレス・マゴン兄弟の時代に遡るメキシコの地下組織である。短期間ながらサパタとも手を組んだことがある。

「見ての通り、亡命している」と言ってヘススは、さし上げた腕を波打たせて店内を示した。今なお革命を、彼らのレボルシオンを信じているユカタン出身の男と二人で店を切り盛りしているのだ。「あんたの方はどう。いつも大枚はたいてくれていたオッサン、今も一緒なのかい？　あの少数独裁主義者《オリガルキスト》の、奇跡の男」

「死んだわ」

「それはそれは《ポブレシート》」ヘスス・アラバルとは浜辺で会ったのだった。反政府集会の知らせを聞いてピアスと二人、覗きにいってみたのだが、他に一人も集まらず、彼はもっぱらインヴェラリティに向かってしゃべることになった。自分の信念に忠実であるためには、敵も知らなくてはならない。ピアスはといえば、敵意に対しては一切反応しない性質《たち》だったので、アラバルに向かってひと言も言うことはなく、金持ちの、鼻持ちならないアメリカ人の役を演じきった。演技は完璧だった。ヘススの腕に鳥肌が走るのをエディパは見たが、あれは太平洋の潮風のせいではなかったろう。ピアスが波間に出たあと、アラバルは、あの男は本物なのか、スパイなのか、それともただボクをからかっているだけなのかと聞いた。その質問の意味が、エディパには理解できなかった。

「あんた、奇跡って知ってる？　バクーニンが言ったアレじゃないよ。この世界《ワールド》に別の世界《ワールド》が入り込んでくることさ。普段ボクらは平和共存してる、しかし、たまに触れ合うことがあって、そうなると大騒乱だ。アナキストも、憎むべき教会と一緒で、もう一つの別な世界を信じているわけだよ。そこではリーダーなどいなくても、革命が自然に進行するんだと。人の身体が全部一つにまとまって動くのと同じ能力を人の心も持っていて、大衆の全体が苦もなく協動して一つの動きをとることができるんだと。だがね、奥さん《セーニャ》、もし何か一つでも、そんなふうに完璧に実現したとしたら、ボクだって、奇跡だ、と叫ばなくちゃいられないだろう。アナキストのミラクルだ、とね。たとえばあんたの彼氏はボクらの敵として、あまりに完璧、完全無欠な存在だ。メキシコの特権階級《プリヴィレジャード》は、あるパーセンテージで罪を贖われている。みんなと同じ民衆の一部でもあるわけで、どこも奇跡的なところはない。だがあんたの彼氏は、おふざけで演じているんじゃなけりゃ、まるでインディオの前に立ち現れたマリア様だよ。すさまじい脅威だったよ」

ここで再会するまでの数年間、エディパがヘススを忘れずにいたのはまさに、自分の見えないピアスの、こういう面が見えている人だったから。まるで男女の情が関わらないところで、ヘススが自分のライバルであるかのようだった。いま、ユカタン人のガス台の後部バーナーの上の焼き物のポットから出てくる、トロリとした生ぬるいコーヒーを飲みながら、ヘススが陰謀を語るのを聞いていると、ピアスと会わなかったらこの人はどうしていただろうかと思ってしまう。「奇跡」が目の前に現れて、自分たちの信念の正しさを証明してくれなかったら、この人も、彼のCIAから抜けて、みんなと一緒に多数党の〈プリイスタス〉に転向したのではないだろうか。亡命してくる必要なんかなかったのではないだろうか。

　死んだピアスもまた、マックスウェルの悪魔と同じ。偶然の世界にリンクを張る存在である。彼がいなければ、エディパとヘススは、いまこの瞬間に、ここにはいない。いま二人でこの場にいること自体が、充分な警告のこもった暗号だ。だが、今夜のこの街で「偶然」とは何だろう。いま彼女の視線の行った先に、古めかしい新聞が巻かれてあったのは偶然なのか。アナキスト＝サンディカリスト集団の新聞「再生《レヘネラシオン》」。日付は一九〇四年。消印のあるところに切手はない。代わりにあったのが、手描きの郵便ラッパのマーク。

「届くんだよ」アラバルが言った。「郵送されてくるまでにそんなに長い歳月がかかるのかなあ。誰か死んだ党員の代わりに、ボクの名前が書き込まれたのか。配達にほんとうに六十年もかかったのか。それともこれは復刻版なのか。考えても仕方ないさ。ボクなんか歩兵だもの。上の人間には、ちゃんと理由があるんだろう」ヘススのこの思いを受け取って、エディパは夜の街へ戻っていった。

ピザ屋も乗り物もとっくに店じまいした市営のビーチに流れる雲のように群れる不良たちの間を、エディパは冷やかしの言葉一つかけられずに通過した。ギャングの夏物のジャケットには、郵便ラッパのステッチが縫い込んであって、それが月の光で銀色に光っていた。みんな煙か吸引か注射に夢中で、誰もエディパが通るのに気づかなかったようでもある。

バスの中は、街一帯で行われる深夜の作業に向かう黒人たちでいっぱいだった。その座席の背もたれの後ろにも、ナイフで彫られたラッパのマークがあって、煙たい車内のまぶしい光に照らされている。そのわきにDEATHの文字が一緒に彫られていた。WASTEのときと違って、こちらは誰かがわざわざ鉛筆で書き入れていた——Don't Ever Antagonize The Horn. ラッパを敵に回すなかれ、と。

フィルモア・ストリートの近く、コイン・ランドリーの掲示板には、「アイロンかけます」や「ベビーシッター」と書かれた安価な申し出の間に、ラッパのマークが画鋲で留めてあった。その下に「これの意味が通じる人はご存知のいつもの場所で」とある。塩素系のブリーチの臭いが、お香のように天に向けて立ち上る。洗濯機がガタガタ、バシャバシャ音を立てる。夜中のランドリーにエディパ一人。蛍光管が叫ぶように白い光を放っている。その白さに照らされた物はみな、みずからを捧げているかのようだ。ここ黒人街の住民はみんな、こんなふうにして〈ラッパ〉へ身を捧げているのだろうか。それを問うのは〈ラッパ〉を敵に回すことか。いまエディパには、それをたずねる相手もいない。

バスの中ではトランジスタ・ラジオが一晩中、トップ二〇〇の下位の曲を流していた。ヒットの可能性もなく、その詞もメロディも、まるで一度も歌われなかったかのように死滅していく歌たち。バスのエンジンの呻くような騒音のなかで、一人のメキシコの少女が、その一曲をキャッチして一緒にハミングしていた。それを憶えて、歌い継いでいくのだろうか。見ればその子は、窓に息を吐きかけ、爪の先でラッパ模様とハートの模様を描いている。

空港に行き着いたエディパは、透明人間になった気分で、ポーカーゲームの会話を立ち聴きした。負けの続く男が、負けた額面を、きちんと、良心的に書き付けている出納帳のページに、飾りのラッパ・マークが描きなぐってある。「おれのアヴェレージは、99・375なのよ。リタ一ンのパーセントがよ」と言う声が耳に入った。聞いている方は無表情か、さもなくば嫌気を露わにしている。「二十三年間通算した平均がだぜ」男は笑いを作りながら続けた。「イーブンになる一歩手前で、いつも割を食う側だ。二十三年間、一度もプラスになったことがない。だのに、なぜ続ける?」誰も答えを返さない。

洗面所の一つに、AC-DCというサインがあった。アラメダ郡《カウンティ》デス・カルトのこと。わきに私書箱ナンバーと郵便ラッパ。月に一度、罪のない立派な市民、社会にとって有用な人物の中から一人選んで、性的虐待を加えたのち生け贄にする。この番号は、さすがにエディパも書き留めなかった。

　マイアミ行きのTWA便の前で、身のこなしの不自由な少年が、夜の水族館への潜行をたくらんでいた。人間の後継者たるイルカたちと正面切って交渉をするらしい。母親と、舌をからませ、熱烈なお別れのキスをしている。「手紙書くよ」息子が繰り返す。「WASTEからよ。いいわね。別なので出すと政府に開けられてしまうから。イルカたちが怒るから」母が言った。「愛してるよ、ママ」「イルカを愛すの。手紙はWASTEよ」

　もっともっと続いた。エディパは覗き役、聴き役を続けた。デフォルメされた顔の溶接工が、自分の醜さを慈しむのを見た。小さな子が、生まれてくる以前の死の状態を愛おしんで夜の闇を彷徨うのを見た――宿無しの男が、自分を見捨てた社会の、静かな日常の空虚《ブランク》を愛おしむかのように。片方の頬の膨らみに大理石のような模様の傷を持つ黒人女にも会った。毎年一度、異なる原因で流産を繰り返す彼女は、その流産の儀式を、出産のそれに劣らぬ真剣さで、社会ではなく、社会の空隙《インテレグナム》に向けて捧げていた。年老いた夜警がアイボリー石鹸を齧っているのも見た。鍛え上げた胃袋に、ローションもエア・フレッシュナーも、布きれも煙草もワックスも、何から何まで詰め込もうとしている。この老人はそうやって、すべてを、それらが約束するものを、生産性も裏切りも腫瘍も、なにからなにまで摂取しなければ手遅れになるとでも思っているのだろうか。自分以外の覗きにも出会った。この時間まだ灯りのともった一角の窓辺に立って、その男は一体何を見ていたのだろう。あらゆる疎外、引きこもりのあらゆる形態のそれぞれに、まるでカフスボタンか、ステッカーか、ぞんざいな落書きのように、郵便ラッパのマークが付いている。あんまり期待通りにラッパが現れるので、後に彼女は、本当はそんなに頻繁に見てはいなかったのだろうと思うに至った。二、三度見せられれば充分。いや、多すぎるくらいかも。

夜の空が白むまで、バスに乗り、バスを降り、街路を歩くうち、エディパには珍しく、あきらめの気持ちが込み上げてきた。サン・ナルシソから、あれほど勇敢に乗り込んできたのに、あのときの、往年のラジオの私立探偵を気取っていたエディパはどこに行ってしまったのか。警察官僚の縛りから自由になって、ガッツを出して調べまくれば解決できない問題はないと信じた楽天家のエディパはどこに。

私立探偵にだって、いつか袋叩きにされる日が来るのだ。今晩の郵便ラッパの毒々しい開花、その悪意に満ちた複写の連続は、探偵エディパを痛めつける、彼らなりのやり方なのだ。彼らはツボを心得ていた。彼女の楽天性神経網の節目を一つひとつ、寸分の狂いなく押していって、彼女を動けなくしていく。

昨晩《ゆうべ》のエディパなら、こんな疑問を抱いたかもしれない。すでに知っている二つのほか、どんな地下組織がWASTEシステムで通じ合っているのか、と。しかし、この夜明けまでに問いは、どんな地下組織がそれを使っていないか、に変わっていた。数年前にマサトランの海辺で聞いたヘスス・アラバルの言葉によれば、奇跡とは、この世界に別の世界が侵入してくること。奇跡とは、天空のビリヤード玉の触れ合い。だとしたら、今夜の郵便ラッパも、一つひとつが奇跡ではないのか。なぜならここには、その実体も摑めないほどたくさんの市民が、USメールでつながることを自ら拒んで生きている。国に反逆するでもなく、この国を拒んでいるわけでもないようなのに、共和国の暮らしとその機構から考えたうえで身を引いている。社会から憎まれたり、選挙に関心がなかったり、うまく言い抜けられたり、単に自分が無知だったりで、得るべきものを得ていない人々だが、この撤退、密かなる私的潜行は彼ら自身のものだ。でもどこに潜んでいるのだろう。真空のなかに引きこもれるわけはないとしたら、その存在を知られていない、分離した、静寂の国がどこかにあるということなのか。

　朝のラッシュがもうじき始まる時間帯、過去の遺物のように年老いた運転手が、今夜もまた赤字で終えた小型バスをダウンタウンの終点で降りて、エディパはひとり、ハワード・ストリートを波止場《エンバカデロ》に向かって歩いた。他人《ひと》目にはずいぶんやつれて見えるだろう。アイライナーやマスカラをこすった跡が手の甲に黒くつき、口の中には古びた酒とコーヒーの匂いが充ちている。戸口の開いている建物があった。消毒薬の匂いが漂うその階段の途中に、一人の老人がうずくまって震えている。悲しそうな声。でも何を言っているのかわからない。顔を覆っている両手は白くて煙のよう。その甲に、古ぼけた郵便ラッパの刺青《タトゥー》が見える。彫り入れた墨が、時を経て拡散し、だいぶぼけてしまっている。引き寄せられるようにエディパは建物の暗がりに入った。ミシミシと音を立てる階段を、一段一段、躊躇しながら上っていく。あと三段まで来たところで彼の手が急に開いて、歳月に潰されたような老人の顔が飛び出した。破裂した血管の跡に、恐怖の目玉が縁取られている。彼女は足を止めた。

「どうしました?」エディパ自身も震えている。疲労していた。

「妻がフレズノにいるんだよ」老人が言った。古びたダブルの背広、擦り切れたグレイのシャツ、ネクタイは幅広で、帽子は被っていない。「別れたんだ。ずっと前で、あまり記憶にない。これは、妻に宛てて書いたんだ」渡されたのは、何年も持ち歩いていたかのような、一通のヨレヨレの手紙だった。「投函してくれ……」と言って、手の甲を持ち上げて刺青を見せ、エディパの目を覗き込んだ。「わかるか。ワシには無理だ。もう遠すぎて。ゆうべも苦しくてな」

「わかるけど。でもわたし、この街の人間じゃないの。場所はどこ?」

「フリーウェイの下だ」老人は、彼女が歩いてきた方向に手を差しのべ、波打たせた。「いつもある。行きゃあ、わかる」目が閉じた。日が昇り、街のみんなが起き出して今日もまた健気に耕し始める、その安全な溝から毎晩、少しずつ押し出されて、この老いた水夫は、どんな肥沃な土地を掘り返したのだろう。どんな軌道を巡る惑星を見いだしたのだろう。壁紙の、染みのついた葉っぱの模様のまにまに、どんな声を聞き、どんな神々しい輝きの断片を目にしただろう。どんな蠟燭の切れ端が、火を灯したまま、彼の頭上を回ったのだろう。いつか火を灯したままのタバコを、この水夫か友人が持ったまま寝込んでしまえばそれまでだ。長年蓄えられてきたマットレスの詰め物が燃え上がる。悪夢にうなされた時の汗も、間に合わずに膀胱から溢れたものも、悪意と涙にまみれた夢精も、一切の痕跡が——見捨てられた者どもの電算機のメモリーバンクのすべてが――燃え上がる炎とともに失われる。感情の波がいっぺんに押し寄せて、エディパは今、老人の体に触れずにはいられない。触れなくては、その存在が信じられなくなりそうで、思い出すこともできなくなりそうで、自分自身疲れ切って頭が少し朦朧としていたけれども、彼女はステップを三段上って腰を下ろすと、老人の体に腕をまわして抱きしめた。黒く汚れた自らの瞼の向こう、視線を階段に沿って下ろした先に朝の光があった。胸が濡れるのを感じた。見れば老人は、また涙を流している。呼吸をしている気配すらないのに、ポンプで汲み上げたかのように涙を溢れさせている。「助けてあげられない」と彼女はそう囁いて、老人の体をやさしく揺すった。

「わたし、助けられない」 フレズノへの道は、もはや、遠すぎる。

「アイツか?」背後から声がした。階段の上方からである。「船乗りか?」

「手に刺青をしている人よ」

「上まで連れて来てもらえるかな? ヤツだよ」 振り向いて見るとさらに老齢の男がいた。もっと小柄で、高いホンブルグ帽を被っている。ニコリとして、「手を貸したいんだが、あいにくこっちも関節炎でな」。

「上まで行かなくちゃいけないんですか? そんな上まで?」

「他に行き場があるのかい」

そう言われてもわからない。一瞬、自分の子の手を離すように、老人からそろりと離れてみると、相手はこちらの顔を見上げた。「さあさあ」とうながすと、刺青のある手が伸びてくる。その手を取って、まずは踊り場まで、それからあと二階ぶん、手を握って、とてもスローに、関節炎を病む老人のいるところまで、階段を上った。

「ゆうべ、コイツ、消えちまってね。昔の女房を探しに行くって。ときどきやるんだ、それをな」 廊下が延びて、兎小屋が並んでいる。10ワットの裸電球。部屋の境は合成板《ビーバーボード》だ。老人の硬い体が二人に続く。やっと着いた。「ここだ」

　小さな部屋のなかには、背広がもう一着。キリスト教のパンフレットが二冊。敷物。椅子。イェルサレムの水をイースターの灯りの油に変えている聖人の絵。切れた裸電球。ベッド。彼を待つマットレス。エディパの頭の中をシナリオが走った。ここの家主を捜し出して訴訟を起こし、ルース・アトキンスの店に行って新しい背広を買ってあげる。ワイシャツも靴も買って、フレズノ行きのバス代をあげる。だがすでに老人は、溜息ながらに握った手を離していた。エディパはすっかり空想に浸って気がつかなかったが、このお爺さん、まるで手を離すタイミングを心得ていたみたいだ。

「投函してくれとだけ頼んでるんだ。切手は貼ってあるから」 見慣れた洋紅色《カーマイン》の8¢航空便切手。連邦議会のドームのわきをジェット機が飛んでいる。でも、ドームのてっぺんに、小さな黒い人影がいた。何だろう、両腕を拡げている。あの切手、ドームの上はどうなっていただろう。憶えていないけれど、こんなはずはない。

「頼む。行ってくれ。こんなところにいたくないだろ」 エディパは自分の財布を見た。10ドル札が一枚と1ドル札一枚。10ドルの方を渡した。「どうせ飲んじまうんだ」と彼は言った。

「おいおい、友達のことを忘れんなよ」札を見て、膝の悪い老人が言った。

「ばか女《ビッチ》めが」老水夫が罵った。「なんで、あいつのいるところで出すんだ」

マットレスに楽に横たわれるよう老体がもぞもぞ動くのをエディパは見た。メモリーパッドとしてのマットレス。記憶保管庫《レジスター》A……。

「タバコくれや、ラミレス」船乗りが言った。「おまえ持ってるんだろ」

今日なのだろうか？「ラミレス」「ラミレス」エディパは叫んだ。関節炎の老人が、錆び付いた首を回す。

「この人、死ぬわ」

「死なないヤツがいるんかい」ラミレスが言った。

ピストンの運動と、大量の情報破壊について語るジョン・ネファスティスのことが思い浮かんだ。この老いた船乗りの、ヴァイキング式のお葬式でマットレスが燃え上がると、そこに暗号化され保存されていた無益な歳月の記録がすべて抹消される。早死にの人生も、自分自身を耕した跡も、確実に崩れ落ちていった希望も。かつてこの上で寝たことのある、さまざまな人生を生きた男たちの全集合が、永遠の無の中へと拭い去られる——マットレスの炎のなかで。見つめるエディパの目が驚きに染まった。まるで、非可逆的なプロセスというものを、いま初めて目にしたかのように。それだけの量のものがいっぺんに無に帰してしまうなんて。この一人の老人の妄想だけで猛烈な量なのに、それがまるごと、世界に何の痕跡も残さずに消え去ることが驚きだった。この人は、さっき自分の腕で抱きしめたから知っているけど、アルコール性譫妄症《デリリウム・トレメンス》を病んでいる。DTという、そのイニシャルの背後に、メタファーがある。delirium tremens というラテン語は、思考《マインド》が耕してつくる溝が、震えながら崩れていくという意味だ。聖人は水でランプを灯し、透視術師《クレアヴォイヤント》は記憶喪失によって神の息となる。真の妄想者《パラノイド》にとって世界のすべては自己のパルスの周りに、歓びまたは恐怖の軌道を描いて回っている。夢見る者も、夢の中の地口《パン》によって、太古的な真実の坑道をまさぐり進んでいる。彼らは等しく、言葉に対して——または言葉があるために、それを直接浴びずにすんでいるものに対して——特別なつながりを得ている。メタファーの行為というのは、だから、真実と虚偽とを同時に貫くのだ。どちらになるかは、自分の位置取りできまる。内側ならセーフ、でも外側だとロストだ。はぐれて自分が失われる。エディパは自分がどちらにいるのかわからなかった。震えながら、溝を外れ、彼女は横すべりした。時の音盤の針がキーッと戻る音がして、彼女の耳に、大学時代、二番目か三番目の彼氏として付き合ったレイ・グロージングの、甲高い、熱のこもった声が聞こえた。言い淀んだり、虫食いの歯に当てた舌先を、半拍速いリズムで鳴らしたりしながら、微積分の入門的解説をしている。*dt*というのはだね——あの刺青の水夫に神の御加護あれ——時間微分（time differential）の意味でもあるんだ、その*dt*においては、変化が、その実相を明らかにするんだな。その透け透けの薄っぺらな瞬間にあって、変化はもはや平均速度みたいな無害な姿を装ってはいられない。発射された弾丸が軌道の一点に留まりつつなお速度を有する、というのが*dt*だよ。活動の真っ最中の細胞に死の姿を捉えるのがね。エディパはあの老水夫が、誰も目にしたことのない世界を見てきたことを知っている。なぜなら、地口《だじゃれ》には高度の魔法があって、DTの人は、*dt*が開示する世界を、わたしたちの知る太陽を超えたスペクトルを、南極の寂しさと恐怖でできた音楽を知っているはずだから。なのに、それらを、この人を、保存しておく手立てはない。さよならを告げたエディパは、階段を下り、通りに出て、老人に言われた方向へ歩いていった。一時間のあいだ、彼女はフリーウェイの下、日射しのこないコンクリートの橋桁のまわりを行ったり来たりしてみたが、酔っ払いと浮浪者と通行人、オカマと売春婦、徘徊する異常者とは出会っても、秘密のポストはどこにも見えない。しかし、あった。物陰に、台形の蓋が蝶番で持ち上がる式の金属製の容器があった。緑色の、古い、高さ四フィートほどの、路上でよく見かけるゴミ箱のような容器が。把手のついたところに、手書きのペンキでW.A.S.T.E.と書いてある。文字の間のピリオドは、目を凝らさないと見えないくらいだ。

エディパは柱頭の陰に身を潜めた。居眠りをしたかもしれない。気がつくと子供が一人、手にした手紙の束を容器の中に落とすところだった。彼女も行って、フレズノに宛てた船乗りの手紙を落とし、そしてまた隠れて待った。正午近くになって、ひょろりと背の高い赤ら顔のアル中男が袋を持って現れ、箱の側面の鍵を開けて中身を取り出した。その男に半ブロックだけ先行させて、エディパは跡を尾《つ》けていった。少なくとも平底靴《フラッツ》を履いてきたのは正解だった。男はマーケット・ストリートを横切ってシティホールの方へ向かう。シビック・センターがくすんだ色の、石づくりの空間を広げている、その近くの通り、灰色の影がまだ抜け切れていないところで男は別の配達人と落ち合い、袋を交換した。エディパは今まで尾《つ》けてきた男の方を、引き続き追うことにした。ゴミと不正と騒音みなぎるマーケット・ストリートをひとしきり歩いてファースト・ストリートのバス・ターミナルへ。男はオークランド行きの切符を買う。エディパも後に続く。

ベイ・ブリッジを渡ったバスは、オークランドの、空漠とした午後のきらめきの中へ突入した。まるで変化のない景色が続く。配達人はどこだか見当もつかない地区で降りて、何時間もの間、聞いたこともない通りから通りへ、車通りの少ない昼下がりでもエディパを轢き殺しそうになった幹線道路を渡ってスラムに入り、スラムを出て、寝室数が二つか三つの家がビッシリと並ぶ丘陵の住宅地を歩いて回った。その窓が跳ね返すのは、うつろな太陽の光だけだ。袋の中の手紙が、一通ずつ減っていく。男はようやくバスに乗った。バークレー行き。エディパも乗り込む。テレグラフ・アヴェニューの中程で、男はバスを降りて疑似メキシコ風のアパートの建物まで歩いていった。そして一度も後ろを振り向くことなく、ジョン・ネファスティスの住むアパートへ向かった。これで完全に振り出しだ。二十四時間が経ったのが信じられないけれど、それでは多すぎるのか少なすぎるのか、考えてもわからなかった。

ホテルに戻ると、ロビーが聾唖者代表でいっぱいだった。みんなクレープ・ペーパーでできたパーティ・ハットを被っている。朝鮮動乱期に人気を博した中国共産党員の毛皮帽を真似ているようだ。一人残らず酔っ払った男たちの、そのうち何人かが、エディパを掠った。連行先は舞踏会場のパーティ。声なきジェスチャーが彼女に群れる。抜け出ようと抵抗したが、今日はもう、とても力が出ない。脚はガクガク、口の中がひどい味だ。そのまま舞踏会場まで連れて行かれる。ハリスのツイード・ジャケットを着た若いハンサムな男の手が腰に回った。ワルツの拍子で、くるり、くるり、回り続ける。巨きな光なきシャンデリアの下で、衣と衣、靴と床が沈黙の中で擦れる。フロアのカップルは思い思いのリズムで踊っている——タンゴ、ツーステップ、ボサノヴァ、スロップ。これがいつまで保《も》つのだろう、いつかは、衝突の連続で動きが止まってしまうはず。衝突せずにいるためには、途轍もない音楽的秩序が必要だ。多数のリズムと全音程を同時に織り込み、カップル同士が全員互いにうまく折り合うよう事前《プリデスティン》に計算された振付けが。この人たちは、健常者が萎縮させてしまった何かしらの感覚を通して、指示をキャッチしているのだろうか？　若い聾唖者に抱き留められ、足を引きずりながらエディパは、衝突が始まるのを待った。でも誰ともぶつからない。パートナーに振り回されること三〇分、みな一斉に——どうやって合意が成立したのだろう——休憩となった。そのあいだ、お相手の若者以外、誰とも接触していない。ヘスス・アラバルなら、これをアナキストの奇跡と呼ぶだろう。そんな言葉を持たないエディパは、ただ単に疲れただけ。舞踏会用のお辞儀をして部屋に逃げ帰る。

翌日、夢の欠片《かけら》も訪れなかった一二時間の爆睡のあと、エディパはホテルをチェックアウトして半島を下った。そしてキナレットまでの道中、きのうのことをゆっくり考えた。どうも分析医のヒラリウス先生に診てもらう方がいい。先生にすべてを伝えよう。精神病にかかって、その冷《ひ》んやりとしたミートフックに吊されている可能性だって充分ある。だって自分の目でWASTEシステムの存在を確認したのだ。WASTEの郵便配達人を二人、WASTEの郵便ポストを一つ見た。WASTEの切手も、WASTEの消印も見た。ミュート付きのラッパのマークは、湾岸一帯、ほとんど充ちあふれていた。でありながら、それがみんな幻想であってほしいと――心の傷、魂の必要、暗がりに住む別人格《ダブル》、そういう話を持ち出してきれいに説明してほしいと――願っている。あなたはちょっとビョーキだから、休息が必要だよ、トリステロなんてものがあるはずないだろうと、ヒラリウス先生に言ってほしい。それが実在する可能性に、これほど怯えるのはなぜなのか、その理由も聞きたい。

〈ヒラリウス・クリニック〉の脇道に車をつけたのは、日没を少々過ぎた時間だった。診察室の電気がついているようすはない。丘を下って海上に抜ける大いなる気流がユーカリの枝々を揺らしていた。敷石の道を半分ほど進んだところで、大きな虫が耳元をかすめ、次の瞬間、突然の銃声が轟いた。あれは虫ではなかった、と気づいたときに、もう一発。薄暮の光のなかで、彼女は、絶好の標的である。このまま走ってクリニックに飛び込むしかない。ガラスのドアまで疾走する。だがドアには鍵がかかっていて、中のロビーも暗い。エディパは花壇近くから石を持ち上げてきてドアをめがけて投げつけたが、跳ね返された。別の石を探していると、中に白い人影が見え、それがドアまで近づいてきて鍵を開けた。ときどきヒラリウスの手伝いをしているヘルガ・ブラムという女性である。

「早く」ヘルガの歯がガチガチ鳴っていた。ほとんどヒステリーに近い状態である。エディパは中へ滑り込んだ。

「どうなってるんですか?」エディパがたずねた。

「狂乱してます。警察に電話しようと思ったら、椅子を振り上げてスイッチボードを壊しちゃったんです」

「ヒラリウス先生が?」

「誰か、追いかけてきていると思ってるんです」頬骨のでっぱりに涙の流れた跡があった。「ライフル持って、診察室にこもっているの」ゲヴェーア43、大戦の思い出として大事に持っていたのを、エディパは思い出した。

「わたしを狙って撃ったのよ。警察に通報してもらえるかしら、誰かに」

「もう数人に発砲してるの」エディパを案内しながら、ブラム看護婦は言った。「通報してもらわなくては、こまるわ」看護婦の仕事場に入ったエディパは、その部屋の窓が、安全な退却路に通じていることに気づいた。

「あなた、逃げられたでしょうに……」エディパが言った。

ブラムは洗面台の蛇口をひねって出したお湯をカップに入れると、インスタント・コーヒーの粉を入れてかき混ぜ、不思議そうな視線を上げた。「誰かいてあげないと、こまるでしょう、先生が」

「誰に追いかけられてるんですって？」とエディパ。

「サブマシンガンをもった三人組ですって。狂信的なテロリストとしか聞いてません。あとは先生が電話の器械をこわしちゃったもの」そう言うと彼女はエディパを睨んだ。「頭のオカシい女たちばっか来るの、そのせいよ。キナレットの町にはそんなのばっか。だから先生、ぶち切れちゃったのよ」

「わたしね、しばらく遠くにいたの」とエディパ。「ひょっとしてわたしなら原因が摑めるんじゃないかしら。わたしなら、先生もそれほど怖がらないかもしれないし、ね？」と言ったら、その瞬間、ブラムはコーヒーで喉をヤケドしたようだった。「あなたの心の問題なんか聞かせたら、ズドンって撃たれちゃうわよ」

この診察室の扉が閉まっているのを見るのは初めてだ。戸口でエディパはしばらく片手を腰に当てて立ち、自分は正気かと疑った。ナースの部屋の窓から逃げ出して、事の次第は新聞で知ろうというのが、ふつうではないのか？

「誰だ」ヒラリウスが叫んだ。彼女の息遣いが聞かれたのか。

「ミセス・マースです」

「アルベルト・シュペーア以下、軍需相の阿呆ヅラども、地獄で永久に腐り続けろ。この弾薬に、半分も空包を詰めおって」

「入っていいですか？　お話しできます？」

「そりゃあ、みんな入りたがるわ」ヒラリウスが言った。

「わたし、丸腰です。なんなら身体検査してもいいですわ」

「そう言って背骨にカラテ・チョップを食らわす魂胆だな。そんな手に乗るか」

「何か言うたびに、どうして反対なさるんですか？」

「いいかね」時間をおいてヒラリウスが言った。「君にとって、ワタシは真っ当なフロイト派の医師に見えていたかね？　一度たりとも大きく逸脱したことがあったかね？」

「ときどき変な顔を作ってましたけど」エディパが言った。「それって小さなことですよね」

長く、苦々しい笑い声が返ってきた。エディパは次の言葉を待った。「ワタシも努力したんだ」ドアの向こうで分析医が語る、「フロイトの、つむじ曲がりのユダヤ魂に、身も心も捧げ通したんだよ。彼の書いたことは一字一句正しいと信じる道を、ワタシは進んできたんだ。アホたらしい学説であっても、矛盾込みで、すべてを信じた。そのくらいのことはして当然、だろう？《ニヒト・ヴァー》　懺悔の一種としてだよ。

「ワタシの中には、フロイトの考えを本心から信じたかったところがあった。何の危険もないところで、怖い話を聞いている子供と同じさ。無意識というのは、ふつうの部屋と同じで、一度光が射し込めば、ダークな影と見えたものも、オモチャの馬やビーダーマイヤーの家具でしかないとわかる。最終的にはセラピーで手なずけられるものなんだとね。恐怖を逆戻りさせずに、ちゃんと患者を社会に送り出してあげられると、そうワタシは信じたかった。自分のあらゆる人生体験に逆らって、そう信じたかったんだ。想像できるかね？」

と言われても無理である。キナレットに来る前のヒラリウスが何をやっていたのか、エディパはまるで知らないのだ。遠くでサイレンの音が聞こえる。町の警察が使う電子音のサイレンだ。PAシステムでスライド・ホイッスルを鳴らすような音である。執拗に、リニアーに、だんだん音量が増してくる。

「聞こえるぞ」ヒラリウスが言った。「あの狂信者連中から、誰がワタシを護ってくれる？　連中は壁を通り抜けるんだぞ。増殖もするんだ。逃げていって角を曲がったと思ったら、そこにもいて、追っかけてくるんだ」

「お願い」エディパが言った。「警察に発砲しないで。味方なんですから」

「あのイスラエルのやつらはどんな制服だって手に入る。〝警察〟だからといって安心はできん。やつらに降伏したら、どこに連れて行かれるかわかったもんじゃない。君は保証できるかね」

部屋を歩き回る足音がエディパに聞こえた。診療所を包む闇が、不気味な電子のサイレン音を鳴らしながら迫ってくる。「一つ、ワタシに作れる顔があるぞ」ヒラリウスが言った、「君にまだ見せてないやつだ。この国の誰にもな。過去に見せたのは一度だけだ。あいつ、中央ヨーロッパでワタシのその顔を見た少年は、ひょっとしたらまだ生きているかもしれん。どんな植物人間になってることか。生きていれば、君と同じくらいだ。あいつの狂気は、治療しようがなかった。ツヴィーという名前だった。その〝警察〟を名乗る連中に――今夜なんと名乗っとるのかは知らんが――伝えてくれ。ワタシはまだ、その顔を作れるんだ。その顔の威力はな、半径一〇〇ヤードに届き、不幸にもそれを見た者には、真っ暗な土牢が待っている。恐ろしい形相が群れる中に永遠に閉じ込められるんだとな。天井の蓋は、一度閉じたら、もう二度と開かんのだから。頼んだぞ」

サイレンはすでにクリニックの入り口の所で鳴っていた。車のドアの音。警官の大声、そして突然の粉砕音。警察が踏み込んでくる。ドアが開いて、ヒラリウスがエディパの手首を摑み、中に引き入れ、鍵を閉めた。

「人質ですか」とエディパ。

「なんだ、君か」とヒラリウス。

「え、じゃあ、今まで一体だれと――」

「ワタシの症例を議論していたかと？　ある他者《アザー》とだよ。ワタシがいて、他の者たち《アザーズ》がいる。その境界なんだが、LSDで解ってきたことは、区別が消失するというんだな。エゴが明確な輪郭を失う。だがワタシはドラッグはやらなかった。それよりパラノイアの状態でいることを選んだ。パラノイアでいれば、自分が誰で、他者が誰なのかは少なくとも解るからな。君が実験を拒んだのも、ひょっとして、それが理由じゃなかったのか、ミセス・マース」と言って手にした銃を肩にあずけた格好で、彼女にニッコリしてみせた。「さてと、思うに君はメッセージを届けに来た。彼らからの。それは何だね、言ってごらん」

エディパは肩をすくめて、「社会的な責任に目を見開くこと」と言った。「現実原則を受け入れること。多勢に無勢なんです。銃の力も、敵が上回ってます」

「ああ、数で負けてるってか。あそこでも数では負けていたっけな」と言って、照れたような目でエディパを見た。

「あそこって？」

「あの顔をしたところさ。ワタシがインターンをやっていたところ」

それでだいたい当たりはついたが、たしかめるのにもう一度、「どこなんですか？」

「ブーヘンヴァルト収容所」ヒラリウスが答えた。警官隊が診察室のドアを激しく叩く。

「銃を持ってるのよ」エディパが叫んだ。「わたしもいるんです」

「どなたですかぁ？」彼女は告げた。「ファースト・ネームのスペルは？」聞き手は住所、年齢、電話番号、第一近親者、夫の職業をメモッた。ニュースメディア用である。その間にもヒラリウスは、もっと弾薬はないかと、机の中を掻き回している。「抵抗をやめるよう、説得するのは可能ですかね」警官が言った。「テレビの人が、ちょっと窓から撮りたいようなんですけど、今のままキープしておけますか？」

「そのままでいて」エディパが指示する。「やってみるから」

「みんな、なかなかの演技じゃないか」と言ってヒラリウスがうなずく。

「じゃあ先生は」エディパが言った。「彼らにイスラエルに連れて行かれて裁判にかけられると思ってるんですね。アイヒマンみたいに」分析医は繰り返しうなずいている。「理由は? ブーヘンヴァルトで何をしたの?」

「研究だよ」とヒラリウス。「実験的に狂気を起こす。緊張症《カタトニック》のユダヤ人も死んだユダヤ人も同然だろ。SSのなかでリベラルな将校は、そっちの方が人道的なやり方だと思ってた」そこでみんな励んだ。メトロノーム、蛇《サーペント》、深夜のブレヒト風寸劇、分泌腺の除去、マジック・ランタンでの幻影、新種のドラッグ、隠したスピーカーから繰り返す脅し文句、催眠術、逆回りに動く時計……そして「顔」。ヒラリウスは顔の担当だった。「だが残念なことに」彼は追想する、「充分データを集められんうちに、連合国の解放軍がやってきた。ツヴィーのような、めざましい成功例はあったにしても、確率的にものを言えるほどの発見は得られんかった」と言って、エディパの表情を見て、ヒラリウスはニッコリした。「君に憎まれたか。だが、罪を贖う努力もしたぞ。本物のナチだったらユングを選ぶだろう。そうじゃないかね。しかしワタシはユダヤ人であるフロイトを選んだ。フロイトの世界観に、ブーヘンヴァルトは存在しない。ブーヘンヴァルトといえども、フロイトによれば、光さえ入れればサッカー場に変わる。絞首刑室で、丸々太った子供たちが生け花を学んだり、ドレミファを習ったりすることも可能になる。アウシュヴィッツの焼窯だって、プチフールやウェディングケーキを焼くオーブンに使えるだろ。V2ミサイルも妖精たちの公営住宅に転用できる。ワタシはそう信じようとした。夢を見るのはまずいと思い、睡眠も三時間に抑えて、残りの二十一時間、信じることに自分を駆り立てた。それでも贖いきれなかった。あれほど努力したのに、それでも連中は死の天使のようにワタシを追い回すのだ」

「どんな具合ですかぁ」と警官がたずねる。

「絶好調よ。手に負えなくなったらお知らせします」と言って、エディパは机の上に目をやったら、ゲヴェーア銃が置いてあった。ヒラリウスは部屋の向こうで、書類キャビネットを開ける真似を派手に演じている。机のライフルを手にとって銃口を向けるとエディパは言った。「殺すのが、わたしの役目なんでしょ」わざと自分に撃たせるように図っていたのがわかったのだ。

「その任務を授かって、ここに来たんだろう、君は」エディパを見つめ、寄り目をし、また戻す。

試しに舌も出してみる。

「わたしが来たのは」エディパは言った。「先生に幻想を追い払ってもらえるかと思ったからです」

「それはいかん!」ヒラリウスが叫んだ。「幻想以外に何があるというんだ。幻想の触手はしっかり握って、フロイト派の医者が何を言っても放しちゃいかんぞ。薬屋のくれる毒で追い払うのも論外。どんな幻想であれ、執着しなさい。それを失えば、そのぶん君は他者《アザーズ》のほうへずれて行く。君の存在が薄れていってしまうのだよ」

「入ってきて」とエディパが叫んだ。

ヒラリウスの目に涙が溢れた。「撃たないのかい?」

警官がドアを開けようとした。「鍵がかかってますよ」

「蹴破りなさいよ」エディパがわめいた、「修理代はヒットラー・ヒラリウスさんが持つんだから」。

数人の警官が、その必要もない拘束服と警棒を手に、おずおずとヒラリウスに近づき、三台の救急車が、先を争って、サイレンを鳴らしながらバックして芝生に突っ込んだ。それを見たヘルガ・ブラムが、泣きじゃくるのを中断して運転手を罵る。サーチライトと野次馬の間に、エディパはKCUFの移動中継車を見つけた。中に夫のムーチョもいる。マイクに向かって調子よくしゃべっている。フラッシュライトが焚かれる中を、エディパはゆっくり進み出て中継車の窓から中へ頭を入れた。「ハーイ!」

ムーチョは放送中断ボタンを押したが、ほほえんだだけだった。ほほえむだけなら、誰にも聞かれないのに。音を立てないように注意しながら、エディパは車に乗り込んだ。ムーチョはマイクを差し出し、抑えた声で、「つながってるから。落ち着いて」と言ったあと、本番用の声に変わって、「このおぞましい《テリブルな》事件、あなたはどう感じましたか?」と聞いた。

「テリブル」エディパは言った。

「ワンダフル」とムーチョは応じ、事件のあらましをリスナーに伝えるべくエディパに話させた。締めの言葉は、「サンキュー、ミセス・エドナ・マッシュ。ヒラリウス精神クリニックの活劇的包囲作戦、その目撃者談をいただきました。こちらKCUF移動中継2号車。スタジオの〝ラビット〟ウォレンに戻します」と言って電源を切った。今の放送、変なところがあった。

「エドナ・マッシュ?」とエディパ。

「それで再生時には、ちゃんと聞こえるの」ムーチョが答えた。「この器械を通すときにも、テープに落とすときにも、歪《ディストーション》みが入る。それを計算に入れて発音してるんだ」

「先生、どこへ連れて行くのかしら」

「コミュニティー・ホスピタルで」とムーチョ、「観察するんだろう。しかし何を観察できるのかな」。

「イスラエル人よ」エディパが言った。「窓から入ってくるんですって。もし来なければ、彼が狂ってるってこと」警察官が来て、しばらくおしゃべりしていった。裁判になる可能性があるから、キナレット周辺にいてほしいとのことだ。ようやくのことで自分のレンタカーに戻った彼女は、ムーチョの後について局に向かった。ムーチョは今夜、午前一時から六時まで本番担当である。

　ムーチョが階上のオフィスで自分の原稿を打つ間、テレタイプ室のカチャカチャが響く廊下で、エディパは番組ディレクターのシーザー・ファンクと対面した。「お帰りになって本当によかった」とだけ彼は言った。彼女のファースト・ネームを言おうとして、出てこないようすである。

「ほんとに?」とエディパは答えた。「何かあったんですか?」

「実はですね」ファンクは告白口調で、「あなたに行かれてからムーチョはムーチョじゃなくなっていたんです」。

「とおっしゃいますと」自らを怒りに駆り立てるようにしてエディパはたずねた。彼の言うことが当たっていることに気づいたからである。「じゃあ誰になっていたんでしょう? リンゴ・スターかしら?」ファンクはひるんだ。「それともチャビー・チェッカー?」ロビーへ進むファンクの後を追いながら、「ライチャス・ブラザーズ? そんなことをわたしに言われても」。

「今おっしゃった全員ですよ」頭を抱えてファンクは言った、「ミセス・マース」。

「エドナと呼んで。で、それ、どういう意味なんです?」

「みんな陰でね、彼を〝ザ・ブラザーズN〟と呼んでるんです。他に言いようがないからこう言いますが、彼はアイデンティティを失いつつあるんです。毎日少しずつ自分らしさを失って、一般的な存在というものになりつつある。スタッフの会議にウェンデルが入ってくると、部屋はいっぺんに人だらけになるんです。まるで、歩く人間集合だ」

「それ、あなたの幻想じゃなくて?」エディパが言った。「印刷マークのない紙巻きを、吸ってませんでした?」

「茶化さないでください。あなたにもわかります。お互い協力しないと。他に彼のことを心配してくれる人など、いないんですから」

一人になって、スタジオAの前のベンチに腰を下ろし、夫の同僚の〝ラビット〟・ウォレンのDJぶりを聞いているうちに、原稿を手に持ったムーチョが下りてきた。今までにない落ち着いた雰囲気をたたえている。以前のように、前屈みに歩いていないし、目がせわしく瞬きすることもない。「待っててくれよ」とほほえみかけ、廊下を歩み去る。その後ろ姿を見ながらエディパは、夫から虹色のオーラのようなものが出ていないかと、目を細めた。

ムーチョの出番までまだ時間があって、二人は車で街のピザバーに乗りつけ、黄金色のビールの注がれた溝入りのジョッキ越しに向かい合った。

「メッツガーとはどんな具合だい？」ムーチョが言った。

「何もないわよ」エディパが言った。

「これからは、ないだろう」とムーチョ。「君がマイクに向かってしゃべってるのを聞いてわかったさ」

「スゴいじゃない、それ」ムーチョの顔に浮かんだ表情が、エディパに理解できなかった。

「そうさ、スゴいんだ。何もかもが——待てよ、聞いて」エディパには特に何も聞こえてこない。

「あのレコーディングに、十七本のヴァイオリンが使われている。そのうちの一本がね——ああ、ここじゃモノラルにしか聞こえないから場所が特定できないや」店のBGM《ミューザック》の話をしているのだということが、やっとわかった。店に入ってきたときから、閾値《サブリミナル》の下で輪郭も摑めない、弦と木管と金管の音楽が鳴っていたのだ。

「それがどうしたの？」不安になってエディパはたずねた。

「そいつのE弦がさ、数ヘルツ高いんだ。そんなんじゃスタジオ・ミュージシャンは務まらんだろう。ねえ、あの一本の弦からさ、そのヴァイオリン弾きの全体像を組み上げていけたらスゴいよね。恐竜の骨一本から、全体の骨格を想像するみたいにさ、あの弦の狂いから、彼の耳のつくりを割り出し、手とか腕とかの筋肉の組成を推定していって」

「そんなこと、したいの？」

「だってその男、リアルなんだぜ。合成じゃなくて。ナマの演奏家などもう必要ない時代にね。倍音を正しく選んで、それぞれを正しいパワーレベルに調整して合成する、そうするとヴァイオリンの音色になるんだ。ちょうどオレが……」そう言うと、彼は一瞬ためらってから、輝く微笑へと表情を崩した。「エディパ、こんなことを言うと、狂ったと思われるだろうが、オレ、それを逆方向にやれるんだ。どんな音を聴いても、要素に分解できる。スペクトル解析さ、頭の中で。コードも、音色も、歌詞もだよ、ぜんぶ基本周波数と和音構成に分解して、それぞれ異なる音量値でもって聴くことができるんだよ。それぞれの純音をだぜ、しかも同時に」

「どうやって、そんなこと」

「それぞれを別個に受け入れるチャンネルをフル装備してるっていうのかな」ムーチョは興奮して言った。「もっと必要になったら、自己膨張すればいい。必要なやつを増設するんだ。どういう仕組みになっているのか自分でもよくわからないけど、このごろ人間のしゃべりでもそれができるようになった。『リッチなチョコレートのおいしさ』って言ってみて」

「リッチな、チョコレートの、おいしさ」

「イエス」と言ってムーチョは沈黙に浸った。

「で？　何なの？」二分ほど経過したとき、エディパが鋭い声でたずねた。

「いつだったかの夜、ラビットがコマーシャルをやっているのを聞いていて気づいたんだ。誰がしゃべっても、パワー・スペクトルの個体差なんてわずかなもんで、数パーセントぶんの調整をすれば、みんな同じになる。きみとラビットも同じものをシェアしているわけだ。それだけじゃなくてさ、同じ言葉を発するなら、その人間同士、スペクトルが同じである以上、同じ人間になるよね。時間的にズレてるだけでさ、だろ？　でも、時間なんて恣意的じゃん。基点をどこにとるかで、平行移動ができるでしょ、そうすれば全部一つに重なり合うじゃん。想像しなよ。超大な、二億人が一斉にやる〝リッチなチョコレートのおいしさ〟大合唱。それも、みーんな同じ声なんだぜ」

「ムーチョ」彼女は言った――やりきれない思いに駆られる一方で大胆な疑惑を楽しんでもいる。「ファンクが言ってたの、このことだったの。あなたが部屋いっぱいのピープルになってしまったって」

「まさに、それがワタクシです」ムーチョが言った。「でも、それを言えば、誰だってそうだよ」エディパの顔を見つめるムーチョは、オーガズムならぬ波形の一致を経たせいか、にこやかで平和な表情をしている。この人、知らない、とエディパは思った。頭の内部の暗闇から、パニックが立ち上ってくる。「ヘッドフォンを被るたびにね」彼は続けた、「そこで得られたものがジワーンと理解できるんだよ。〝シー・ラブズ・ユー〟って彼らが歌うだろ、そうすると、イェイ、マジにさ、シー・ラブズなわけ。その〝シー〟って、無数にいていいんだ。世界中の、過去に遡った、あらゆる肌の色の、あらゆる大きさ、年齢、体格、あらゆる長さの余命を持った人。その〝シー〟がさ、愛してるの、〝ユー〟をね。この〝ユー〟も全員だよ。彼女自身を含んだこの世の人ぜんぶ。エディパ、人間の声というのは、とんでもないミラクルだぜ」彼のうるんだ目が、ビールの色を反射している。

「ベイビー」と言ったきり、エディパはどうすることもできない。無力な自分を感じて気を揉むだけ。

テーブルの上に彼が置いた小さな透明プラスチックの壜。なかの錠剤《ピル》を見ているうちに理解できた。「それLSD?」ムーチョはほほえみ返す。「そんなもの、どこで……」と聞かなくても答えは知っていた。

「ヒラリウスが、亭主族にも計画を拡大してね」

「いいこと」エディパが言った。「いつからやってるの?」

正直、彼は憶えていなかった。

「まだ中毒にはなっていないかもしれないわ」

「エディパ」当惑の表情を妻に向ける。「中毒にはならない。アヘンなんかとは違う。イイんだ。だから服用する。世界が聞こえるし、見えるし、嗅げるし、初体験の味覚も得られるから。なぜかって? それは世界が豊饒だからだろう。ほんと、無尽蔵なんだ。自分がアンテナになってさ、自己のパターンをひと晩に一〇〇万人に向けて送信する。その受け手みんなが君の生《ライフ》に加わるわけだよ」ムーチョはすっかり表情の据わった、母親的な顔をしている。その口をエディパは叩きたくなった。「歌にしてもさ、何かについて歌ってるということではなくて、それ自体が純粋な音としてある。新しい存在として。オレさ、見る夢も変わったんだぜ」

「なんなの!」髪の毛を一回、二回と払いのけ、猛烈な勢いでエディパは言った。「うなされるのは、もうおしまい? 結構だわねえ。だったら、最新の彼女は、どんな小娘か知らないけど、グッスリよね。いくら寝ても寝足りない年頃でしょ?」

「彼女はいない。ほんとだよ。前はよく中古車販売の敷地《ロット》の夢を見ていたよな? その夢を、君に聞かせることもできなかった。今なら話せる。もう何ともない。前は何が怖かったかといえば、販売場の看板の文字だったんだ。夢の中で自分がふつうに毎日の勤務をしてると突然、そのサインが現れる。「ナショナル・オートモビール・ディーラーズ・アソシエーション」(全米自動車販売連盟)に加入していたんで、N. A. D. A. の文字が看板に刷ってあった。その金属板が青空を背景に、無《ナダ》だ、無《ナダ》だと、軋んだ音を立ててね、その夢にうなされていたんだよ」

エディパは憶えていた。悪夢にうなされる彼は、もはやいない。このピルがあるかぎり。サン・ナルシソに出かけた朝、サヨナラした時が、ほんとうにムーチョを見た最後になるなんて、信じられない気持ちだった。ムーチョがこんなにも、消失していたなんて。

「ほら、聴いて」ムーチョが言っている。「エディパ、伝わる《ディグ》?」何の曲が流れているのかさえ、エディパにはわからないのに。

局に戻る時間になった。ムーチョはピルを顎で指した。「あげるよ、それ」

彼女は首を振った。

「サン・ナルシソに戻るのか?」

「今晩ね」

「でも警察に言われてるだろ」

「逃亡者になる」後で思い出そうとしても、それ以上何を言ったか思い出せなかった。局でエディパは、ムーチョの全員と別れのキスをした。遠ざかりながら、彼は口笛でなにやら複雑な十二音階の旋律を吹き鳴らしていた。車に戻り、ハンドルに額をつけた姿勢でエディパは思い出した。ムーチョからの手紙に捺してあったトリステロの消印について聞くのを忘れていた。だが今に至っては、そんなこと、もうどうでもよかった。

6

〈エコー・コーツ〉にエディパが戻ったとき、マイルズ・ディーン・サージ&レナードの四人組は、プールの端の飛び板の上とそのまわりに楽器を配備し、ピタリ静止したポーズをとっていた。それがあんまりキマッているので、レコード・ジャケット写真の撮影かと、フォトグラファーを探してしまったほどだ。

「何をしてるの?」エディパが言った。

「貴女の若いオトコがさ」英国訛りでマイルズが答えた。「メッツガーさんていったよね。そいつが、うちのカウンターテナーのサージを大変な目に遭わせてくれちまってさ。あいつ、哀しみで頭がイカレちまいそうだ」

「そうなんですよー、奥さん」サージが言った。「歌まで書いてしまった。おいら自身をフィーチャーしたアレンジで。やってみますね」

《サージの歌》

勝ち目はないさ　ロンリー・サーファー・ボーイ
サーファー・ガールを漁りにきた
少女が趣味の中年オヤジに
病的《シック》にビッグに責め立てられたら
ぼくにとってはウーマンなのに
あのオヤジにはロリータなのか
ぼくのまわりでいちゃつくなよ
サーファーのハートを壊すなよ
あの娘《こ》は去った、ゴーン・アウェイ
新しいのを見つけなきゃ
オヤジに学んだ恋の手管
使ってさっそく射止めたぞ

ゆうべのお相手八歳だ
とってもイケてるスインガー
二人会うのさ、エヴリナイト
学校裏のサッカー場
マイ・ベイビー、ソー・グルーヴィー（オー・イェイ）

「なにかメッセージがあるみたいね」エディパが言った。

散文による説明が始まった。メッツガーは、サージのガールフレンドと結婚するためネヴァダへ行ってしまったとのこと。新しい八歳の恋人の件で問い詰められたサージは、依然想像段階だと告白したが、毎日せっせと学校の遊び場へ通っているから、いつ進展があってもおかしくない、と。エディパは部屋に入った。テレビの上にメッツガーの残した書き置きがあった。遺産のことは心配いらない、今回の件は、ウォープ・ウィストフル・キュービチェック&マクミンガス法律事務所の誰かに委嘱しておいたので、追って連絡があるでしょう、遺言検認裁判所の了解も取り付けてあります。その書き置きに、エディパとメッツガーが共同遺言執行人以上の関係だったことを思わせる言葉は、ただのひと言もなかった。

ということは、それだけの関係だったってことね。エディパとしては、思い切り侮辱された気がして当然なのだが、それよりも別の心配が先に立った。荷物をまとめ、さっそく演出家のランドルフ・ドリブレットに電話をする。十回ほどベルが鳴ったあと、受話器を取った老婦人がいきなりしゃべり出した。「失礼ですけど、申し上げることはございません」

「あの、どなたですの?」とエディパ。

溜息が一つ。「母ですわ。あすの正午にコメントを出します。弁護士さんが読みます」電話が切れた。なんだろう、ドリブレットに何かあったのだろうか。あとでまたかけ直そうと、電話帳を探したらボーツ教授の番号が載っていた。こちらは首尾良くいった。電話口に出たのはグレースという名の奥さんで、背景に子供たちの声が喧しく聞こえた。「エモリーなら、パティオにガラスを敷き詰めてるわ」とのことである。「四月ごろからやり出した組織的な悪ふざけなんですけどね、日なたに坐って学生とビールを飲むでしょう、その瓶を、飛んでるカモメにぶつけようとするの。お話しに来るなら、いろいろあんまり進まないうちがいいわよ。やだ、マクシーン、それをぶつけるなら、お兄ちゃんにしなさい。ママよりずっとすばしっこいんだから。ねえ、エモリーがウォーフィンガーの新版の仕事をしたってご存じでした? 本が出るのは——」情報は、大きなガシャーンという音と、子供の狂乱的な笑い声、耳をつんざく悲鳴にかき消された。「あなた、まだ幼児殺しの犯人と顔を合わせたことないでしょう? 早くいらっしゃいよ。一生に一度のチャンスかもよ」

エディパはシャワーを浴び、セーター、スカート、スニーカーという姿になった。髪も学生風に撚り合わせ、メイクも軽めにして。でも、大切なのはボーツ教授にどう思われるかではない。

グレースでもない。〈ザ・トリステロ〉はわたしの行動をどう思うだろう。そう考えると、漠とした恐怖が湧き起こった。

道中、ツァプフの古書店の前を通りかかった。何ということだ、一週間前に本屋だったところが、黒焦げの瓦礫の山になっていて、皮革の焼臭が今も辺りに漂っている。エディパは車を停めて、隣の、政府の払い下げの店に入ったら、いきなり店主がツァプフのことを罵り出した。これは保険金目当ての放火だと。「風でも吹いてりゃ大変だった」たいそうな剣幕である、「いっしょに巻き添え食らうところだった。どのみち、こんな雑居ビル、五年もすれば壊れるだろうに、それがアイツにゃ待てないんだ。本屋なんかやって」ここでペッと唾を吐かなかったのは、育ちが悪くない証拠か。「何か中古で商うんだったら、需要のあるものにしなきゃダメだろうが。今の季節ならライフルだよな。今朝がたも一人来たよ、訓練チーム用に二〇〇挺買っていった。鉤十字のついた腕章も二〇〇個売れたろうに、まいったな、そいつは切らしちまってた」

「政府放出の鉤十字?」とエディパ。

「そんなものが、あるかい」と、意味深なウィンクが返ってきた。「サンディエゴの近くに、おれの工場があってよ、ニガーを一ダースほど雇って、腕章を作らせてるんだが、こいつがよくさばけてねえ。少女雑誌に広告出したら、郵便注文が殺到した。それで先週ニガーを追加であと二人雇う羽目になった」

「お名前うかがってもいいかしら」エディパが言った。

「ウィンスロップ・トリメイン」上気した起業家が応えた。「通称ウィナー。いいか、今な、ロサンジェルスの大手の既製服メーカーに話をつけてるとこなんだ。秋に向けてナチス親衛隊の制服を売り出そうと思ってる。新学期セールのキャンペーンにいいだろ？　ティーンズの女の子だったら、サイズ37のロングでいい、それを売り出す。来年のシーズンには、すこしデザインを変えて、大人のご婦人にも楽しんでもらおうって考えてるんだがね、あんた、どう思うかね」

「考えときます」エディパは言った。「あなたのこと憶えておくわ」そう言って出発したが、この男を罵倒しなくてよかったのかどうか、気になった。手を伸ばせば届く範囲に、政府放出の鈍器も数多くあったからそれで殴りつけてもよかったくらいだ。目撃者もいないのに、なにを躊躇したんだろう。

臆病者、と自分を叱って、シートベルトをパチンと締める。ここはアメリカで、わたしはここに生きている。こんなアメリカが、どんどん広がっていくのは、わたしがそれを止めないからでしょ。獰猛にアクセルを踏み込んで、フリーウェイ上のフォルクスワーゲンを獲物のように追いかけた。ボーツの家は、ファンゴーソ・ラグーン風の様式で造成された川岸の宅地にあった。そこに乗りつけたころ、彼女の怒りは、体の震えと、少々の胃のむかつき程度に収まっていた。

丸々とした小さな女の子が戸口に出てきた。顔に青いものを塗りたくっている。「ハイ」エディパが声をかけた。「あなたがマクシーンね」

「マクシーンはもう寝たよ。マクシーンがパパのビールのびんをチャールズにぶつけようとして、窓のガラスが割れたの。それでママがいっぱい叩いたの。マクシーンなんか、プールに沈めちゃえばいいのよ」

「そうすればよかったわね。ママ、気がつかなかった」薄暗い居間からグレース・ボーツが現れた。「お入りなさい」濡らしたタオルで子供の顔をきれいに拭いて、「あなた、お子さんから、どうやって逃げてきたの？」

「いないんです」グレースの後についてキッチンに向かいながらエディパは言った。

その答えに、グレースは驚いたようすで、「子育てに特有のやつれ方ってあるじゃないですか。母親やってるとしだいに区別がつくようになるの。そう思ってたんだけど……はずれたわ」。

エモリー・ボーツは体を半分ハンモックに横たえていた。まわりに大学院生が三人、男子二人に女子が一人、みんなすっかりアルコールが回っている。積み上げられた空き瓶の数が半端ではない。栓のついた一本をつまみ上げてエディパは芝生の上に腰を下ろした。おもむろに——「わたしが調べたいのは、歴史上のウォーフィンガーなんです、テクスト上のじゃなくて」。

「歴史上のシェークスピア」ボトルの栓を抜きながら、院生の一人が、豊かにたくわえた髭を通してひと声発した。「歴史上のマルクス。歴史上のキリスト」

「その通り」ボーツ教授が肩をすくめた。「亡骸さ、もうないんだ。残っているのは——」

「言葉」

「言葉を取り上げましょう」とボーツ。「それなら論じられる」

「神聖なる星の栫とて護れはすまい《ノー・ハロウド・スカイン・オヴ・スターズ・キャン・ウォード、アイ・トロウ》」エディパは暗誦した、「トリステロと出会う運命を《フーズ・ワンス・ビン・セット・ヒズ・トリスト・》負いし者は《ウィズ・トリステロウ》」。「『急使の悲劇』第四幕第八場」

ボーツの目がパチクリする。「君はどうやってヴァチカンの図書館に入ったんだ?」

エディパは、今の一節の入ったペーパーバック版を手渡した。ボーツは目を細くしてページを眺め、ビールをもう一本まさぐった。「こりゃどうだ。海賊版を出されたよ。私もウォーフィンガーも、ポルノ作家にされてしまった。卑猥な箇所を削除するというのはよく聞くがね」とのたまわって、教授は編集した犯人をチェックしようとページを前にめくった。「名前がないな。恥ずべきことだと自覚してるか。出版社に抗議文を書かないといかん。K・ダ・チンガード&カンパニー? 聞いたことあるか? ニューヨークだと」ページを太陽に透かして見る。「オフセット印刷」さらに鼻を近づけて、「ミスプリだ。ガーッ、テクストの堕落」。そう言って本を草の上に落とし、汚らわしいものでも見るような目で見つめた。「連中はどうやってヴァチカンに入ったんだ?」

「ヴァチカンに何があるんですか?」エディパがたずねる。

「『急使の悲劇』のポルノ版だよ。私も一九六一年までは目にしたことがなかった。見ていれば、もちろん、旧版の註で触れたがね」

「タンク劇場でやっていたのはポルノ版じゃないんですか?」

「ランディ・ドリブレットが上演したやつか。いや、あれは、ふつうの正道ヴァージョンだったと思うが」 その悲しげな目はエディパを通り越して空に向けられていた。「彼は奇妙に倫理的な男だった。言葉自体は平気で取り替えるんだが、劇作を囲い込む不可視のフィールド、その精神に対しては忠実を貫く。あなたの求める歴史上のウォーフィンガーというやつを、もし呼び起こせる男がいたとしたら、まず誰よりもランディだったろうな。私の知ってる中で、あれほど作者自身に肉薄したのは誰一人いなかった。まさにウォーフィンガーの生きた心を包んだ、あの作品の小宇宙だったよ」

「あの、過去の時制でしゃべってますけど」電話で話した老婦人の言葉がよみがえって、不安に心が高鳴る。

「聞いてないのかね?」 みんなの視線が注がれた。一瞬、死が、影もなく、芝生に転がる空き瓶のあいだを過《よぎ》っていった。

「ランディは、おとといの晩、入水したのよ、太平洋に」女子学生が重い口を開いた。目が赤いのは泣きはらした跡なのだろう。「ジェナーロの衣裳を着ていたんですって。これ、お通夜なんです」

「今朝、電話で話そうと思って」それ以外に言葉が出なかった。

「『急使の悲劇』の舞台装置を取り外して、その直後だったということだ」ボーツが言った。

一ヶ月前のエディパだったら理由をたずねただろう。今のエディパは、沈黙の中で待っている、光が射してくるのを待つかのように。

「みんな剝奪《ストリップ》していくのね」声に出さずに、彼女は言った。どこかとてつもなく高いところにある窓へ向かい、それから窓を越えて底なしの深みの上をはためいているカーテンになった気分だった。彼らは、男たちを、一人ひとり、奪い取っていく。分析医は、イスラエル人に追われて狂ってしまった。夫はLSDで子供みたいになって、自分というお菓子の家の、無限に続く部屋から部屋へ楽しそうに進んでいくだけ。かりそめにも愛の名で通っていた二人の暮らしは、もう絶望的なほど遠くへ行ってしまった。生涯でただ一人の不倫相手は、十五歳の非行少女と駆け落ちした。そして今度は、〈ザ・トリステロ〉への最良の導き手が、入水自殺。どこなの、ここは？ わたしはどうしたらいいの？

「遺憾です」彼女のようすを見て、ボーッが言った。

エディパは屈することなく、ペーパーバックを指さして言った。「あの台本の元は、この版だけだったんですか？」

「いや」ボーッの顔が歪んだ。「ハードカバーも使ったよ、私の編集したのを」

「でも、先生がお芝居をごらんになった晩」――ボトルに当たる太陽がまぶしすぎる、彼らのまわりはまったくの静寂だ――「第四場のエンディングはどんな台詞でした？ ドリブレットがしゃべった、奇跡を見た後のジェナーロの、湖のほとりでの台詞ですけど」

「嘗てはトゥルン&タクシスを名乗りし／そやつは」ボーッが暗誦する、「いま、剣の刃のほか主を知らず／金の一巻喇叭《ラッパ》は無音にて横たわる」。

「そうそう」院生たちが同意する。「イェイ」

「それでおしまい？　残りは？　最後に対句があったでしょう？」

「わたしが信用して付き合っているテクストだとね」ボーツが言った、「その対句の、後の行が抹消されているんだよ。ヴァチカン所蔵の本は、ただの淫らなパロディであり、アンジェロの強欲と交わりし者（Who once has crossed with the lusts of Angelo.）のくだりは一六八七年の四つ折版《クワトロ》で植字工が入れた。『ホワイトチャペル版』のテクストは原形を留めていない。そういう状況でランディは、ベストの選択をしたわけだ。不確かな部分はとにかく演《や》らなかった」。

「でもわたしが観た晩は」エディパが言った。「ドリブレットは、実際ヴァチカンのセリフを使ったんです。〈トリステロ〉という言葉を口にしました」

ボーツ教授は穏やかな表情を崩さなかった。「その気になれば簡単なことだよ。演出と役者を兼ねているんだから、そうだろう？」

「でも、そんな」両手のひらをグルリと返すジェスチャーつきで、「そんな気まぐれってありなんですか？　誰にも言わずに、いきなり他のテクストから持ってきた二行を舞台で言うなんて」。

「ランディはね」角縁メガネをかけたがっしりした体格の、三人目の院生が言った。「心に悩みを抱えていると、それを、なんらかの形で、舞台で出さずにはいられないタイプの人なんです。きっといろんなヴァージョンに目を通していたんでしょう。正確な言葉を求めてというより、この劇の精神をつかみとるために、いろんなヴァージョンを当たってみたと思うんだけど、その中であなたが持ってきたその版にも出会ったんじゃないですか」

「じゃあ」エディパの結論――「実人生で何か起きたのね。その晩、何かが思いきり変化した。それでそのセリフを入れることになった」。

「かもしれない」ボーツが言った。「そうでないかもしれない。人間の心はビリヤード・テーブルだとお考えかな?」

「違っててほしいです」エディパは言った。

「中にお入りなさい。卑猥な写真をお見せしよう」ハンモックからゴロリと下り、学生たちをビールとともに置き去りにして、教授は家の中へエディパを招き入れた。「あのヴァチカン版の挿絵なんだがね、非合法のマイクロフィルムになっている。六一年に研究助成金が下りてグレースと行っていたんだが、そのとき不法に仕入れてきたんだ」

作業場兼書斎のような部屋に入る。屋内のどこか遠いところから、子供たちのキャーキャーいう声と掃除機が唸る音が聞こえる。ボーツはブラインドを下ろし、スライドの箱をまさぐってひと掴み取り出すと、プロジェクターの電源を入れて投射光を壁に向けた。

挿絵は木版画で、早く仕上がりが見たいと思うアマチュアの、やっつけ仕事だった。本物のポルノグラフィーは、どこまでも辛抱強いプロが作るものだ。

「版画家は不詳」ボーツが言った。「テクストを改竄したヘボ詩人の名も知られていない。これがパスクァーレ。憶えてるね、悪《ワル》の一味で、こいつは実に自分の母親を妻に娶った。で、その初夜のシーンの全貌を描いたのがある」スライドを取り替えて、「これで大体のところは摑めるね。死神が終始背景をうろついているところに注目だ。怒れる道徳心の表現ですよ。時代に逆行した、中世の様式ね。ピューリタンは、こんな暴力的な表現はとらないもんだが、スカーヴァム派はおそらく別なんでしょう。ダミーコの説によれば、この版はスカーヴァム派のプロジェクトとして刷られたということだ」。

「スカーヴァム派？」

「チャールズI世の時代に、ロバート・スカーヴァムが創立した一派で、ピューリタンの中でも、もっとも純粋にピュアな宗派だよ。彼らを捕えた世界観の中心にあるのが預定説《プリデスティネーション》という考えでね、万人が二つに一つの行き先を決定づけられている。スカーヴァムの信奉者にとって、偶然というものは一切この世に存在しないのだよ。世界創造《クリエーション》とは、巨大にして精緻な機械なのであって、その一方、すなわち信者がなす部分は、第一動因である神の意志をそのまま実践する。残りのグループには、なにかしらその正反対の原理を考えればいい。なにか盲目で、魂がなく、永遠の死をもたらす破壊的《ブルータル》な機械運動のようなものをね。この対立を設定したのは、もちろん、神の目的に添った教えに人々を引き入れて結束を固めるためだよ。しかし皮肉なことに、そもそも少数しかいなかった一派のメンバーが、みんな破滅に向かう時計仕掛けの運動という観念に惹かれていってしまうんだ。病的で魅惑的なホラーの図に取り憑かれてしまう。で、この一派は、完全に信者を失ってしまう。創立者のロバート・スカーヴァムも、沈没船の船長のように最後まで踏んばってはいたが、結局行ってしまうんだ」

「リチャード・ウォーフィンガーが、それにどう関わってくるんですか?」エディパはたずねた。

「なぜスカーヴァム派が、彼の芝居をポルノにしなくてはいけないの?」

「道徳心からだろうね。彼らは芝居というものを好まなかった。芝居などは地獄に落として消滅させたいと思っていたから、それであいう形で示しをつけたかったんじゃないか。芝居を永遠に呪おうとしたら、戯曲の言葉をすり替えるほど、いい方法はないだろう。ピューリタンってのは、〈言葉〉に全霊を捧げた、文芸批評家みたいな連中だからね」

「でもトリステロのことを言う行は、淫らじゃないわよ」

ボーツは頭を掻いた。「文脈に、たしかに、合うね? No hallowed skein of stars can ward...この hallowed skein of stars——神聖なる星の枠——というのは神の御心《みこころ》だろう。しかしそれさえも ward する、護る、ことができない。トリステロと会う予定を作ってしまったらアウトだと言っている。アンジェロの欲望に捕らわれたくらいなら、いくらでも逃げる方法があるだろう。国を出ればいい、アンジェロは一人の人間にすぎない。しかしこの破滅的な〈他者〉、スカーヴァム派が思い描いた機械仕掛けの悪の宇宙となれば、これは別だ。彼らがトリステロを、そういう〈他者〉のシンボルであると見ていたのは明らかなようだね」

もはや質問を引き延ばす術はなくなった。さっきの、高窓の外の淵へはためきながら落ちていく感覚にふたたび襲われながら、彼女は訪問の目的である問いを発した。「トリステロって何だったの」

「私が一九五七年の版を出してから」ボーツは言った、「新たに開けた研究フィールドの一つがそれでね。あれ以来、興味深い古文書がいくつか挙がっている。私のアップデート版が出るのは、いつになるだろう、来年のいつかという話だが、それまでは」彼は大昔の本が詰まったガラスのケースを探した。「これだよ」ダークブラウンの牛革が剝げている古書を差し出して、「ウォーフィンガー関係のものは、ここにしまって鍵を掛けておくんだ。子供たちの手に触れたら困るよ。チャールズに質問攻めにされたら、私はまだ幼すぎて太刀打ちできない」。その本の題名は『ダイオクリーシャン・ブロッブ博士の奇妙なイタリア人遍歴——かの突飛にして奇想天外なる民族の史実を語るエピソード付き』。

「とても助かったことに」ボーツが言った、「ウォーフィンガーは、ミルトンのような抜き書き帳を作っていたんだ。読んだ本の引用など、ちゃんと書き留めてあってね、それでブロッブの『遍歴』のことを知ったというわけだ」。

本を開くと、中は語尾に余計なeがついた単語や、fのように見えるsや、大文字で始まる名詞、iの代わりにyが当てられている単語でいっぱいだった。「これ、わたし読めません」エディパが言った。

「ま、がんばって。私は学生たちを見送る用があるから。第七章のあたりだよ」と言って教授は消え、エディパは神聖な文献棚の前に一人残された。肝心なことが書かれていたのは、実は第八章だった。それは著者自身がトリステロの賊に遭った記録である。――荒涼とした山岳地帯を行くダイオクリーシャン・ブロッブ。「トーレ&タシス」の郵便馬車に乗せてもらっている（これが「トゥルン&タクシス」のイタリア読みだということはエディパにもわかった）。「信心の湖*」とブロッブが記した場所にさしかかったとき、いきなり二〇名ほどの黒衣の騎手《ライダー》の襲撃を受ける。湖から凍てつくような風が吹き寄せる中、無言のまま壮烈な戦いが続いた。彼らは棍棒で襲い、火縄銃を使い、剣《ソード》も両刃短剣《スティレット》も繰り出し、最後は絹のネッカチーフを巻き付けて相手の息の根を止めた。生き残ったのはブロッブ博士とその召使いだけ。二人は、最初に大声で、自分たちが英国臣民であることを宣言し、戦いから身を遠ざけていたのだ。途中ときどき「吾等が教會讃美歌の秀でたる数篇を唄ふ」ことも辞さなかった。しかし二人が逃げおおせたというところがエディパには解せない。これほどの暗殺団なら機密保持に躍起になるだろうに。

「トリステロはイギリスに支店でも出そうとしてたのかね」数日後、ボーッが言った。

エディパには分からない。「どうして、こんなダイオクリーシャンみたいなヘチマを助けるわけ？」

「一マイル先からでも聞こえるほどのおしゃべり野郎だったから、かな」ボーッが言った。「寒風の中、殺戮で血走っている目にも見分けがつくほどの。自分たちの噂をイギリスに伝えて、一種の地ならしをしておきたいと思ったら、こいつは殺さずにおく方が得だとね。トリステロは当時、反革命の進展を望んでいた。当時のイギリスは、まさに国王が首を刎《は》ねられる寸前だ。恰好のお膳立てだね」

山賊の首領は郵便の袋を集め終わると、馬車からブロッブを引きずり降ろし、完璧な英語でこう言った。「トリステロの復讐を目撃せしご両人に告ぐ。我等、慈悲の心に欠けたるなきを知り給え。其処許《そこもと》の王と議会に、我等が業を告げ給え。我が勢力の浸透を告げ給え。我等が急使を阻まんとするは、嵐にも戦さにも、獣の獰猛さを以てしても砂漠の孤独を以てしても、はたまた我等が正統に継承する権利を強奪せんとする非嫡出の輩を以てしても、叶わぬ事なり」そして二人から何を奪うでもなく、賊の一団は、黒いマントを帆のようになびかせて、薄明の山の中に消えていった。

ブロッブはトリステロの組織についてたずねまわるが、閉じた口を開く者はない。しかし断片情報はいくつか得られた。それから数日間のエディパが、まさにそんな感じだった。ブロッブから得た手掛かりに加え、ジェンギス・コーエンから得た、見たこともない切手収集の専門誌、モトリー著『オランダ共和国の勃興』の不分明な脚注、近代アナキズムのルーツに関する八十年前のパンフレット、そしてボーツのウォーフィンガー専用キャビネットにあったブロッブの兄オーガスティーンの説教集——それらの掻き集めた断片からエディパは、組織の起こりについて次のような話をまとめ上げたのである。

一五七七年、新教徒の貴族オレンジ公ウィリアム率いる低地諸国《ロウ・カントリーズ》では、カトリックのスペイ

＊ 原語は Lake of Piety. イタリア語の「憐れみの湖」(Lago di Pietà) をブロッブが誤訳したという含み。

ンならびに神聖ローマ帝国からの独立を求めて、九年前からの苦しい戦いが続いていたが、その年の瀬に、オレンジ公は低地諸国の事実上の支配者として〈十八人委員会〉に招かれ、勝ち鬨を上げてブリュッセル入りした。この委員会は、いわば急進的カルヴィン主義者による革命評議会であり、時の特権階級の言いなりになる議会はもはや技術職人を代表せず、人民とは完全に切れた存在であるとして、一種の「ブリュッセル・コミューン」のようなものを組織していた。そして警察を掌握し、議会の全決定を統御し、ブリュッセルの要職にあった多くの者を追放した。そのとき追放された一人がタクシス家の男爵レオナルドI世だった。皇帝の侍従にしてブイジンゲンの男爵だった彼は、低地諸国の世襲郵政長官として、トゥルン&タクシスによる郵便独占事業の執行主の立場にあったのだが、その彼に替わって事業を司ったのがヤン・ヒンカルトという、オハインの領主、オレンジ公の忠実な追随者である。だがそこに、本家の人間だという者が現れた。エルナンド・ホアキン・デ・トリステロ・イ・カラベラ。この男は狂人だったとも、潔癖な反逆者だったとも言われ、また詐欺師とする者もいたが、とにかく彼は、ヤン・ヒンカルトの従兄弟であると宣言し、スペイン方の家系こそオハインの本家なのだから、ヒンカルトが継承したすべては、郵便事業を含め、すべて自分に権利があると主張した。

トリステロは一五七八年から、アレサンドロ・ファルネーゼがブリュッセルを奪還して皇帝領とする一五八五年三月まで、〝従兄弟〟のヒンカルトに対し、実質上のゲリラ戦を展開した。が、スペイン人であった彼に支援はなかなか得られず、その生命もいつも付け狙われていた。だが逆境下にあって彼は、オレンジ公が任命した郵便長官の暗殺を、未遂ながら四度にわたって企てた。ヤン・ヒンカルトはファルネーゼによって罷免され、トゥルン＆タクシス家のレオナルドⅠ世のもとで郵便モノポリーが再開されるが、この体制は不安定をきわめた。一族のなかにも、新教徒側につくボヘミアンな輩が出るなどして、危険を感じた皇帝ルドルフⅡ世は、ある期間、パトロンの座から降りてしまう。ためにトゥルン＆タクシスの経営は大きな赤字に落ち込んだ。

今でこそ弱体化し揺らいでいるものの、ヒンカルトはヨーロッパ全体にまたがる権力構造そのものを受け継ごうとしている——このヴィジョンがトリステロをして、対抗システムを立ち上げさせたのかもしれない。しかし彼自身は、精神的に不安定な人間であったらしく、公けの集まりに出てきては突然演説を始める性癖があった。テーマはいつも同じで、終始一貫して、相続の無効を訴えた。郵便モノポリーは、征服による権限からオハイン領主に帰属し、オハイン領は血統による権限からトリステロに帰属する、と主張したのだ。スタイルとしては「継承権を奪われた《ディスインヘリテッド》」という意味の〈エル・デセレダード El Desheredado〉を演出し、みずから主宰する対抗郵便組織の参入者に黒の着衣を用意した。黒の色が象徴するのは、流浪する彼らに帰属する唯一のもの、すなわち「闇夜」だ。やがて彼は、自分たちの図像に、ミュート付き喇叭と、四本足を宙に浮かせているアナグマの図を加える（タクシスの名の由来はイタリア語の tasso すなわち「アナグマ」であるとする説もあり、北イタリア《ロンバルディア》のベルガモでむかし急使が被っていたアナグマの毛皮の帽子との関連を指摘する者もあった）。かくしてトリステロは、トゥルン＆タクシスの配達ルートに沿って、妨害、テロ、掠奪の隠密行動を展開したのである。

エディパはその後の数日を図書館への出入りと、エモリー・ボーツかジェンギス・コーエンとの熱っぽい議論に費やした。自分にはもうこの二人しか残っていないと思うと、二人の身の上も心配になった。ブロッブの『遍歴』を読んだ翌日は、ボーツ教授夫妻や院生とともに、ランドルフ・ドリブレットの埋葬式に出かけた。弟による悲痛な哀悼の辞を聞き、午後のスモッグに霞んでほとんど幽霊にしか見えない母親が涙にくれる姿に接して、その夜ふたたび墓地に戻った。生前のドリブレットが何バレルも貯蔵しておいたというナパ・ヴァレー産のマスカテル・ワインを、彼の墓石に坐って飲むためだ。月のない、星もスモッグに隠れて見えない、すべてがトリステロの騎乗配達夫《ライダー》のように漆黒の闇夜だった。お尻の冷えたエディパは、地面に坐り直し、あの晩ドリブレットがシャワーの中から言い放った言葉を思い出した。彼の言った通りで、自分の中のある部分が、彼と一緒に海に消えてしまったように思えた。自分の心《マインド》は、もはや存在しない霊的な筋肉《サイキック・マッスルズ》を反射的にヒクヒクさせているだけではないだろうか。足を切断した人が無いはずの足を感じ続けるのと同じトリックにかかり、からかわれているだけでは。消えてしまった自分を、いつかわたしは、どんな「義体」で――どんな色のドレスで、どんな手紙のフレーズで、どんな恋人で――補塡するのだろう。地下六フィートの深さにまで手を差し伸べたい気持ちだった。もしまだそこに腐敗に抗し、確率の法則に逆らってその組成を崩さず、最後の突破《バースト》に向けて、最後の地中の這い上がりに向けて構えている、コード化された蛋白質の持続のようなものがあるなら、それと繫がり合いたかった。静かに結集し、仄かに輝きつつ、翼の形をとり、肉の温もりに向かってもう一度飛び立つか、闇の中に永遠に散ってしまうか、その瀬戸際で跪いているなら、どうぞわたしの中へ入ってきて、そして最後の晩の記憶をぜひ運んできて、とエディパは希った。情報が重すぎるのなら最後の五分のところだけでいい、きっとそれでわかるから、とにかくあなたの溺死がトリステロと関係するのかしないのか、そのことだけは教えて。彼らはわたしからヒラリウスもムーチョもメッガーも奪ったけれど、同じ理由で、もう必要ないからって、あなたまで奪ったとしたらそれは間違い。どうか、その記憶だけでも持ってきて。わたしに残された時間がどれだけあるかわからないけど、その間どうぞわたしと一緒に生きて。彼女はドリブレットの頭を思い出した。シャワー室の湯気の中に浮かんでいた頭が、「なんなら私に恋してみるかい」と言ったっけ。でももし本当に恋をしたとして、救えただろうか？　エディパは遠くを見やって、彼の死を伝えた女子学生の像に合わせた。あの二人は、愛し合っていたのだろうか。あの晩彼が、例の二行のセリフを入れた理由を、彼女は知っていたのか？　彼にしても、自分でわかっていたのか？　それを跡づけるのは無理。人の心の中を覗けば百の悩みとこだわりの順列・組み合わせだ。セックス、金銭、体調、今ここに生きていることへの絶望……台本を変えることも、自殺と同じで明瞭な理由などないのだ。どちらにも同じ気まぐれさがある。もしかして――彼女は一瞬何かに刺し貫かれたような、あの明るい翼を持った存在が彼女のハートに安住の地を見出したかのような感覚を得た――もしかして、どちらも同じ迷路を通ってスルリと出てきたのかも。あの二行を入れたことが、なんらかの説明不能なやり方で、太平洋という原初の血液の巨大な溜まりの中への夜の入水の予行演習だったのかも。彼女は、翼の生えた光の、着地成功のアナウンスを待った。何も聞こえてこなかった。「ドリブレット」と彼女は叫んだ。脳内の捩《よじ》れた回路をシグナルのエコーが響いた。ドリブレット！

マックスウェルの悪魔のときと同じだ。エディパがコミュニケートできないのか、さもなくば、相手が存在しないのか。どちらかである。

図書館巡りから得られたのは、トリステロの起源についての情報だけだった。オランダの独立期を超えて組織が存続したようすについては知られていない——のだとすれば、トゥルン&タクシスの側の情報から割り出していく他はない。これには危険な側面もある。ボーツ教授など、探求をある種の知的ゲームとして楽しんでいるかに見えた。たとえば鏡像理論というものによる説明を教授は持ち出してくる。トゥルン&タクシスが力を弱めた時期だからこそ、トリステロという影の王国が力を伸ばしたのだと。人を震撼させたこの名が、十七世紀の半ばになって初めて活字に登場したのも、それが理由であると。ジス・トリステロ・ディエス・イーレ（this Trystero *dies irae*）の代わりにジス・トリスト・オー・オーディエス・オーリ（This tryst or odious awry）という駄洒落めいた言葉に変えた人物は、なぜそうせざるをえなかったのか？　「トリステロ」の文字の登場する対句が、ヴァチカン版では削除されながら、二つ折版《フォリオ》ではなぜ一行だけ復活するのか？　トゥルン&タクシスの対抗勢力の名を人前で仄めかす勇気はいつの時代に起こったのか？――それらの疑問に対し、ボーツ教授はきまって、トリステロの内部に生じた何らかの危機を理由に持ち出すのだ。復讐に出る余裕のなかったことが、そうした事態の表出をゆるしたのだろう、ブロッブ博士の命が奪われなかったのも同じ理由だったのかもしれない、と。

でも、ボーツ教授はこんなに言葉の枝葉を伸ばし、不自然な薔薇の花を咲かせてどうしようというのだろう。その紅の花が匂う夕暮れに、漆黒の歴史が、薔薇の下《ひとしれず》を通り抜けていったのなら無益なことだ。トゥルン＆タクシス家の伯爵、レオナルドⅡ世フランシスが一六二八年に他界した後、郵便長官の座は名目上、ライの領主であった妻のアレクサンドリーヌに移行するが、この引き継ぎは非公式なものであって、彼女が職を降りた一六四五年以降も、独占郵便事業は帰属先不明のまま、ようやく一六五〇年になって次の男性継承者ラモラルⅡ世クロード＝フランシスのもとに収まった。この間、ブリュッセルでもアントワープでもシステムはほころび、帝国認可のないローカルな私的配達便がはびこっていた。両都市でトゥルン＆タクシスの事業は侵食され、営業不能の状態に追いやられたのである。

　はて、この事態を前に、トリステロ側はどんな出方をしただろう、とボーツが問う。急進的一派は、いよいよその時が来たと、敵の弱まりに乗じた、実力行使による乗っ取りを提唱するだろう。しかし、保守派は、抵抗勢力としての立場を守ろうという意見だ。もう七十年もそうやってきた。その他に、幻視能力者《ヴィジョナリー》の登場もあったのではないか。目先の時局にこだわらず、遠く歴史を見通す力を持った連中。彼らのなかに、どうも三十年戦争の終結を予見していた男がいたようだ。ウェストファリア条約が締結されて、神聖ローマ帝国は分裂し、群雄割拠の時代が訪れる、と。

「カーク・ダグラスみたいなやつだよ」ボーツは声を張り上げた。「剣を腰に下げてる。名前はコンラートにしよう、勇壮な名前だ。居酒屋の奥の間にみんな集まってミーティングをやっている。農家の娘みたいなブラウスを着た女給がビールジョッキを運んでいる。みんな酔っ払って大声で叫んでるところで、突如コンラートがテーブルの上に飛び乗り、演説を始める。『ヨーロッパの救済は、コミュニケーションにかかっているんだ。今の状況を見ろよ、嫉妬深いドイツ諸侯が、何百人も、互いに策謀を巡らし、内紛を起こし、無意味な争い事をやって帝国の持っていた力を切り崩している。それらの諸侯のうち、誰が支配者の地位に昇れるか。結局は通信の線《ライン》を制した者だろう。コミュニケーションの網を張っていくことが、いずれ大陸の統一へとつながっていくのではないか。そこで俺からの提案だ。宿敵トゥルン&タクシスと合体して——』ここで罵声が飛ぶ。やめろ、何ということを言うんだ、裏切り者をつまみだせ。が、一人、まだスターの卵なんだが、若い女給役の子がコンラートに惚れていてね、一番騒がしく罵っているヤツの頭をジョッキでガツンとやる。『合体すれば、だ』コンラートが続ける、『組織は無敵になる。すべての業務が帝国ベースとなる。俺達を通してでなければ、軍隊を動かすことも、作物を動かすこともできなくなるんだ。どこかの君主が私設郵便を作ろうとするなら抑え込め。長らく継承権を奪われたまま不遇に甘んじてきた我等が、ヨーロッパの継承者！にもなりうるんだ』鳴りやまぬ拍手喝采」

「でも、実際は、帝国が滅んでしまったのよね」エディパが指摘する。

「まあね」ボーツは認めて、「急進派と保守派の争いは膠着したまま。ヴィジョナリーの小集団は善良なやつらだから、対立の仲裁にまわるんだが、ゴタゴタは片付かない。そのうち策も尽き、帝国は御臨終、トゥルン&タクシス家は取引などには応じない」。

神聖ローマ帝国の滅亡後は、トゥルン&タクシス家の正統性の根拠も、他の壮大な虚飾の数々と共に永遠に消え失せて、パラノイアの花が開くままの状況となる。トリステロが闇に隠れた存在であり続け、トゥルン&タクシスに敵対している相手が目に見えず、その勢力がどこまで伸びているのかも解らないという状況が続くなら、人は盲目で機械的な、スカーヴァム派の考えたアンチ・ゴッドのような存在を幻視するようにもなるだろう。自分たちの配達人《ライダー》を殺し、山道に雷鳴高く地滑りを起こさせる力を持った、正体不明の何かがある。その何かは、やがてローカルな対抗組織を起ちあげ、いつかは国家レベルの郵便事業を作動させるのではないか。そうやって帝国を滅ぼしていくのではないか。とにかくトゥルン&タクシスに嚙みついて弱体化を図る時霊《ツァイトガイスト》がいるんだ、と。

世俗のトリステロが発見されて、そのパラノイアが退いていくのが次の一世紀半。全知の、計り知れない悪意を持った歴史の原理、時霊として想像された壮大な敵対の力が、こうして人間化される。一七九五年になると、フランス革命の全体をトリステロの仕業とする見解さえ登場した。

革命暦第三年の霙月《フリメール》九日に発布された宣言で、フランス共和国と低地諸国におけるトゥルン＆タクシスの郵便専業は終焉を迎えるのだが、実は、まさにそのために、フランス革命が仕組まれたという説がある。

「それ、誰が言ったんですか？」エディパが言った、「どこかに書いてあったの？」

「そういうことを言い出す人間って出てこないかね？」ボーツが言った。「こないかもしれないな」

エディパは追求しなかった。追い求めること自体が嫌になりかけていた。ジェンギス・コーエンにも、専門家委員会に送った切手について、調査結果が来たかどうか、まだ尋ねていなかった。ヴェスパーヘイヴン・ハウスへ行って、ソスさんのおじいさんに遡る話を聞き出すこともしていない。どうせまた、彼の死を知らされるだけだという気がしてならない。素性の知れない『急使の悲劇』のペーパーバックを出版したK・ダ・チンガードともコンタクトをとっていないし、ボーツ教授が連絡したかどうかも聞いていなかった。それればかりか、ランドルフ・ドリブレットの話題を避けることにバカげた努力を傾けている自分を見出すときがあった。追悼の日に会った例の女子学生が姿を見せると、理由をつけて、ボーツ宅の集まりから帰ってきてしまったり。これではドリブレットのことも、自分自身も、裏切ることにしかならないと思いはしたが、改めなかった。自分が発見していく世界が、自分を超えて大きくなって、ついには自分を呑み込んでしまうことの恐怖が先に立った。ある晩、ボーツが、ニューヨーク大学のダミーコ教授にも来てもらおうかと提案したとき、エディパは咄嗟に「嫌です」と答えた。それがあまりに即座で、動揺した返事だったものだから、ボーツ教授は二度とこの話を持ち出すことはなかった。もちろんエディパも、である。

それでも〈ザ・スコープ〉には顔を出した。ある落ち着かない独りの晩、どんなことになっているか探りに行ったのだ。マイク・ファローピアンが来ていた。二週間目の髭をたくわえ、ボタンダウンのオリーブ色のシャツに、しわしわの作業ズボン。カフスもベルト・ループもなし、ツーボタンのアーミー・ジャケットにノー・ハット。女の子に囲まれ、シャンペン・カクテルを飲み、下品な歌を歌っている。エディパを見ると、口元をニンマリさせて手を振った。

「すごいじゃない」とエディパ、「あなたのそのスタイル。めちゃくちゃ活動家風よ。山の中でゲリラの訓練してるの？」彼の身体に、所狭しと張りついていた女の子らが敵意の目でエディパを見た。

「それ秘密だよ、革命軍の」と言って彼は笑い、両腕を振り上げて、まとわりつく追っかけ《キャンプ・フラワー》を二人ほど払いのけた。「みんな、さあ、行ってくれ、この人と話をしたいんだ」誰にも声を聞かれなくなったところで、クルリ向き直った彼はエディパを、共感と迷惑の入り混じった、それに少々色気も交えた目で見つめる。「探求の成果、ありました？」

彼女は手短かに状況報告をした。ファローピアンはそれを黙って聞きながら、だんだん見覚えのない表情になっていく。エディパはたまらず、「あなたたちのグループが、そのシステムを使っていないとは驚きだわ」と言ってつついてみる。

「我々は地下の存在なのか？」意識を戻して、穏やかに彼は言った。「掃き出された存在か？」

「そういう意味じゃ――」

「我々はまだ彼らを見つけていないのかもしれないし、彼らからアプローチされていないのかもしれない。あるいは、我々はすでにWASTEを使っていながら、秘密にしてるのかもしれない」そのとき部屋に電子音楽が流れてきた。「しかし、また別のアングルから見ることもできる」何を言い出すか感知できた彼女は、反射的に奥の臼歯を擦り合わせた。この数日始まった、緊張した時のクセだ。「考えたことはないのか、エディパさん。これ、みんな、誰かが仕組んだいたずらかもしれない。あなたに一杯くわせるために、インヴェラリティが、死ぬ前にお膳立てしておいたのかもしれないでしょ」

それは考えてみたことがあった。だが、自分もいつかは死ぬという考えと同様、その可能性とまともに向かい合うことは頑固に避けてきた。たまたまチラリと頭をよぎることはあっても、深追いはしなかった。「ないわよ、そんなバカげたこと」

エディパを見るファロ－ピアンの顔に憐れみが溢れる。「だめですよ」静かな声だ、「それも考えなくちゃ。まず絶対否定できないことを書き出す。堅固なる知性を発揮して。そしたら次に、そんな気がするだけのことを書き出す。それで結果を見るの。最低線、そのくらいは」。

「わかったわ」彼女は冷たく言った。「それが最低線ね。それができたら、次は何をするの？」

彼はニッコリ笑いかけた。二人の間の空気に、目に見えないガラスの割れ目のようなものがゆっくり広がっていくのを感じて、その音なき崩落を食い止めようとしているのかもしれない。

「たのむよ、カッカしないで」

「次は、情報の出所《ソース》を確認することかしら?」明るい口調でエディパは続けた。「当たり?」

彼はもう答えない。

エディパは立ち上がる。髪は乱れていないだろうか。失望したような、あるいはヒステリカルな、喧嘩の後のような顔はしていないだろうか。「あなたも変わっただろうとは思ってた」彼女は言った。「だってまわり中みんな変わってしまうんですもの。でも、いままでは誰からも嫌われてはいなかった」

「あなたを嫌う」彼は首を振って、笑った。

「ねえ、腕章とか武器とか必要だったら、ウィンスロップ・トリメインの店に行ってごらんなさい。フリーウェイのわきに、トリメイン鉤十字章《スワスティカ》ショップってのがあるから。わたしの名前を告げるといいわ」

「その店なら、もう取り引きがあるよ」キューバ革命軍っぽくアレンジした服を着込んで、床に視線を落とし、女たちが舞い戻ってくるのを待っている青年を後に、エディパは店を出た。

で、情報の出所、たしかにこれまで避けてきた問題だ。その後、ジェンギス・コーエン氏から電話があった。声が弾んでいる。今郵便が届いて、USメールなんだが、それを見せたいから来ないかという誘いである。それは古いアメリカの切手だった。ミュート付きラッパの図柄と、お腹を向けたアナグマが描いてある。それと、WE AWAIT SILENT TRISTERO'S EMPIRE.（われらが待つは無音のトリステロ帝国）という合言葉。

「そう、それの頭文字だったの」エディパは言った。「それ、どこで手に入れたんですか？」

「サンフランシスコの」擦り切れたスコット・カタログをめくりながらコーエンが言った、「知り合いが送ってよこした」。「変なんです。その切手はカタログに出ていないと言われたんだが、ちゃんと載っている。補遺としてだけどね、ほらここです」

カタログをめくった最初のところに、紙が一枚貼り付けてあって、そこに163L1と表示された切手が複写されている。題名は「トリステロ急配便　カリフォルニア州サンフランシスコ」。本来はカタログ番号139（ニューヨーク市三番街郵便局発行）と140（同じくニューヨーク・ユニオン郵便局発行）との間にくるべきもの、とある。エディパは直感が働くハイな心理状態。すぐに最後のページをめくったら、案の定、そこにはツァプフ古書店のステッカーが貼ってあった。

「そうなんですよ」コーエンは抗弁した。「一度メッガーさんにお会いしにね、車で出かけたことがあります。あなたが北に出かけてらっしゃる間。これはスコット・カタログのうち、アメリカだけのものを並べた版で、わたしは普段あまり覗かないんです。専門がヨーロッパと植民地のもんですから。しかし好奇心をかき立てられましてね、そうしたら——」

「わかります」とエディパは言った。もちろん補遺など、誰だって後から貼りつけられる。彼女はサン・ナルシソに戻って、インヴェラリティの資産一覧をもう一度見た。思った通りだった。ツァプフの書店もトリメインの政府放出品の店も、それらを含むショッピング・センター全体がピアスの所有になるものだった。そればかりか、タンク劇場も。

そうよ。決まってる。エディパはモテルの部屋を大股で歩き回りながら言った。体腔がカラッポになったような感じ。なにかそら恐ろしいことが起こるのを覚悟して。そうよ、当然なのよ。トリステロへのすべての道は、インヴェラリティの遺産へ通じている。エモリー・ボーツ自身――彼の持っているブロッブの『遍歴』の本だって、入手先を訊いてみれば「ツァプフ書店」に決まってる――サン・ナルシソ大学で教えているのよ、ピアスから大口の寄付が行っている。

ということは――。ボーツ教授も、メッガー、コーエン、ドリブレット、コーテックスも、入れ墨をしたサンフランシスコの老水夫も、彼女が見たW.A.S.T.E.の郵便配達も――みんな買収されて、インヴェラリティの指示で動いていたってこと？　それともお金はもらわず、ただのお遊びで、ピアスの仕組んだ大がかりな悪戯に集まったってこと？　わたしを困らせるため？　恐怖させるため？　それともこれは、人を成長させるための修行なの？

名前をマイルズかディーンかサージかレナードか、それ全部にでも変えてみたら？――午後の光に虚栄の鏡と化したガラス戸の中の自分に向かって彼女は言った。どのみち彼らはパラノイアだって言う。彼らが、ね。一体どっちなのか。自分は実際、世界の影に豊かに生い繁る秘密の夢だまりに、ＬＳＤその他インドール系アルカロイドの助けもなしに彷徨《さまよ》い込んだのか。何千何万とも知れぬアメリカ人が、嘘の伝達とルーティンの復唱と不毛な魂の露呈は政府の正式な配達システムに追いやって、真のコミュニケーションを行なっている通信ネットワークを事実発見した？　これは、すべてのアメリカ人――エディパ、あなたもよ――を悩ませている出口のない、代わり映えのしない日常に対する真のオルターナティブたりうるもの？　それとも自分がその幻覚を見ているだけ？　それともこれはすべて、ものすごくお金のかかった陰謀で、切手・古書の偽造から、他人の行動の不休の監視、サンフランシスコにおける郵便ラッパのイメージの撒布、図書館員の買収、プロの役者の雇い入れ、その他インヴェラリティのみぞ知るあらゆることが、すべて遺産の経費で賄われていて、なのにその共同遺言執行人であるはずの自分の、法律にうとい頭には複雑で秘密裡すぎて分からない、それでもこれだけの迷宮を人をかつぐだけのために作るなんて考えられないとしたら、奥には別の理由があるの？　それともそんな陰謀の幻を自分が見ているということ？　だとしたら、エディパ、あなたビョーキよ、それって相当狂ってる。

　きちんと向かい合って整理してみれば、四つの可能性のどれかということになる。対称的に並んだ四つ。エディパには、そのどれもが気に入らなかった。自分が病気であってほしかった、ただそれだけの話で。その晩彼女は、何時間も坐ったまま、酒瓶に手を伸ばす元気もなく、真空の中でなんとか息をつないでいた。だって、神様《ガッド》、本当に虚無《ヴォイド》なのだ。助けになる人は誰もいない、世界に誰一人いない。クスリをやってるか、狂ってしまったか、敵か味方かわからないか、死んでしまったか。そんなのばかり。

詰め物をした古い虫歯が痛み出した。幾晩も、サン・ナルシソの夜のピンクの光を映したモテルの天井を見つめて過ごした。そうでなければ、睡眠薬の力で一八時間眠り続け、目覚めたときには力が抜けて立ち上がれない。メッガーの後釜として来た明敏な、早口の老人と対面していても、こちらの注意《アテンション》が数秒しか続かない。言葉を返すこともうまくできず、緊張した笑い声を立てるばかり。吐き気の波がエディパを襲った。それはいきなりやってきて、五分一〇分と続き、ひどい悲惨な思いを残して知らん顔で行ってしまう。頭痛にも襲われた。悪夢にも、生理痛にも悩まされた。ある日彼女はLAまでドライブし、電話帳で見つけた適当な婦人科医のところに行き、妊娠の兆候があると告げて検査を始めてもらい、グレース・ボーツの名前で予約を入れた。そしてその予約をすっぽかした。

以前はこの件に消極的だったジェンギス・コーエン氏が、このごろほとんど一日おきにやって来る。古いツムシュタイン・カタログを持ってきたこともあった。一九二三年のドレスデンの競売会のカタログでミュート付きラッパを見たという英国王立切手収集協会会員の、ぼんやりとした記憶について話していったこともあった。あるときコーエンは、ニューヨークの友人から送られてきたタイプ原稿を持ってきた。フランスの名高い切手収集誌「ビブリオテーク・デ・タンブロフィール」の、一八六五年の号に掲載されたジャン゠バプテスト・モーアンの論文を翻訳したものだという。それはボーツが聞かせてくれた、ハリウッドの時代劇さながらの筋書きで、フランス革命期のトリステロの内部における深刻な亀裂について述べていた。当時発掘されたヴージエ伯爵にしてトゥール・エ・タシ侯爵*、ラウール・アントワーヌの日記によれば、トリステロの一派に、神聖ローマ帝国の終焉をついぞ認めず、フランス革命を一時的な狂気と考える者どもがいた。彼らは、同じ貴族として、苦難に瀕したトゥルン＆タクシス家を支えるべきであると主張し、相手方にトリステロからの資金援助を受け入れる用意があるかどうか探りを入れた。この動きが、トリステロに深刻な内部分裂をもたらすことになる。ミラノで開かれた会議では一週間のあいだ激論が交わされ、その中で生涯の仇敵関係やら家族の分断、流血の悲劇が生み出された。トゥルン＆タクシス家への出資決議案は最終的に否決されたが、この「ミラノの審判」をトリステロにおける貴族的心性の排除と感じた保守勢力は、脱退を選択、カクシテ——その論文は満足げに結論する——当該組織ハ歴史ノ蝕ニオケル不可視ノ部分ニ入レリ。アウステリッツノ戦カラ一八四八年ノ苦難ニ至ルマデ、トリステロハ存続スルモ、組織ヲ支エタル貴族ノパトロンヲホボ完全ニ喪失シタレバ、今ヤ担フハアナキストノ通信ノミ。其ノ活動モ極メテ周縁的ニテ——独逸デハ不遇ニ終リシフランクフルト議会、ブダペストデハ立テ籠モリシ分子内部ノ文書通信ニ、瑞西デハジュラノ時計職人ト関ワリテバクーニン氏ノ到来ヲ準備シタル可能性モ疑エズ。而シ圧倒的ナル多数派ハ、一八四九年乃至五〇年ニ亜米利加ヘ逃レ、恐ラクハ今日モ、独立革命ノ消火ニ邁進セルモノト思ハレル。

　ほんの一週間も前だったら浮かべたであろう興奮の面持ちも見せず、エディパはその論文をボーツ教授に渡した。「一八四九年の反革命だね。それを逃れたトリステロの残党が、みんな希望に燃えてアメリカに来たとして」教授は推論する、「そこでどんな状況に遭遇したか」。これも疑問ではなく、きっとゲームの一部なのだ。「トラブルだよ」合衆国政府が郵便制度の大改革を敢行するのが一八四五年あたりのこと。料金引き下げによって、私設の郵便ルートの大半が廃止に追いやられた。七〇年代から八〇年代になると、政府と張り合おうとする私設便は、即時取りつぶしの憂き目に遭う。新天地に渡ってきたトリステロの残党が、旧大陸での稼業を再開するのに、一八四九〜五〇年という時期はタイミングが悪すぎたのである。

「そこで彼らは、ひたすら陰謀という文脈のなかに居続けた。アメリカへの移民というのは、ふつう専制からの自由を求めるね。新天地への文化に溶け込みたいと彼らは思う。〝メルティング・ポット〟というやつだ。だから彼らはリベラルな考えを持ち、南北戦争が起きれば、連邦を守るべく北軍に入隊するのがふつうだ。ところがトリステロは明らかに違った。連中は、こちらに来てからも、敵対する相手を変えただけだった。一八六一年ともなれば、彼らも基盤が安定し、易々とは抑えられない勢力となる。ポニー・エクスプレスが、砂漠とインディアンとガラガラ蛇に耐えつつ郵便事業を展開していく一方で、トリステロは、雇い入れた者たちにスー語族やアタバスカ語族の言葉を特訓していた。こうしてインディアンに変装したいくつもの隊が西進を続け、みな無事に太平洋岸に行き着いた。消耗率ゼロ。かすり傷ひとつ負っていない。もはや彼らの関

＊ Tours et Tassis は、トゥルン&タクシス（ドイツ語で Thurn und Taxis）のフランス語形。

心は、沈黙と偽装にしかなかった。忠実な市民を装って反逆を続けるだけだ」

「コーエンさんが出してきたあの切手は？『われらが待つは無音のトリステロ帝国』」

「若気の至りというやつだろう。後になると、政府の弾圧を受けて、切手の偽装も、より分かりにくいものになってくるね」

エディパの頭には、すっかり図柄が染みこんでいた。一八九三年のシカゴ万博を記念する深緑色の15¢切手〈大陸発見を報告するコロンブス〉では、右側で報告を受ける三人の廷臣の表情が微妙に修整され、抑えられない恐怖の色を露わにしている。一九三四年の母の日に発行された〈マザーズ・オブ・アメリカ〉の3¢切手では、ウィスラーの母親が坐っている左下の隅に描かれた花が、ハエジゴクとベラドンナと毒ウルシと、それにエディパの見たこともない植物に置き替えられている。一九四七年発行の、郵便事業大改革を（すなわち私設郵便の終焉の始まりを）記念する〈郵便切手百周年記念切手〉は、左下隅のポニー・エクスプレスの騎手の首が、生物として不自然なほどの角度に傾いている。一九五四年発行の紫色の3¢切手は、自由の女神の顔に仄かな威嚇的な笑みが浮かんでいる。一九五八年のブリュッセル万博の記念切手では、空から見たアメリカ館のわき、微細に描き込まれた入館者たちからやや離れたところに、馬と騎手の影が描き込まれている。これら以外にも、最初の訪問の際にコーエンが見せてくれた、ポニー・エクスプレスの切手があり、リンカーンの4¢に“U.S.Potsage”と書かれたのがあり、サンフランシスコの刺青の老水夫に渡された、不吉な8¢の航空便切手がある。

「おもしろいお話ね」彼女は言った、「この記事が捏造でないとすると」。

「それをチェックするのは簡単だから」ボーツがエディパの目を見据える、「ご自分で調べるといい」。

歯の痛みがひどくなった。夢の中では姿の見えない声が出てきて逃れられない呪いがかけられ、薄暗い鏡の面から何かが歩み出てきたり、からっぽの部屋が自分を待っていたり。婦人科で「一体何を孕まれたのか、われわれには検査不能だ」と言われたり。

ある日コーエン氏から電話があった。インヴェラリティの切手コレクションの競売手続きが整ったとの報せである。トリステロの関係の〝偽造切手〟が「ロット49」として売られるという。

「それでね、マースさん、ちょっと気になるんですよ。新参のブック・ビッダーが現れましてね、その名前が、私も知らないし、このあたりの業者の誰も聞いたことがない。そんな話は滅多にないですよ」

「何が現れたですって？」

コーエンは、競売の現場に姿を見せる「フロア・ビッダー」と、付け値を郵送してくる「ブック・ビッダー」の違いを説明した。特別の台帳《ブック》に付け値を書き込むので、その名で呼ばれるということだ。ブックを通した入札者《ビッダー》の名は公表しない習わしになっている。

「だったら、どうして聞いたことのない名前だと分かるんですか？」

「噂が流れるんです。やり方が極端な秘密主義なんだそうです。まず代理人を立てている。C・

モリス・シュリフトという、評判のいい、立派な男です。そのモリスが、競売人たちに連絡してきて、彼の顧客が、その偽装の切手、ロット49を事前に見たいっていうんですな。ふつうなら問題ありません。誰が見たがっているのかがわかればいい。郵送料と保険料を払う意志が確認できて、二十四時間以内に返してくれればいいわけです。ところが、モリスが煮え切らなくてね。依頼者の名前もそのほかの情報も伝えようとしない。ちょっと部外者《アウトサイダー》で自分もよく知らない、の一点張りで。それで、我々は保守的なところですからね、当然ながら、丁重にお断りしたってわけです」

「どういうことでしょうね？」すでに自分でも、かなりわかっていることをエディパはたずねた。

「この謎の入札者が、トリステロの人間という可能性はありますな」コーエン氏は言った。「オークションのカタログで、そのロットを見て、トリステロが存在する証拠を巷に流通させたくないと考えたのかもしれない。どのくらいの値をつけるのか、知りたいもんです」

　エディパは〈エコー・コーツ〉に戻って、バーボンを飲み出した。そして日没まで飲み続け、あたりが真っ暗になってから車を出して、ライトを消したままフリーウェイ上を走り続けたらどうなるか試してみた。だが天使が見守っていた。夜半を過ぎてまもなく、彼女はサン・ナルシソの、荒廃した、見知らぬ、灯りのない区域の電話ボックスの中にいた。サンフランシスコの〈ザ・グリーク・ウェイ〉の番号を回す。ミュージカル風の声が電話口に出てきた。その声に向かって「ニキビ顔で綿毛頭の、恋愛依存者匿名会《イナモラーティ・アノニマス》の男」と話がある、と告げた。待つうちに、理由の分からない涙が眼球に圧力をかけてきた。三〇秒ほど、グラスの触れ合う音と、笑い声と、ジュークボックスからの音が流れ続け、それからあの男が出た。

「アーノルド・スナーブですけど」と名前を告げると、エディパは咽《む》せかえった。

「男便所が一杯だったもんでさ」彼は言った、「子供便所にいたんだ」。

一分とかけずに彼女は〈ザ・トリステロ〉の説明をすませた。ヒラリウスとムーチョとメッガーとドリブレットとファローピアンに起こったことも話し、「だからね」と続ける、「あなたが最後に残った人なの。名前も知らないし、知らなくていいんだけど、でも一つだけ知りたい。これって、アレンジされたことなの？　偶然を装ってわたしと出会って郵便ラッパの話をするって、それ、筋書きにあったこと？　どうなの？　だって、あなたにとってはイタズラのつもりでも、わたしにとってはもう違うの。数時間前から別の意味を持ってきたの。さっき酔っ払ったままフリーウェイを飛ばしてきたのよ。この次はもっと計画的にやらかしそう。お願い、神様でも人の命でも、あなたに何か敬う気持ちがあるなら、どうか、わたしを助けて」

「アーノルド君」と言ったきり、バーの騒音が長い間続く。

「もう降参」彼女は言った。「もう、いっぱいいっぱいなの。これ以上はもう、シャットアウトします。あなた、自由なんでしょ。解放されてるんでしょ。言ってちょうだい」

「もう手遅れさ」彼が言った。

「わたしにとって？」

「ワタシにとって」どういう意味か尋ねる前に、電話は切れてしまった。もうコインがない。紙幣をくずしに行ったら、その間にバイバイだろう。夜の闇に蔽われた電話ボックスとレンタカーの間にエディパは立つ。完全な隔絶。海の方を向こうとしたが、方角が分からない。山はどっち？ 靴のスタックヒールを軸にグルリ回転してみたけれど、どこにも見えない。一瞬、自分と世界のあいだの境界が外されてしまったかに思えた。そのときサン・ナルシソ市は失われ（純粋に、即座に、天球的に消え去って、星々の間に掛かる汚れなきオーケストラのチャイムが軽く打ち鳴らされた）、町の独自性の残滓を一掃してただの名前に戻った。地殻とマントルから成る大陸の連続性のなかに引き戻された。ピアス・インヴェラリティはもう生きていない。

ハイウェイの脇に延びている鉄道線路に沿って彼女は歩いた。線路はところどころで工場の敷地へ分岐する。これらの工場もみなピアスの持ち物だったのだろうか？ いや、もう、たとえサン・ナルシソのすべてをピアスが所有していたとしても、どうでもいい。サン・ナルシソはただの名前。アメリカの夢の記録のなかの一つの出来事。太陽照射の累積がつくる気候全体の中の、一つの夢の末路。それは一瞬の嵐の前線、竜巻の接地点のようなもの。その背後に高次の、より大陸的な、荘厳なものが存在する――集団の苦痛と必要が渦巻く低気圧《ストーム・システム》が。豊かさの貿易風が。そちらのほうにこそ、真の連続性がある。サン・ナルシソに境界などない。市を縁取る線を引ける人間はいない。数週間前、彼女はインヴェラリティの遺したものを理解しようと献身的な努力を始めたのだ。その遺産がアメリカだったなんて、誰が予測できただろう。

いつか、エディパ・マースこそがピアスの相続人になる日がくるのだろうか――そのことも遺書の中に、ピアス自身には分からない暗号で書き込まれていたのだろうか？　後年のピアスは自己拡張にまっしぐら、どこかを訪れ、何かを指示するばかりの毎日だった。今ではもう、死んだあの人のイメージを呼び起こし、それに服を着せ、ポーズをさせ、語りかけて答えさせることはできなくなってしまったけれど、新たに芽生えた共感が失われることはないだろう。ピアスだって、いつも袋小路から出口を探していたのだし、自分の努力が生み出した不可解な状況の前に立っていたのだ。

　仕事の話をしたことは一度もないピアスだったが、仕事は彼のなかで、イーブンに収まることのないもの、小数点以下どこでも打ち切れず無限に続いていく分数だとエディパは理解していた。彼女の愛はどうだったかといえば、彼のニーズ――土地を所有し、変形し、新しいスカイライン、人間同士の対立、成長率、すべてこの世にもたらさずにはいない精神――とは通分不能、分母を揃えることもできなかった。「弾ませておくのさ《キープ・イット・バウンシング》」一度エディパに言ったことがある。「秘訣はそれだけだ。Keep it bouncing」ピアスは知っていたのだろう。遺書を書き、死の恐怖と対面しながら、弾みが失われていくさまが見えていたに違いない。この世から自分が完全に抹殺されることに絶望し、すべての希望をうち捨てて昔の愛人をイジメる気持ちに駆られるほどになったのかもしれない。それほど深く否定的な気持ちになれる人だったのかどうか、それはエディパには分からない。ひょっとしたらピアスは、トリステロをみずから発見し、遺書にそれが暗号書き《エンクリプト》されるように図ったのかも――エディパが確実に気づくよう、充分な数の人間を買収して。もしかして、ピアスの狙いは、死を超える――一つのパラノイアとして、愛する者への純粋な陰謀として生き続けること――にあったのか。倒錯的な企図の中には、死によってさえ押し止めることのできないものもあるのか。死の天使《ダーク・エンジェル》が、くそまじめな副社長的な頭でもってあらゆる可能性を計算し、その息の根を止めようとしても追いつかないほど精巧な陰謀がついに仕掛けられたということなのか。何かの箍《たが》が外れ、その分だけ、ピアスが死を制したということなのか。

しかし彼女は知っていた。石炭の燃え殻と線路の古い枕木に沿って、下を向き、足下を確かめて歩きながら、別の可能性がまだ残っていることを意識した。すべては真実かもしれないのだ、と。インヴェラリティは死んだだけ、何も仕掛けはしていない、と。仮に、神様《ガッド》、トリステロが実際に存在し、エディパが事実としてそれに行き当たったのだとしたら。そしてサン・ナルシソの地所も資産も、他の町と何ら違いのないものだとしたら、彼女の住む共和国は一つの連続したものであって、そのどこでも、トリステロとの出会いがありえたことになる。ほんのわずかに偽装された一〇〇の裏口、一〇〇の疎外を通して、彼らの世界に入って行けたことになる――視《み》ることさえしたなら。彼女は二本の鋼鉄のレールの間に一瞬立ち止まって、空気を嗅ぐように頭を上げた。足下の堅固に張られた存在を意識する。あたかも夜空に地図が投射されたかのように彼女にはわかる。この線路が他の線路と連結し、網目状に結ばれていくようすが見える。連結のはびこりが、この大いなる闇夜の真実を深めていくのが。そう、視るだけでいい。彼女は思い出した。旧いプルマンの列車車輛が数台、資金枯渇か客離れかのせいで草が繁る中に打ち捨てられ、そこに洗濯物が干してあり、継ぎ接ぎだらけの煙突から煙が出ていた。そこの「住人」もトリステロを通して繋がり合い、遺産を剝奪された三〇〇年の時を担いつつ歴史を歩んでいたのだろうか？　トリステロが受け継ぐべきものが何だったかは、もちろん忘れられているだろう。エディパもたぶんいつかは忘れる。何が遺産としてあったのか？　インヴェラリティの遺言書《テスタメント》の中に暗号で織り込まれたアメリカとは誰のものなのか？　エディパは思い浮かべた。他の、もう動かなくなった貨車の床板に腰を下ろして、母親のトランジスタ・ラジオから聞こえてくるナンバーを歌い返している丸々とした子供たちを思った。陽気にほほえむアメリカ中のハイウェイ・ビルボードの、その裏にキャンバス地を張ってその中に住む人たちを思った。あるいは廃車場に捨てられたプリマスの、剝ぎ取られたボディの中で寝る人たち。それから果敢にも、電柱の上に架線工事員用のテントを構えて、そこに芋虫のようになって寝る人たち。電話線の網目にぶら下がって揺れている彼らは、銅線によるコミュニケーションの世俗的な奇跡の真っただ中を、押し黙った電圧が一晩中、何千という無音のメッセージを伝えていくのに患わされることもなく眠っている。彼女は過去に声を聴いたアメリカの流浪民《ドリフターズ》を思い出した。彼女の暮らす陽気な国と連続する不可視の国からの亡命者のような人たち。彼らはアメリカ語を、注意深く、学者のように喋っていた。そしてエディパは、車のヘッドライトに一瞬浮かび上がっては消えていく、遠い夜道の旅人《ウォーカー》たちを思った。どの町からも遠く離れたそんなところで、彼らは一体どこに向かって歩いていたのだろう。

それから、ピアスの電話の前も後も、夜のいちばん黒々とした鈍い時間に掛かってきた電話の声の主たち。彼らは、ランダムなダイヤリングから生まれる一〇〇〇万の可能性に賭けて電話をかけてきたのだろうか——魔法の〈他者〉が女の声で現れ出るのを期待して？　回線の中を唸りを上げて行き交う、罵声とエロと想像と愛の言葉の、そんな祈禱のような繰り返しの中から、いつの日か、名付け得ぬ行為の引き金が、認知が、〈言葉《みことば》〉が、この世に引き出されてくると信じて？

　どれだけの数の人がトリステロの秘密を、その流浪を、分かち合っているのか？　彼ら名もなき人々全員に、ピアスの遺産を、仮払いの一時金のようなものとして配ると言い出したら、検認判事は何と言うだろう？　すごいことになりそうだ。一瞬のうちに飛びかかってきて遺言認定書を無効にし、わたしをさんざん罵って、この女はアカの再分配主義者だとオレンジ郡全域に言いふらすだろう。そしてウォープ・ウィストフル・キュービチェック＆マクミンガス法律事務所の爺さんを、代わりの執行人に据えるだろう。そうなったら、ベイビー、暗号も、星空の網の目も、影の世界の遺産受取人もない、わたしも追い詰められて、最後にはトリステロの一味に加わることになるのかしら。トリステロがその薄明の中に、その離遠性《アルーフネス》の中に、待望《ウェイティング》の中に存在するなら。とりわけトリステロは待つこと《ウェイティング》に在る——でも何を？　いままでとは異質の可能性のセットを？　あらゆる可能性を秘めていたはずのアメリカの柔肉が、どこもみんなサン・ナルシソのような姿に、ピクリとすることも叫ぶこともなしに造り替えられていってしまう、それとは別の可能性を？　それはもう無理としても、選択肢の対がその対称性を崩して傾いでいく、それを待つことは、ぎりぎり可能ではないか。「中間項の排除」についてエディパもまた教えを受けてきた。Aか非Aか、どっちつかずのぐちゃぐちゃはダメ、避けなさいと言われてきた。でも、そんな教えが、かつてはあらゆる可能性に充ち満ちていたアメリカの地で、どうしてはびこってしまったのだろう？　だって今この国は、まるで巨大なデジタル・コンピュータの内側を歩いているようなのだ。ゼロとイチのペアがモビールのようになって、頭上の左右に、前方に、濃密に、おそらくエンドレスに吊されている。——神聖文字《ヒエログリフィック》風の通りの背後には超越的な意味があるのか、そうでなければ、大地があるだけ。マイルズ・ディーン・サージ&レナードの歌の背後には、（ムーチョが信じるように）神々しい真実のひとかけらがあるのか、そうでなければ、電気的なスペクトルがあるだけ。ナチス鉤十字の売人トリメインが焼死刑《ホロコースト》の執行を免れたのは正義に反する裁きだったか、そうでなければ、単に風がなかっただけのこと。インヴェラリティ湖の底にGIの骨が沈められたことには、世界の関心を呼ぶ理由があるか、そうでなければ、ただスキン・ダイバーとスモーカーのため。ゼロであるか、そうでなければ、イチである。ヴェスパーヘイヴン・ハウスでは〈死の天使〉と、なにかしら威厳に満ちた取り決めがなされるのか、そうでなければ、単なる即物的な死と、それに備えた毎日の退屈な準備があるだけだ。文字通りの事柄の背後に、もう一つの別な意味のモードがあるのか、そうでなければ、何もない。エディパは真のパラノイアの、めくるめくエクスタシーの中にあるのか、そうでなければ、トリステロは実在する。遺産アメリカの表面的な姿の背後になんらかのトリステロが存在するのでなければ、そこにはアメリカしかないのだから。そしてアメリカしかないのなら、そのアメリカに関わりつつ彼女がやっていくためには、疎外を保ち、畝を崩しつつ、なんらかのパラノイアのまわりをみずからフルに回るしかないのだ。

翌日、もはや何も失うものはないと確信し、勇気を得た彼女は、C・モリス・シュリフトに電話し、彼を頼った謎の依頼人のことをたずねた。

「その方なら、オークションに自分で出席することにしたようですよ」とだけ、シュリフトは言った。「会場でお会いになれるのではないですか」そうかもしれない。

オークションは日曜の午後、定時に始まった。会場は第二次大戦前の建物で、たぶんサン・ナルシソでは最古の建造物だろう。エディパは数分早く会場に行き、蠟と紙の臭いがただよう中、レッドウッド材の床板が仄かに輝く寒々しいロビーに一人で入っていった。するとジェンギス・コーエンと出会った。コーエン氏は、見るからにバツの悪そうな表情である。

「どうか〝利益相反〟などと責めないでくださいよ」真剣に、母音を引き延ばして彼はしゃべった。「とってもきれいなモザンビークの三角切手が出るんです。その誘惑にはどうにも抵抗できなくてね。奥さんも、入札にいらしたんですか?」

「いいえ」エディパが言った、「ただ野次馬で来てみたんです」。

「運のいいことにね、今日は西部で最高の競売人と言われるローレン・パッサリンが叫《クライ》ぶんです」

「叫ぶ《クライ》？」

「業界言葉でね、競り値を〝叫ぶ〟って言うんですよ」

「あの、前のチャック開いてますけど」と教えてあげた。あの入札者が姿を見せたら自分はどんなふるまいをすることになるのだろう。ぼんやりと、エディパは自分が騒ぎを起こすところを想像した。警察が呼ばれるほどの騒ぎになれば、相手の身元が割れるかもしれない。彼女は小さな日だまりに立った。そしてチラチラと眩しく上下するホコリに囲まれ、自分が、それだけのことをやり通せるか、考えた。

「そろそろですよ」コーエンが腕を差し出した。部屋に入ると、中は黒いモヘアに身を包んだ男たちの、残酷そうな蒼白顔が並んでいた。表情を押し殺したそれらの顔が、入ってくるエディパに向けられる。ローレン・パッサリンが壇の上に、人形遣いのように浮かんでいた。その顔が、エディパを見てニヤリとした。ほんとうに来たね、驚いたよ、と言っているかのようだった。エディパは後方の席に一人で坐った。そして男たちの首筋を見回した。この中で、わたしの目当ては、わたしの敵は、もしかしてわたしを立証してくるのは誰だろう。係りの者が重いドアを閉じ、ロビーの窓から射す光を遮断した。錠の閉じる音が、短くホールに谺する《エコー》。壇上の競売人の腕が拡がる。どこか遠くの国《カルチャー》の司祭のように。あるいは舞い降りた天使のように。競売人は咳払いした。エディパは椅子の背にもたれて、待った。彼が叫ぶのを。ロット49の叫びを。

49の手引き

49の手引き

『競売ナンバー49の叫び』は、出来事が示唆する意味のつながりによって成り立っているテクストである。

推理小説のようだが、最終的に謎が解けるわけではない。むしろ深まる。最初単純と見えた状況がどんどん波紋を広げていく。ただ情報量や複雑さが増していくというのとは違う。なにやら日常的な認識とは別レベルの、魔術的というか何というか、よりディープな精神の穴蔵へ引き落とされていくような読書感。

この作品の本邦初訳を手がけられた志村正雄氏の「解注」——ちくま文庫版（二〇一〇）では五四ページ一八〇項目——に新訳者として加えるところは少ない。新訳では、各部分および行間のつながりが見えやすいように留意したが、それはそのままこの「手引き」執筆方針でもあって、とにかく作品の背後に結ばれていくであろう大きなつながりを指さすことに終始した。みなさんの読みを（誘導ではなく）誘発する一助になれたらと思う。

さいわい、この極めて挑発的な小説に挑発された世界のプロの読者たちが、長年かけて「解釈共同体」のようなものを作ってきた。累積された読解を総ざらいしたような、原作より長い「コンパニオン」（J. Kerry Grant, 1994）も出版されている。突っ込んだ議論が必要な方は、すでに数多い他の文献やサイトにも通じておられるだろう。

だが小説は、オタクにならずに楽しめるのであれば、その方がいい。そんな気持で、この小説を楽しもうとする方々を「一歩奥の楽しみ」へ後押しすることを以下のページで試みた。それから先は、どうぞご自由に。

1　遺産継承

ふつうの若い家庭婦人が大物実業家の遺言で、その遺産の管理執行を担当するという、この、現実にはありそうもない筋立ては、いったい何のためだろう。

ピアスの遺産は文字通りには、南カリフォルニアの土地、施設、企業株、切手コレクションなど有限の資産だ。だがこの小説では「文字通り」を追求しても無益である。言葉はシンボルとなってこだまし合い、隠喩《メタファー》の波紋を広げていく。そしてなぜかアメリカから疎外されたり、離反して生きてきた無数の人たちが女主人公の前に存在をアピールする展開に。

いつのまにか十七世紀の芝居に発する謎が膨らみ、その背景に、遺産継承を否定された(disinherited)グループが闇の中で暗躍してきた歴史が紡がれる。最終的には、エディパの執行すべき遺産はアメリカだった（222ページ）という話になるし、エディパ自身が相続人になるという可能性にも触れられる。一見支離滅裂なそれらのエピソードを、どう読みつないでいったらいいのだろう。

2　塔の中のラプンツェル

「隔絶」「孤立」「閉じこもり」は、ピンチョンの初期の短篇「エントロピー」（一九六〇）や第一長篇『V.』（一九六三）で繰り返された状況設定だ。『V.』では「籠城パーティ」や「包囲爆撃」など、外界から隔絶された場所で、自我、認識、時空の構造などが崩壊していくようすが繰り返し描かれた。小説の現在の舞台である一九五六年のニューヨークも、ゼンマイのほどけてしまった、もはや活動のエネルギーを引き出しえない、熱力学的エントロピーが最大化した場所として提示されていた。

「塔」の中に捕らえられたエディパの場合も、「分厚いトランプカードのような日々」（a fat deckful of days）はどれをとっても同じ。つまり斉一化は極まっている。この、熱力学の比喩でいって「高エントロピー」の世界は、彼女が塔から踏み出していくにつれてどう変化していくだろう。

だがその前に「初期状態」を確認しておこう。エディパの居住する架空の町、〝松林の中のキナレット〟（Kinneret-Among-The-Pines）は、サンフランシスコ湾の南半分を囲い込む半島のどこかに――つまり半島の先端であるサンフランシスコの南のどこかに――あるとされる。中流市民の暮らす、中途半端におしゃれっぽいその町で、一九六五年、二十八歳（ピンチョンと同じ歳）

のミセス・マースの暮らしは、ひと言でいえば、「ウソッぽさ」とフラストレーションに満ちている。パーティとは名ばかりの、密封型プラスチック容器タッパウェアの販促会、BGMに「カズー協奏曲」が聞こえるマーケットでのお買い物。その暮らしは「健康的」とはほど遠い。精神に異常をきたした精神分析医から電話が来る。夫は夜中にうなされる。エディパが見ている「現実」は、少々ピントがぼけたまま放置されている映画のよう、それが悲しくてたまらない。最初のページでエディパは、テレビの「緑がかった死んだ目」に見つめられ、神の名を口走る。

とにかく〈メディア〉のイメージが濃密だ。電話、映画、テレビに、有線音楽網、企業の販促網までピンチョンは描き加えている。だが、いったいそれらからどんなメッセージが伝わってくるというのか。塔の中にいるエディパに〈外〉のことを伝えるべきメディアはどれも〝デッド〟である。

夫ムーチョは、ラジオ（KCUF局《コンマオ》！）のDJながら、同じ隔絶感を味わっている。というかムーチョは電波を、〈外〉の現実から心を守る緩衝装置《バッファー》として使っているようだ。

3　午前三時の電話

既成の情報網を通してエディパに届くコンテンツは「しっちゃかめっちゃか」だ。経済界の牽引者であるピアスも、心の世界の支えであるべきヒラリウス医師も、午前三時の電話が伝えるものは、ともに不気味、と言って悪ければ、支離滅裂である。

まず、ピアスの擬装された「声」。彼がなりすますのは、この世の「影」の表象（またはそのパロディ）である。ドラキュラ伯爵かもしれないコウモリ、黒人（のステレオタイプなメディア表象）、メキシコ系の不良の真似、ゲシュタポ警察、そして最後に、往年の人気ラジオ番組「ザ・シャドー」でラモント・クランストン役を演じるオーソン・ウェルズの声。

ピアスが演じるのは、どれもメディア社会に流通する不真面目なバージョンばかりだが、「シャドー」とは、これからエディパを引きこんでいく状況そのものだということも考えておいていいだろう。アメリカの影、西欧史の影を、〈塔〉を出ていくエディパは覗くことになる。だが、シャドー（影、翳り、薄明）には別の意味合いもあるだろう。その一つは、これから彼女が受け取るメッセージが、暗示や隠喩や仄めかしに充ちたものになるということだ。つまり僕らが心の奥の暗がりで受け取ったり発したりしている、言葉では明示されない不分明な真実に触れるようなものに。

心の奥の暗がりについて、ユングは「影には影の論理がある」とする立場を取り、明晰な論理での分析に走るフロイトと対立した（172ページ）。僕らはこの小説を、ユング的に、隠喩と神話の繁茂する心の深みに引き寄せて、読んでいくべきなのだろうか？

エディパの精神分析医ヒラリウスは、ユングを退けフロイト派の立場をとっている。そして白昼堂々、地元の主婦まで巻き込んでＬＳＤ－25をはじめとする向精神薬の実験的研究を行なっている。

　というと、とんでもない設定のように聞こえるが、実はＬＳＤが非合法化されるのは一九六六年になってからのこと。この小説の構想時と思われる一九六四年夏には、ハーバード大学心理学教室を「向精神性薬物」の実験場にして辞任させられたティモシー・リアリーらによる*The Psychedelic Experience*という本が出版されて大きな話題を呼んだ。後に日本で『チベットの死者の書――サイケデリック・バージョン』という題で出版されるように、これはＬＳＤによるいわば「臨死体験」を通して、チベット仏教の死者への教えを、生者へのアドヴァイスに変換した本である。

　ドラッグと小説の関わりで言うと、ピンチョンと同世代でいち早く名声を得た作家ケン・キージーは、スタンフォード大学の大学院生だった一九六〇年に、〝松林の中のキナレット〟から遠くないと思われるメンロパーク市の退役軍人局病院で、一日七十五ドルを得て被験者になるバイトをやっていた。小説『カッコーの巣の上で』（一九六二）には、彼の濃厚なドラッグ体験が文章化されている。

　向精神性ドラッグへの驚異と関心とは、ピンチョンがこの小説を書いている間にボブ・ディランからビートルズまで広がった。一九六五年、世界がほどけていくという興奮を一定数の層が共有していたと知ることは、この小説の読みを豊かにするだろう。

4 人生のメタル・エクステンション｜metal extension of themselves

アメリカ社会で車は生活必需品だから、貧者のコミュニティには錆び付いた部品を並べた車の修理屋が目立つ。一九八〇年くらいまで、スラム地区を走る汚い車は信じられないほど汚かった。そうした車内のようすをピンチョンは、埃のドレッシングをまぶした「絶望のサラダ」として描き、また（車が）彼ら自身の生活のメタルな外延物《エクステンション》だと表現している。

エクステンション（拡張）という言葉は、これまた小説執筆時の話題作だったマーシャル・マクルーハン教授の『メディアの理解』（一九六四、旧邦題『人間拡張の原理』）によるものだということは確実だ。マクルーハンは、電子メディアを、人間の中枢神経系が皮膚を突き出して伸びたものと捉え、車なども、歩行する足に対する「増設機能」であるとする見方を広めた。それをもじって、ポンコツ車体を生活弱者のエクステンションであると捉える見方は、いかにもピンチョンらしい。

「エクステンション」はしかし、extend（手を伸ばす）という動詞が元になっている。この小説では終始、〈他者〉が闇または薄明の中から、何かがこちらへ手を伸ばしてこようとしている。それに刺し貫かれてしまうような雰囲気も漂い続ける。

5 「大地のマントを刺繍する」――“Bordando el manto terrestre”

メキシコで活躍したスペイン生まれのシュルレアリスト画家レメディオス・バロ（一九〇八―六三）。日本でも一九九九年の展覧会で話題になった彼女の不思議な作品群を、ひと通り見てからこの小説を読むと、読解の感度が高まるのは事実である。だが、バロの絵画とこの小説との対応については、志村正雄氏訳の版についている「解注」にきわめて詳しい。重複は避けよう。

テクストで直接言及される「大地のマントを刺繍する」は、三枚一組のトリプティックの中央に置かれる絵である。塔のてっぺんにある部屋に、修道女のような、魔法使いのような人物が二人立っている。一人は左手に書物（呪文のテクスト？　魔法のマニュアル？）を持ち、それを見ながら右手の棒で壺を掻き回して、糸を紡ぎ出している。壁際に坐った乙女ら（六人見える）が、紡ぎ出された糸で金色の布に刺繍している。その布が建物のスリットから垂れ落ちて大地を覆うマントとなる。というか、「この織物《タペストリー》こそが世界なのだ」（**22**ページ）。

不定数の織子たちが一緒に世界の図柄を織らされている、というところがポイントだ。つまりこの絵に描き込まれた「魔法」とは――作者バロの意図を離れ、ピンチョンの小説内での機能を考えるなら――〈文化〉の枠組みの中でその成員がせっせと織り紡いでいる「世界」の図柄を決定する力だともいえる。この力は操作可能なのだろうか？　世界を織っている僕らを更に織り返している世界から、逆に僕らを〝織り出す〟ことは？

今だと「無理だ」と答える人が多いだろう。しかし、繰り返すが、小説の舞台は一九六五年のアメリカ。北爆が始まり、黒人暴動が起こり、学園紛争と対抗文化が深まり花開いた。西洋近代の古い塔を解体し、新しいシステムを呼び込もうとする若々しいヴィジョンが充ちていた。

6　ミセス・エディパ・マース｜Mrs Oedipa Maas

ピンチョンの世界はギョッとする名前に溢れているが、中でもこれはホームラン級。「エディプス」（ギリシャ語読みは「オイディプス」）の女性形だから、父を殺して母を娶る神話的人物の女性版だろう、といわれてもピンとこない。もっとも劇作家ソフォクレスが描いた「探究者エディプス」のイメージは、たしかにある。エディパは「探求の姫」である。

だが、仮定上の話として、もし彼女が、ピアスに代表される父権的産業主義とその文化を駆逐しうる存在の象徴だとしたらどうか。仮に彼女が、何らかの意味で「新しい現実の織姫」という役割を担うとしたら、それは一種の「父殺し」といえなくもない……？　ただし、エディパはピアスの元愛人だ。ピアスはエディパに遺言を託している。神話のレベルで象徴的に読むにしても、むしろ「種蒔き（情報の撒布）」や「実り」に関わるテーマを探っていった方が意味ありそうである。

姓の「マース」からは、もっと豊かな「意味」が引き出せそうだ。アフリカーンス語（南アフリカのオランダ系植民者の子孫の言葉）で「ウェブ」や「ネット」を意味するというmaasは、現代オランダ語では一つの網の「目」を意味する。編み物の「目」は、それ自体は「空」である。網全体がほどけていくとき、目はどこへいくのか？　塔から足を踏み出す「網野さぐり《マース・エディパ》」は、虚空に、〈太平洋〉に、生の織物が織られる以前の原形質のスープに散ってしまうほかないのか？

一方で、英語のmassには「塊」「大衆」のイメージがある。Massと書けば聖なる「ミサ」が連想される。エディパの前には、徐々にたくさんの人々が累積（amass）してくる。

しかしMaasの姓はもともと夫のものだ。夫の渾名はMucho。姓をスペイン語表記して“mucho más”といえば、これは“much more”という意味になる。そしてLSDを信じる彼は、実際、一個の個体であることを振り切って、「もっと、もっと」たくさんの人間合成体になっていってしまうのだ……。

7　神聖文字的感覚 — hieroglyphic sense

ヨーロッパ一神教文化には、人々の生きる「この世」はそれ自体不完全であって、目に見える世界の壁を突き破らないと、神の言葉（大文字のWord）で綴られる真正さ（Truth）に行き着けない、とする思考伝統がある。「グノーシス主義」と呼ばれる異端の伝統は、その点を明確に表現しているが、日常的な観察や論理をいくら積み重ねても神のレベルに近づくことはできないという感覚は、一般のキリスト教徒も共有している。それでも神の世界との〝異常接近〟は起こる。『聖と俗』『永劫回帰の神話』などの著作で有名な宗教学者ミルチャ・エリアーデは、ピンチョンの思考世界の基礎をなす一人だが、エリアーデによれば、古来さまざまな文化で「聖体示現《ヒエロファニー》」が観察される。この世にも〝聖なる中心〟があって、そこから神のメッセージが直接もたらされる——という感覚をピンチョンは巧妙に取り込んだ。

南カリフォルニアの新興住宅街を丘から眺めたエディパの衝撃が、第2章の最初の部分で語られる。彼女の運転するシェビーは「宗教的な瞬間の中心に停《と》まっていた」（**27**ページ）。畑から一斉に伸びてきたかのような家並みの図。ロサンジェルス圏の丘の上から、眼下と遠景に拡がる住宅地を一望したことのある人は、エディパでなくても、ある種の眩暈感覚に襲われるかもしれない（その経験のない人は、〝Los Angeles suburbs〟の画像検索をお勧めする）。不思議な象形文字のように見える家並みが、神のメッセージを運ぶ聖なる書き物《ヒエログリフ》に感じられる。ピアスに象徴される文明の営みは、だれにも意識されないまま、世界の壁を貫通《ピアス》して、聖なるメッセージを運びつつある、ということなのだろうか？

この男、どんな事業に関わってこれほどビッグになったのかといえば、何よりも土地である。カリフォルニアの不動産。そのカリフォルニアに、ピアスはどんな光景を広げたのか。作中には単なる観念をパッケージにして、その上にフリーウェイをのっけたような町の記述がある。国土がどんどんテーマパーク化していくことを象徴するような、水辺の人造行楽地「ファンゴーソ・ラグーン」(fangoso はスペイン語で「泥ぶかい」という意味)も描かれている。

フリーウェイの静脈に刺さった注射針から注ぎ込まれる、ヘロイン分子のような車によってかろうじて陽気さを保っている大都市のイメージもあった(29ページ)。それらの図像は、現代文明が土地のリアリティから浮き上がって、文明の快感に自己愛的に溺れていることを示唆するだろう。(ピアスが、十九世紀の鉄道王にしてアメリカの「影」の政治を牛耳ったジェイ・グールドの信奉者だったという設定も、意味深く感じられる。)

「ピアス・インヴェラリティ」という、いかにも示唆的な名前はどう受け止めたらよいだろう。英語に inveracity という単語がある。真実(veracity)の反対語。それならこの男の名は「不実《フジツ》貫通《ツラミチ》」とでも訳されるのだろうか。現代の欲望産業の推進者として、彼もまた一途な「自己拡張」にとりつかれていた(223ページ)。それはつまり、虚業の雄として、現実または何かしらの真理から人間を隔絶する、ナルシシスティックな膨張に関わっていた、ということなのか。

もちろん彼の名は Inveracity ではなく、Inverarity である。rarity とは「レア物」「確率的に稀な状態」。レアな切手なども rarity と呼ぶ。レアの中でもレアな出来事は「奇跡」と呼ばれる。

何かしらの「逆立ちした奇跡」(inverse rarity)へ、彼はアメリカの虚業世界を導いてきたのか……?

9 サン・ナルシソ市——ナルキッソスとエコー

ロサンジェルスの近く、サン・ナルシソ市でピアスは起業した。「この地から天に向けての成長を遂げた」(**26**ページ)。

「ナルシソ」の名を聞けば、ギリシャ神話の美青年ナルキッソス(英語読み「ナーシサス」)を思う読者も多いはず。彼は水面に映った自分に恋をした。ニンフのエコーも恋をしたのだが相手にされず、悲しみのうちに、反復する声だけの存在となった。

前述のマクルーハンは、ナルキッソスを、鏡による自己拡張者ととらえ、その語源がギリシャ語のナルコーシス(感覚麻痺)にあることに注意を向けている。ナルキッソスとエコーとは、現代の快楽文明に耽溺する僕ら自身のシンボルだといえる。

五〇年代末から六〇年代にかけてのアメリカ文明に、鏡像と反復が増殖した。ウォーホルも作品にした、スーパーマーケットに無数に積み上がった「スープ缶」。ハイウェイの景色を均質化するハンバーガーのフランチャイズ店。ロックンロールにおける様式化された「反抗」の反復。人気のブリティッシュ・バンドをコピーした〈ザ・パラノイズ〉の面々も、互いが互いの鏡像のようで区別がつかない。

10 包旋的 ― convoluted

〈エコー・コーツ〉のテレビからは、昔のテレビ映画がバラバラの前後関係で映し出され、主役の少年とその「大人バージョン」がブラウン管の画面を挟んで同じ歌をハモッたりする。また、メッガーの説明によると、役者上がりの弁護士である彼自身の経歴を元にしたTVシリーズが制作中で、主役を演じるのは元弁護士の役者であって、法廷シーンではこいつが弁護士として何かの役《ロール》を演じる役者になる。アイデンティティが定まらず、因果関係がもつれまくる。〈聖なる中心〉サン・ナルシソへの接近が世俗の論理を崩してしまうのか、それともメッガーに遊ばれているだけなのか。しかし、それが〈近代合理主義の時代〉の終焉を意味するのかどうかはともかく、この小説に描かれる状況は、どれもすっきりとした直線にはならない。すなわち「グリグリ巻き《コンヴォルーション》」に満ちている。ムーチョは、汚い中古車を同じくらい酷い中古車と交換していくようすに、近親者の包旋的なもつれ合いを見るし（14ページ）、第3章に出てくるマイク・ファローピアンの政治姿勢も「右翼すぎて、ほとんど左翼」（111ページ）と包旋的な言葉遣いでコメントされる。

さらに、意地悪なことに、この本の読者を巻き込む渦巻きまでも用意されている。たとえば、僕はいま、この小説の合理的な説明を試みている。合理的な説明がいかに無意味で不可能で（場合によっては）邪悪であるかについて書かれているように思われる小説を、である。

11　ストリップと空中の飛跡

正面入口でエコー像が薄物のガウンをヒラヒラさせているモテルで、エディパ自身が「ストリップ・ボッティチェリ」のゲームに誘い込まれる。情報を得ていくたびに、いわば自分がほどかれていく――これは何の比喩だろう？

旧来の〈塔〉から自分を織り出すには、まずもって一種の脱ぎ落としが必要なことは明らかだ。だがこれは虚空と暗黒へ、自己を晒すことでもある。実際、〈トリステロ〉に関係すると思われる何かを知るたびに、エディパは、もといた世界との関わりを解《と》かれていく。最終的には夫も、かかりつけの精神分析医も、共同遺言執行人も奪われてしまう。

〈エコー・コーツ〉のバスルームでは壊れたスプレー缶が目にも止まらぬスピードで空中に無秩序な飛跡を編んでいた。神（かコンピュータ）でなければ制御できそうに思えない、〈塔〉の外部のランダム運動。それはまた、いまだ織られざる世界の刺繍糸が滅茶苦茶な方向へ発射されている図にも見える。バスルームの鏡は、スプレー缶の衝撃で網目を走らせ、一瞬の後に崩れ落ちた。

新しい文明パターンを織る？　どうやって！

12　おふざけ——一つの可能性

「コーテックス」という生理用品の名を持つ登場人物がフェルトのペンシルで、ラッパのマークをいたずら描きしている（105ページ）。「ファローピアン」（輪卵管）か語り手が、農奴解放を実現したロシア皇帝の名を違えている。一体ピンチョンはまじめに書いているのか。「純文学」は英語で「シリアス・リテラチャー」という。文字通り「真面目な、本気の」文学なのだが、文化の再編とか、意味のネットワークの交換とかいうテーマは、「現実を見据える」だけの視線では狭すぎて太刀打ちできない。

終盤近く、エディパは四つの可能性に向かい合う。(1)トリステロは実在する。(2)わたしの幻想にすぎない。(3)わたしは陰謀にハメられた。(4)わたしは陰謀を幻想している。（214ページ）

だがこれらは either/or の思考モードの産物だ。それとは違う「脱シリアス」な思考は可能だろうか。この小説はその可能性を試しているようにも思われる。さまざまな可能性を同時併存させつつ、作品を十全に受け止めるために、本気《マジ》とウソ、覚醒《サメ》とユメがつくる二本の軸を交叉させ、さまざまな心のモードで読んでいく必要がありそうだ。

Ⅰ（マジメな注視）：エディパに共感しつつ探偵の役割を一緒に担い、事実を虚偽から振り分け、either/or の論理で合理的説明を組み立てていく。

Ⅱ（マジにユメる）：詩や芸術、神話、無意識に対してロマン主義者が行うアプローチを真似て、隠喩にのめり込んでいく。

Ⅲ（アソビ感覚）：「これは演技《ウソ》だ」という意識を活性化させる。ピアスはエディパにイタズラを仕掛けただけ、この小説の作者も読者を巧妙に担いでいるにすぎない、と。マイケル・ダグラス主演の映画『ゲーム』（デヴィッド・フィンチャー監督、一九九七）では、奇怪な現実に翻弄される主人公および観客の前で、最後にネタが明かされる。それと同様に〝演技者〟たちがみんなピアスに買収されていたことが判明する、というエンディングもありうるわけだ。

Ⅳ（ユメの中へのウソの導入）：「これはユメだ、ホントじゃない」と意識してしまうと、ふつうユメはサメてしまう。だから夢見のモードにあって批判的知性を保つのはそもそも難しいのだが、どうもこの小説の理想の読者は、ユメのモードとウソのモードの二股をかけられる人であるらしい。ウソとユメの間の細い道を歩みながら啓示を待つこと。「醒めた現実」を織り続ける体制から吐き出される廃棄物（waste）が、もう一つの別な帝国へと（?）織り紡がれていくことを夢として片づけず、嘘として棄却せず、奇跡を待つかのようにしぶとく待つこと。

13　カズーとチェイス・アニメ――ピンチョンのポップアート?

ピンチョンの冗談のなかでも特記すべきヴィヴァルディの「カズー協奏曲」。これを、ピンチョンは『V.』でも楽しげに書き込んでいる（『V.』［下］270ページ）。華麗なオーケストラをバックに、カズー笛がソロをとるという可笑しさは、動画投稿サイトを見る限り、現在も楽しまれているようだ。十九世紀の中頃、アメリカ南部ジョージア州の黒人が発明したと言われるこの変な楽器は、ストリングスの上品さと正反対の意味を持たせやすく、この演奏を最初にレコーディングしたのは、史上初のジャズ・レコーディングを行なったオリジナル・ディキシーランド・ジャス・バンドであるらしい。一九六〇年代初頭には、ブロードウェイ・ミュージカルにも、ヒット・ポップスにも（ジョーニー・ソマーズの「内気なジョニー」の間奏）カズーを使ったものが登場したので、有線のBGMでヴィヴァルディの「カズー協奏曲」が流れるというシュールな描写も、実は案外リアリズムなのかもしれない。同じくピンチョンが好んで使う「アデノイド気味の声」（切手コレクターのコーエン氏もそう）と共に、カズーは濁音性に魅力の元がある。テンプル・シティ・カズー・オーケストラによる"2001 Sprach Kazoostra"はお勧めの動画だ。

登場するテレビに、アメリカン・カートゥーンが好んで使われるのも、この小説のピンチョン的な特徴である。エディパが懸命に〈マックスウェルの悪魔〉と交信しようとしているときに、隣室からおなじみの「ヨギ・ベアー」の他、「マギラ・ゴリラ」「ピーター・ポタマス」（どちらも短命に終わったハンナ・バーベラ・プロダクションのアニメ）が流れる。老人ホームのソスさんの前のテレビでやっていたのは、レオン・シュレジンガーのカートゥーン番組「ポーキー・ピッグ」だ。こちらは（ピンチョンと顔が似ていると言われる）バッグス・バニーや、（ピンチョンがファンを自認する）ロードランナーに先駆けて、ワーナー・ブラザーズが製作したアニメ・キャラの第一号だ。

シュレジンガーの作品は、展開のスピードがきわめて速いのが特徴。それをいえば、このピンチョンの小説も実に快速である。

14 電子音楽

一九六〇年代中期はまた、モーグ・シンセサイザーが開発されるなど、電子音の合成技術の世界で大きな進展があった時代である。この分野では、五〇年代初頭から、ドイツのケルンの放送局の電子スタジオを使った、カールハインツ・シュトックハウゼンの作品などが知られていた。だが詳細はウィキペディア等をご覧いただくとしよう。作品の「読み」に関係するのは、サウンド合成の原理そのものである。

エディパがバロの絵から、世界が織り合わされたものだという認識を得るとするなら、ムーチョは同じことを、サウンドの側面から考えていたことが、第5章の最後のシーン（177ページ以降）で明かされる。ＬＳＤで聴覚の感応性を飛躍的に高めた彼は、この世のあらゆる音を、随意に合成・分解できると主張するのだ。

二十一世紀に生きる僕らにとって、彼の言っていることは戯言とは感じられない。ヒューマノイドのボーカルは、どんどん「人間味」を帯びている。少なくとも聴覚に関するかぎり、僕らは〈現実〉をほどき織り直す魔術を手中にしてしまったわけだ。だからといってどうということもないわけだが、〈ザ・スコープ〉で真夜中に始まる「生《ライブ》」のサインウェーブ・セッション（58ページ）に集まった一九六五年のオタクたちにとって、事態はかなりエキサイティングなものであったはずだ。

15　ジョン・バーチ・ソサエティ（ＪＢＳ）

一九五八年にインディアナポリスで、ロバート・ウェルチ（引退した菓子製造業者）によって創設された。会の名前の由来である「ジョン・バーチ」は、一九四五年八月、中国が人民共和国になる前に「レッド・チャイナ」によって殺された「反共のアメリカ人宣教師」で、「冷戦の最初の犠牲者」とされる。典型的なパラノイドで、世界を動かす陰謀からアメリカの自由独立を守れ、と訴える。黒人、ユダヤ人、モルモン教徒を排斥し、他の右翼団体からも孤立する傾向が強い。

エディパが最初に出会う対抗郵便組織の人間、マイク・ファローピアンが帰属するピーター・ピングィッド・ソサエティ（PPS）は、「冷戦（米ロの相剋）の最初の犠牲者」をさらに昔の南北戦争期に設定する、その意味でJBS以上の右翼だが、メッガーがマイクに「きみ、右翼すぎて、ほとんど左翼だよね」と言うように、その存在様態は「包旋的」である。

16 WASTE

普通名詞としてのwasteは「カス」「ゴミ」「老廃物」。人体であれ、社会システムであれ、そこから不要なものとして放出されるものはすべて「ウェイスト」と見なされる。ちなみに有機農業で糞尿は肥料としてシステムに戻されるが、ピューリタニズムではそうはいかない。人は永遠の天国にすくい上げられるか、永遠の地獄に落とされるか、どちらかである。

この文脈とは別に、ピンチョンは「ゴミ」そのものをお得意のモチーフとしてきた。『スロー・ラーナー』所収の二つの物語「ロウ・ランド」（一九六〇）と「シークレット・インテグレーション」（一九六四）はともにゴミの山を描いている。ロス黒人街ワッツ地区のレポートである「ワッツのマインドへの旅」（一九六六）でも、ゴミを回収して埋め込んだ芸術作品であるワッツ・タワーへのオマージュを忘れていない。

熱力学の言葉で言えば、wasteとは、もはやシステムを動かす役を果たさない高エントロピーの分子集合のことだ。その「カス」たちを結び合わせる可能性が、エディパの前に、浮上してきたのだろうか？

17　対抗郵便網

かつて個人間の通信を仕切っていた郵便は、実に中央集権的な組織だった。メッセージを入れた封筒に、公権力の発行する印紙を貼って、指定の箱に投函すると、それが〈中央〉に吸い上げられ、そこから再び枝分かれして宛名の個人のもとへ届く。遠隔の人間同士が、否が応でもそれを通してつながり合う他はなかった〈郵便〉とは、いわば当局に管理されたコミュニケーション網の喩えのようである。選ばれた「勝ち組」の思考と制度が織りなす一つの作動システム全体を表すかのようである。

とすると、既存郵便制度に「対抗する」とは？　既存の思考前提や社会組織を穿《うが》ち、疎外されている人々を別様に結び合わせていくこと？　そんなことが可能なのか？

〈塔〉から足を踏み出すエディパの前に、〈トリステロ〉と呼ばれるようになる謎のつながりが静かに花開いていく。まだまだ実体的な存在ではない。仮縫いのパターン。未だしかとは存在しない。すべてはこれから編まれるべき――そんな奇跡が可能だとして――世界の図柄に関する問題である。

　ピアスたちが動かしてきた産業主義のアメリカは、どのように織り直されうるのだろうか？

18　熱力学の第二法則

「孤立系においてエントロピーは増大する」という法則。これを言い換えて、「閉じた箱の中に熱い空気と冷えた空気があるとき、放っておくと次第に混ざり、一度混ざると分け隔てることはできなくなる」——と言うと当たり前に聞こえるが、その当たり前の事態を表している。「エントロピー」とは「エネルギーの使えなさを表す度合」。それを数値で表したものである。人はなぜそんな数値を意識するようになったのかといえば、燃焼によって得られる熱エネルギーを、力として役立てることを始めたから。ガソリン入りの混合気体を爆発・燃焼させて、エンジンのピストンを動かし、牛馬が押したり引いたりする以上の仕事を引き出すようになったのが十九世紀半ば過ぎのこと。それを出来るだけ効率的にやるにはどうしたらいいかという、理論的研究が盛り上がった。とにかくエントロピーを少なくすれば、効率のよいエンジンと見なせるわけだ。

　歴史や固有名詞の類は抜きにして、考え方だけ示す。まず、気体とは、飛び交う分子の集合だ。それぞれの分子が速度を持ち、それに応じた運動エネルギーを持っている。平均の速度が高い気体分子集合は、たくさんのエネルギーを持っているから、ピストンを押す力は強い。これを巨視的《マクロ》レベルで観察すると、「温度の高い気体は膨張する」となる。

だが、ピストンを押す仕事の効率は落ちていく。なぜなら「熱は逃げる」からだ。これを分子のミクロ・レベルで言い替えると、「高速の分子と低速の分子が以前より渾然としてきた」という言い方になる。スピードによる差異の構造が失われ、速いも遅いも混じり合っていく。こうなると、もう一度ガソリンを爆発させて差異を与えない限り、このエンジンからエネルギーを引き出すのは難しい。システムのエントロピーが増大してしまったのだ。

19　マックスウェルの悪魔

内燃機関のモデルを考えてみる。ピストンの両側の空気は壁で仕切られ、その壁に思いのまま（エネルギーを使わずに）開閉できる小窓があるとする。いま系内のエントロピーは最大だ。壁で仕切られた気体の間に温度の違いはない。

ここで、もし「小窓」の脇に、個々の分子のスピードがわかる悪魔がいたらどうだろう。小窓に速い気体分子が飛んでくると、この悪魔はドアを「開」の状態にする。遅い気体分子が来たときは「閉」のままだ。すると仕切りの片側には、次第に速度の速い分子が集まり、もう片側は遅い分子ばかりになっていくだろう。速い分子が集まった気体は、膨張する圧力を持つだろう。

「悪魔」の仕分けによって、熱力学の第二法則は破られ、死んだ状態にあったピストンに運動が生まれるだろう。

以上は、一八六〇年代にジェームス・クラーク・マックスウェルが提唱した思考実験。二十世紀になって、反証がなされた。悪魔が分子のようすを知るには、光をぶつけるなど、エネルギーを使って気体の状態を攪拌しなくてはならない。情報を得るためにエネルギーのコストが必要で、そのことを考慮すると、「悪魔」であっても、乱雑に混じり合った空気を仕分けることは不可能である、と。

20 ネファスティス・マシン

マックスウェルの悪魔の棲むピストンつきの気体箱と、その外にいる〈感応者《センシティブ》〉を組み合わせた発明品である。ネファスティスの説明は曖昧で、英米の研究者も混乱していたが、一九九〇年代以降の論文に不適切な記述はあまり見られなくなった。詳しくは、巻末「依拠した先行研究」の木原(2001)、第3章を参照されたい。

略述すると、悪魔は情報を溜め込まなくていい。分子に関するデータを外部にいる〈感応者〉に送る。そしてその感応者が送り返してくる情報に基づいて小窓の開閉をする。要するに箱の中の気体のデータに基づく情報のフィードバックが得られれば、それをエネルギーに変えられるとネファスティスは言うのだが、そんなことが可能だろうか。

実は二〇一〇年、中央大学と東京大学のチームが、高性能のコンピュータを使って、この種の情報＝エネルギー変換をやってのけた。「マックスウェルの悪魔を実現した」というニュースになったが、こちらは小窓の開閉ではなく、小さな壁を置くというやり方である。螺旋階段上でランダムに動く（ブラウン運動する）粒子を測定し、それがちょうど上に動いたとき後ろに壁を置くような制御を続けることで、粒子を上へ上へ「駆動」するのだそうで（それ以上のことは各自お調べください）、ともあれ、これに成功したということは、外部からのエネルギーの供給がなくても情報のフィードバックを受けるだけで、ランダムな運動から、エネルギーに置き換えうる「秩序」が作り出されたということである——ほぼ半世紀前にピンチョンの小説中でネファスティス・マシンが主張したのと同じ根本原理によって。

ところで、分子のミクロな状況に関する情報は、ネファスティスの言うように膨大である。本文では「何億何兆」と訳したが、一気圧で数リットルの空気の中には、一兆の千億倍もの分子が入っている。そのそれぞれについての情報を得てピストンを動かすことが可能だとしても、ちょっと動いたとたんに、その莫大な情報は消滅してしまう。それでも、情報とエネルギーという、ふたつの異なったものが、現実に一つに結ばれうるという理解は、この小説にとってのキー・ポイントだ。

21　二種類のエントロピー

オーストリアの物理／数学者ルドヴィッヒ・ボルツマンは、一八七七年、エントロピー増大の法則を、統計力学的（確率論的）に説明した。

単純化したケースで説明すると、赤玉と白玉が（均等な密度を保ったまま）ランダムに動いている部屋の右半分に全部赤玉、左半分に全部白玉が来るという確率は、玉の数が赤白それぞれ二個ずつなら四分の一だが、八個ずつだと二〇〇〇分の一以下に減少、一六個ずつだと六億分の一程度に減少する。一方で左右だいたい均等に分かれていると見なせる確率は、玉が増えるにしたがって圧倒的に大きくなっていく。

攪拌すると均等に混ざっていく――エントロピーは増大する――というのは、確率論的にみるとそういうことだ。きっちり分かれる「状況数」は限りなく小さく、均等に散らばる「状況数」は限りなく大きい。

その限りなく稀な状況も、粒子を仕分けることさえできれば創り出すことができるというのが、マックスウェルが考えた悪魔の理屈だった。つまり「状況を分かることができれば、分けることができる」――この「分かり」と「分かれ」が、「情報のエントロピー」が定義されるときに、興味深い関係を作ることになった――というのが、131〜132ページでネファスティスが説明しようとしていることである。

情報のエントロピー（平均情報量）については、最近では高校で教えているようだ。状況数を問題とし、確率的に起こりにくい事象に接したときには、予測通りのことが起きたときよりも大きな情報量を得る、と考えるところがミソ。ボルツマンが状況数の（2を底とする）対数をもって、系のエントロピーを定義したのにならって、情報のエントロピーも、ありうべき状況の（2を底とする）対数で示すことになった。たとえば一六枚の異なったカードがあるとき、その一枚が何か「分かった」ときに得た情報量は、$\log_2(16)=4$ビットである。

数学的な地平において、「分かり」と「分かれ」の相互関係を直感的に把握することは、僕にも難しすぎるけれど、マックスウェルの悪魔の導入によって「分ける」と「分かる」が一つの事象になった——という理解をもって次に進むとしよう。

22 メタファー｜metaphor

隠喩《メタファー》とは、ややこしい概念だ。それは単なる比喩とは違う。比喩（明喩）にあっては、「AとBとは似ているけれども違う」という点が明示される。隠喩にあっては、その違いが隠される——というか、心の翳り《シャドー》において、AとBとが事実同一化してくる。隠喩とは、言葉遣いというよりむしろ、心のモードの問題である。

夢を見ている精神は、メタフォリックなモードに落ちている。「豚であるはずなのに同時にメリーちゃんでもある」存在に出会ったりする。同じ効果は、言葉の語源を考えているときにも生じる。「分ける」と「分かる」とはもともと一つの観念またはイメージに由来していることに気づくとき、なにかストンと腑に落ちたような気持ちになる。メタフォリックな理解には、ある種の安らぎがつきまとうといっていいだろうか。数学的な発見の瞬間も、多くはメタフォリックな性質を持っている。幾何学におけるインスピレーションの多くは、いままで別のこととして分けていたことが、一つのことに見えた瞬間にやってくる。

これは信仰——信じる心理——とも深く関わる問題だ。「天にまします我等が父よ」と祈りながら、祈っている相手が単に比喩上の父にすぎないと意識する人はいない。喩えであるという意識を暗闇に消し去るときに、隠喩は生き始める。

隠喩的モードと対立するのが、二者の差異づけにこだわるeither/orの理解型だ。区別や分類の意識をしずめ、心の太古的・神話的な深み（あるいは翳り《シャドー》）において情報を処理すること。

メタファーは、単に夢や宗教や無意識だけではなく、科学的にも日常的にも人間の思考と経験の全体を結わえるものだと言えるだろう。

23　新たな世界を動かすといっても……

ネファスティスのもとを逃げだし、夕方のサンフランシスコに向かいながらエディパは彼女の頭の中に広がる〈トリステロ・システム〉について考える（136ページ）。それがメタファーのシステムだということは分かってきた。隠喩＝影にある未分化なつながり。社会の影から浮かび上がってきた、未だつながりもなく作動もしていない、類似した部分の数々。同じなのは、どれもみな、〈アメリカ〉という日当たりのよい（でも悲しい〈塔〉だらけの？）共和国からの疎外を生きているというところだ。〈アメリカ〉というエンジンに使われ、排出されるだけの、ランダムな気体分子のような人たち……？

これを執筆中、ピンチョンが何を考えていたのかは、一研究者の想像の及ぶところではないけれども、同時代のニュースや話題に基づいてある程度の推測を行なうことは許されそうだ。マクルーハン、リアリー、ユング、ウォーホル、ビートルズ、エリアーデの名はすでに挙げた。変わりゆくアメリカを意識し、文明の先端に意識を伸ばそうとしている二十代の、才気あふるる作家をイメージすることは一応可能だろう。だが、ピンチョンのヴィジョンは、楽天的な対抗文化のそれではない。なにしろ熱力学の法則を持ち出して、ランダムな粒子が自動的に構造化されることの不可能性から話を始めるのである。それでも物語のトーンに諦めはない。暗闇がポッカリ口を開ける恐怖と、神々しい光が真理を告げる期待。その両者を覆う圧倒的な観念とイメージとパロディの群れ。

当時のアメリカ社会の動きについて触れてみよう。一九六四年刊の短篇小説「シークレット・

インテグレーション」でも取り上げられた人種問題は、一九六五年にはいよいよマルコムXの暗殺やロサンジェルスでの都市暴動といった形を取るようになる。政治はぐらつき、文化はロックし、産・学・軍の全体を含めた〈システム〉全体が揺動する。その時代に、ズーム・イン――

24 フリー・スピーチ・ムーヴメント（FSM）

「混迷の六〇年代」を象徴する学園紛争の起点は、アメリカでは一九六四年の秋にカリフォルニア大学バークレー校で始まったフリー・スピーチの運動とされる。最初はビラの配布場所の問題だったのだが、大学当局がアホなことに、配布ビラの内容に制限を加え、直接行動を訴えるビラの配布を禁止してしまった。憲法で保障された言論の自由への介入である。その違反者が当局への名前の提示を拒否して、警察に連行されそうになったのを、多数の学生が取り囲んで阻止した。自発的に運動に参加した多数の学生のリーダーとしてマリオ・サヴィオが登壇し、歴史に残る演説をした。

FSMと一緒にVDC（Vietnam Day Committee）の名前が出てくるが（129ページ）、これは、エディパが学園を訪れたのが、六五年の夏であることの証拠である。北爆開始が六五年二月。ジェリー・ルービンやアビー・ホフマンを含むVDCのメンバーがバークレーで最初のマラソン反戦ラリーを企画したのが五月末。エディパが「別の世界」の住人として、キャンパスを歩くのはその後まもなくのはずだ。同年八月にはロサンジェルスのワッツ地区で人種暴動が起こり州兵が動員されて多数の死者を出した（この翌年、ピンチョンはワッツ地区を歩き回り、彼一流のルポを「ニューヨーク・タイムズ・マガジン」に発表している）。

テクストにはYAFの文字も出てくるが、これは“Young Americans for Freedom”という、保守派の若者の団体。

25 ジェイムス、フォスター、ジョーゼフ——戦後アメリカの静けさを演出した神々

保守派といえば、エディパの少女〜学生時代に大きな存在感を示した三名の政治家のファースト・ネームも挙がっている。三人とも、ケネディ登場までにこの世を去った、要人政治家だ。ジェイムス・フォレスタルは内閣に「海軍長官」という役職があった時代の最後の海軍長官。一九四七年、トルーマン大統領下で軍の長が統合されてからは、最初の国防長官を務めた。しかし四九年に神経衰弱を訴えて辞職。まもなく自殺。米海軍の大型空母に名を残す。

ジョン・フォスター・ダレスは、トルーマン時代に国務長官顧問、サンフランシスコ講和条約締結時（一九五一）には大統領特使として来日している。アイゼンハワー時代（一九五三—五九）を通して国務長官を務め、冷戦時代のアメリカ外交を牽引したものの、任期最後の年にガンで死去。ワシントンのダレス空港に名を残す。

ジョーゼフ・マッカーシー上院議員は、ソ連によるスパイ活動の実態を暴きながら、大衆の反共パラノイアを煽り、広範な「アカ狩り」を敢行して人気と権力を保持した風雲児。下院の非米活動調査委員会も同調し、政治家、官僚、科学者、芸術・メディア関係者……多くの人間を密告の恐怖に陥れた。しかし一九五四年（ピンチョンの大学生時代）に、上院で一種の問責決議が行われて失脚し、五七年に病死。それでもなお人気は高く、国葬にされた。

旧来の政治体制の変更とそれに伴う学園の変化を、エディパ／ピンチョンは、鉄道のイメージを借りて説明している。転轍手《ポインツマン》が替わり、各ポイントでの進行方向（右か左か、ゼロかイチか）の判断が変わった。結果的に列車の走る経路（法案提出からその施行までの動き）が変わった、と。六〇年代に向けて、明らかな変化が起こったことは事実だが、それはアメリカの鉄道と同じくらい旧式の二極構造（either/or）の中での選択肢の変化にすぎないと、そう強調しているのかもしれない。

26 ジェイムス朝演劇

エリザベス女王に引き続くジェイムスⅠ世の治世下（一六〇三―二五）は、（シェイクスピアもまだ現役として『オセロ』以下、晩年の作品を上演していたが）、新世代戯曲家による残酷な復讐の悲劇が一世を風靡した時代である。宮廷を舞台に、権力者だった親の敵を息子が討つ――

というテーマは伝統的なものであっても、復讐が多大な流血を伴う惨劇に転じていく。『復讐者の悲劇 *The Revenger's Tragedy*』（一六〇六初演、作者に複数説あり）などは、今日でも盛んに上演され、アレックス・コックスによる映画バージョン（二〇〇二）も登場した。

その雰囲気を、ピンチョン的な捻りを加えて写し取ったらしい『急使の悲劇 *The Courier's Tragedy*』の作者は、リチャード・ウォーフィンガーというが、この姓（Wharfinger）は、ジェイムス朝演劇の代表的戯曲家、John Webster, Thomas Heywood, John Marston, John Ford, Philip Massinger から合成されたという説がある。

『急使の悲劇』も『復讐者の悲劇』と同じく、イタリアの宮廷を舞台にした復讐劇だ。だが、そのプロットは包旋的に縺れている。A国の公爵アンジェロがB国の公爵を殺し、さらにB国の正統な継承者（ニッコロ）を、彼の腹違いの兄（実は自分自身の甥でもある）パスクァーレによって始末させた上で、自分と近親相姦の関係にある妹を、彼女の実子であるパスクァーレのもとに嫁がせて両国併合を遂げようとする。だが、パスクァーレの家来のエルコーレが裏切ってニッコロを助ける。〈トゥルン&タクシス〉の特別配達人として公爵の館に出入りしていたニッコロは、アンジェロから手紙を託されるが、B国で派手に残酷な政変が起こり……。

この芝居の最終的な焦点は、政変後のB国の攻撃をかわそうとしてアンジェロが書き送る手紙だ。その文にはどんなインクが使われたか。手紙を託した〈トゥルン&タクシス〉の配達人を始末するのに、誰を遣わしたか。そして何が起こったか。その話と、三百数十年後のカリフォルニアでエディパが遭遇する出来事とは、どのように触れ合うのか。

27 トゥルン&タクシス | Thurn and Taxis

十二世紀以来北イタリアに居住していたタッソ家(tassoは「アナグマ」の意)の家系で、中世ヨーロッパ三大騎士団の一つ「マルタ騎士団」の有力な構成員をなした。ドイツ語ではTaxisと呼ばれ、十七世紀になると伯爵の爵位を得、Thurn und Taxisと名のる(Thurnは中世高地ドイツ語で「タワー」を意味するturmに由来し、一族の紋章には塔と獅子とアナグマが描かれる)。一五一七年、ブリュッセルに本拠をおいて開始した郵便事業は、次第にドイツ、フランス、スペイン、イタリア(ナポリ王国まで)にまで郵便馬車を派遣する一大独占事業となっていった。

いわば通信ビジネスを通して大成功した一族は、(『急使の悲劇』の舞台である十七世紀初頭を越えて)同世紀末には皇帝に后を差し出し「プリンス」の称号も得た。一八六七年に郵便事業から撤退した後も財界に君臨し続け、現在十二代目のプリンスであるアルバートII世も依然大富豪として知られる。

28 ペンテコステ｜Pentecost

五旬節。キリストの復活から数えて五十日目に起こったという「聖霊降臨」を祝う。新約聖書の『使徒行伝』の記述は次のとおり——

「突然激しい風が吹いてきたような音が天から起こってきて、一同がすわっていた家いっぱいに響きわたった。また、舌のようなものが、炎のように分かれて現れ、ひとりびとりの上にとどまった。すると一同は、聖霊に満たされ、御霊が語らせるままに、いろいろ他国の言葉で語り出した」

要するに、聖霊によるコミュニケーションの奇跡である。

『V.』でも、アポカリプティック（終末的）な雰囲気を示唆するものとして、炎の舌の幻影が使われたが、『急使の悲劇』の一シーンで演じられる「聖霊降臨」のパロディは凄まじい。ニッコロの忠臣エルコーレは、裏切り男ドメニコの舌を切り取り、それを炎にかざして「不聖の霊」による「恐怖のペンテコステ」を敢行するのだ。

ところで、神の声がほとんど聞こえそうなほど感応力を高めたエディパに、コミュニケーションの奇跡は訪れるのだろうか。「49の叫び」の「49」とは、50日目の一歩手前、あと一歩で〈言葉《みことば》〉がエディパを包む（エディパの心を焼き切る？）と解釈していいのだろうか？

29 清教徒｜the Puritans

カルヴァン派信徒のイギリスでの呼び名。カルヴィニズムはスイスのジュネーヴで起こり、特に八十年戦争（一五六六年のフランドルでの暴動に始まり、一六四八年のオランダ独立に至る、統治国スペインに対する反乱）のさなかのネーデルランドで勢力を伸ばした。カルヴァン派の有力貴族オレンジ公ウィリアムが、反乱初期の時代に活躍したようすは、第6章で述べられる。イングランドで王党派と議会派の対立から内戦が始まり、クロムウェルによる革命政権ができるのは一六四〇年代のこと。『急使の悲劇』が書かれたのはジェイムスI世の治世下（一六〇三—二五）で、この時代に清教徒は勢力を伸ばすのだが、ピンチョンが創作した「スカーヴァム派」が登場するのは、そのすぐ後、革命で斬首刑に処せられるチャールズI世の時代だ。

スカーヴァム派の信仰に関しては「偶然」が一切存在せず、神聖な神の側も、それに対立する悪の側も、精緻な機械仕掛けによって動くとされているところがポイントだ。この世界観は二律背反（either/or）の極みであって、中間（現世的な理由で善になったり悪になったりする状況）が一切認められていない。

実際、カルヴィニズムにしても、神の意志は絶対であり、それは罪に汚れた人間のいかなる動きにも微動だにしないという教義を持っていた。救われるか、クズ（waste）として地獄に堕《お》ちるかも、各々の魂の不変の性質として決定づけられていた（預定説）。

　ところで、清教徒が旧世界の反体制分子として浮上してきた時代と、新大陸への植民が始まった時代とは重なる。さらに江戸幕府が成立し、日本が鎖国に入る時代とも重なる。そのため、徳川幕府はオランダとの通商は例外的に認め、アメリカ大陸東岸北部へはイングランド、スコットランド、オランダのカルヴァン派が移住した。

　社会学者マックス・ヴェーバーによる『プロテスタンティズムの倫理と資本主義の精神』（一九〇四―〇五）は、カルヴィニズムの精神伝統の強いアメリカ等で資本主義が発達した理由を論じている。アメリカ・ビジネス史の巨人ジェイ・グールドの継承者であるかのように描かれるピアス・インヴェラリティが死んで登場するこの小説で、その遺産には、どのような意味が含まれるのだろう。アメリカのルーツをなす清教徒の、さらにまたルーツであるオランダ、そのオランダの成立期に生じた郵便事業の相続権争いは一九六〇年代のカリフォルニアに、どのように反響しうるのだろう。

30　トリステロ｜Tristero/Trystero

　〝黒衣の暗殺団〟の興りを確認しておくと、まずカルヴィニスト新政権下において、オレンジ公が任じたオハイン領主（ヤン・ヒンカルト）郵便事業担当者に対抗して、正統な継承権を主張したスペイン人（つまりカトリック教徒、名はエルナンド・ホアキン・デ・トリステロ・イ・カラベラ、「カラベラ」は頭蓋骨の意味）に行き着く。

一歩引いて図式化すれば、トゥルン＆タクシスの郵便モノポリーが、ヨーロッパ圏内での通信を仕切るようになった時期に、新教徒の勢力が頭角を現し、長い抗争を経て、最終的には産業資本主義社会の覇者になっていく。だがオランダ・カルヴィニストによる継承に待ったをかけた「本家」の人間（を名乗る者）がいて、そのグループ（トリステロ）は以来、相手構わず、現行の郵便事業に対するテロ行為を続けた。その暗躍は（エモリー・ボーツ教授を介して示される連想に付き合えば）、フランス革命、神聖ローマ帝国の滅亡を越えて継続し、アメリカ大陸に渡っても続いた。

そして一九六〇年代のカリフォルニアで「塔」から足を踏み出したエディパの前に、その正体を露しはじめた……。

31　南北戦争とアメリカ資本主義

さらにステップバックして見ると、清教徒の信仰と、排中律（イチかゼロかに世界を還元する姿勢）と、ニュートン的な機械論的宇宙観と、産業革命の進展と、躍進する資本主義と、利用され吐き出されるクズ（労働者階級、植民地の土着民）を生み出すシステムとは、みな一つにつながって見えてくる。十七世紀に本格的に動き出し、十九世紀に帝国の形をとるに至って暴虐の度を極めていくシステム。その〝発展〟が遂にナチス政権下で、ロケット・テクノロジーに結実した物語を、このあとピンチョンは『重力の虹』(一九七三)で展開させる。

さて、アメリカに目を転じると、カルヴィニストの移民が建国したマサチューセッツに始まる北部と、王族・貴族勢力によって植民されたヴァージニアその他の南部との二つの経済社会システムは、一八六〇年代に至ってついに内戦(南北戦争)を起こし、北軍の勝利によって、奴隷制経済の抑止とともに、工業生産と運輸に関わる産業資本の膨張がもたらされた。

その時期に、郵便を政府の専有事業化していく動きが活発化したというのは、マイク・ファローピアンが語る通りだが(65ページ)、南北戦争以後、物流と人の流れを促進し、アメリカに高度成長をもたらしたものが鉄道だった。一八六九年に、ユニオン・パシフィックとセントラル・パシフィックの二社の線が結合して、アメリカ横断鉄路が完成。これに続く鉄道株の上昇期に、買い占めに走ったのが、ピアスが偶像視するらしき無法者の資本家ジェイ・グールドで、一八八〇年代に彼は一時全米鉄路の一五パーセントを所有した。鉄道敷設と遠距離通信とは相伴うものであるから、モールス信号を伝える電信ケーブルも、グールドらの投機家に買い占められた。

鉄道網と郵便網が権力の基盤をなした時代――その過去はフリーウェイとメディア網の現在へと継承される。

32　ポニー・エクスプレス

カリフォルニアにはゴールド・ラッシュによって一八五〇年代半ばまでに、数十万の男たちが引き寄せられたが、ネブラスカ、カンザス以西の「西部開拓」が始まるのは南北戦争後のこと。戦争開始直前の一八六〇年から六一年にかけての十九ヶ月間、大平原、ロッキー山脈、砂漠地帯、シエラネヴァダ山脈を越え、カリフォルニアとの間を走った最速達便が、この「ポニー速達便《エクスプレス》」である。一頭の馬が早駆けを続けられるのは十マイルほどで、およそその間隔で「駅」が設けられた。

インディアンとの重大な衝突が、六〇年五月に（現在のネヴァダ州に住む）パイユート族との間であった。多数の駅が襲われ、人命と馬と荷物に被害が出たが、合衆国軍隊が出動して翌月鎮圧された。なお、120ページでコーエン氏が差し出すのが上掲の切手である。

ポニー・エクスプレス80周年切手

33　ミスター・ソス — Mr. Thoth

ポニー・エクスプレスに絡むインディアン惨殺の生き証人の祖父《じい》さんか

ら自慢話を聞かされていたのが、九十一歳（一八七四年ころの生まれ）のソスさん。この変わった名前は、エジプトの知恵の神Thoth（現代アラブ語の読みは「トート」）と同一である。トートは太陽神ラーに対する「月神」であり、季節の進行・計量・均衡・文字を担当する学芸・知恵・魔術の神であり、ちょうどギリシャ神話のヘルメスに当たるような存在だ。

興味深いのは、この神のつれあい（または女性としての姿）が（エディパのMaas姓にとても近い）Maatだというところ。真理と秩序の女神マートはトートと共に、夜の空をめぐる。この小説でも、プラネタリウムのイメージに絡んで、星空に秩序を与えることが、あたかもエディパの責務であるかのように感じられる箇所がある。もっとも、その印象から明確な解釈を導くことは難しい。

ソスさんのいる老人施設は「ヴェスパーヘイヴン・ハウス」という。Vesperとは「晩禱」および「宵の明星」という意味である。宵の明星が安息を見出すというこの場所で、エディパは、なぜだろう、ある種宗教的な（クリスタルの中に閉じ込められたような）光を体験する。

34　**メキシコ革命**

西部開拓の話のついでに、同時期以降のメキシコの事情も一望しておこう。

一八七〇年代に成立したポルフィリオ・ディアス長期安定軍事政権（一八七七―一九一一）は、

アメリカ資本主義と結託した経済発展を優先し、世紀末には、抑圧された農民たちを左翼活動家がオルグしていくという緊張が生じる。この時期に思想的支柱となったのが、フロレス・マゴン三兄弟（ヘスス、リカルド、エンリケ）で、彼らは当局の手を逃れ、一九〇五年以降はアメリカに拠点を移して、アナキスト新聞「再生*Regeneración*《レヘネラシオン》」の発行を継続した。

ディアスの対立勢力を組織したフランシスコ・マデロの武装蜂起に応えて起《た》った民衆のヒーローが、エミリアーノ・サパタ。彼はマデロがディアスと取引して権力の座につき「革命」を終結させてからも戦いを続け、自らの支配区で農地解放を実現するなど、一九一九年に騙し討ちに遭って殺されるまで人民戦線を組織した。

その間も「再生」はロサンジェルスなどを本拠に発行を続けていた。

そしてエディパが夢と現《うつつ》の間をさまよい続けたサンフランシスコの夜、24番ストリートから入ったところのメキシコ料理店で、一九〇四年発行の号が、手描きの郵便ラッパのマーク付きで、ヘスス・アラバル（またはその幻）と共に見出される……。

35　ドリブレットの唯我論

タンク（水槽）劇場で上演された『急使の悲劇』の演出家の名は、フランス語風の綴りでDribletteだったが、英語でdribletというと「小滴」の意味。彼は太平洋に入水したらしい。まさに「大海の一滴」になってしまったのだが、このことがエディパを激しく動揺させる。

彼は唯我論の立場をとった。世界は人間の頭の中の投影である、と。「プラネタリウムの投光機《プロジェクター》はこの私。舞台上でみなさんがご覧になる閉じた小宇宙はすべて、私の口と目から出てくる」（97ページ）――湯気のなかに頭を浮かべ、目玉に血管網を浮かべながらこれを語る姿は強烈だった。

ドリブレットの葬儀の夜、酔っぱらって彼を求め、夜の墓地に腰を下ろしたエディパの描写も凄かった（202ページ）。トリステロについての情報を得たいという動機だけでは理解できない全人的なコミットメントのようすが描かれる。彼の命の残滓とつながり合いたい、と。「腐敗に抗し、確率の法則に逆らってその組成を崩さず、最後の突破《バースト》に向けて、最後の地中の這い上がりに向けて構えている、コード化された蛋白質の持続のようなものがあるなら、それと繋がり合いたかった」と。

確率の法則を逆転させたい、というのはネファスティス・マシンの前に立ってマックスウェルの悪魔に呼びかけたときと同じである。老水夫と接したときもエディパは、マットレスに蓄えられた情報の非可逆的な離散を（つまりそれを自分が回収できないことを）とても悔やんでいる（160ページ）。

36　肉体｜the Flesh

『競売ナンバー49の叫び』は、出版前、雑誌「エスクァイア」（一九六五年十二月号）に抜粋されたが、それのタイトルは“The World（This One), the Flesh（Mrs. Oedipa Maas), and the Testament of Pierce Inverarity”というものだった。testamentは「遺言書」を意味する英語だが、同時に聖書で「新約」「旧約」というときの「約」と同じ。つまり神または死者の「意志」を、受ける側との「契約」として捉える言葉である。

「エスクァイア」のタイトルを真に受ければ、エディパの肉体が、人民のざわめくこの世界において、ピアスに貫かれ、その意志を孕む（受肉する）という意味にもとれる。エディパはもちろん古代の女神ではないし、ピンチョンはストレートな寓意を作品に持ち込む作家ではない。エディパに関して直接的なシンボル化は抑制されているし、一度書かれたもののテクストから棄却された部分もあるように窺える。

それでもエディパになんらかの女性原理が描き込まれようとしているようすが、ときどきちらつく。彼女の心をすっかり貫いてしまった郵便事業（mail service）は、「男の奉仕」（male service）と同音だ。サン・ナルシソのバー〈ザ・スコープ〉で会った、極右の若者の名はファローピアン（輪卵管）だし、ヨーヨーダインでラッパのマークを書いていた技師の名はコーテックス（生理用品のブランドネーム）だった。これらは単にジョークにすぎないのだろうか。

前作『V.』には、パオラという魅力的な存在が出てきた。このマルタ娘は、白人とも黒人ともつかない保護色の肌を持ち、マクリンティックが、フリップ／フロップ（either/or）の二分法思考から自由になって「クール」と「ケア」を両立させるときに、その触媒のような役をなした印象がある。だが、そのパオラは、『V.』という小説の中にシンボリックに置かれ、みずからの物語をつくることはなかった。ピンチョンが、三年後に出版されたこの作品で、女性主人公のアクションを描いたそもそもの背景には、死んだような現在を活性化すべき、別の（女性的な？）原理への眼差しがあったのだろうか。

貫通者《ピアス》の遺言に対して開かれたエディパの身体《フレッシュ》は、世界《ワールド》を胚胎していくことになるのか。僕ら読者は、思い切り神話的モードで、この物語に接してもよいのだろうか。

37　ジェンギス・コーエンの切手コレクション

ユダヤ系と思しき姓なのに、成吉思汗《ジェンギス・カーン》のように聞こえるのはなぜかはさておくとして、この中年紳士が、二度にわたってズボンの前を開けたままエディパに会うというのはどういうことか？　それもさておくとしよう。エディパが最初に会ったとき、この人物はバリー・ゴールドウォーターのスウェット・シャツを着ていた。一九六四年の大統領選挙で現職のジョンソンに敗れた共和党の候補。ジョン・バーチ・ソサエティの支持も得た、愛称を「ミスター・コンサーヴァティヴ」という政治家である。

そのコーエン氏がエディパに見せるトゥルン&タクシスの切手(もちろんその非改竄版)は今日インターネットでも競り売りされている。「"Thurn und Taxis" 1/4」の画像検索でヒットする。一九五四年のリンカーン4¢切手、第5章の老水夫の手紙についていた8¢航空便切手のオフィシャル版、および第6章で言及される数枚も、関連する英単語で検索すれば容易に見つかるし、cl49.pynchonwiki.com などの注釈サイトにもまとめて掲載されている。

コーエン宅での最後のシーン(123ページ)でも、意味とイメージの響き合いは濃厚だ。雨の日の窓や天窓から入ってくるくぐもった光。八百年も継続している偽造切手と郵便詐欺に疑念が及ぶ。黙ってしまったコーエン氏はタンポポのワインを注ぐ。そのタンポポは、(ピアスが関わる)イースト・サン・ナルシソ・フリーウェイの建造によって動かされた墓地に生えていたものだった。その墓地には第二次大戦中にイタリアの湖岸で憤死した兵士たちが埋められていた。湖岸の死といえば……。エディパ/読者の連想は拡がり、メタファーがイメージを繋げ合い、パラノイアの脅威が、エディパだけでなく読者の中でも高まるだろう。

アンジェロが鵞ペンで悪意のでまかせを書き綴ったインク同様、死者の骨の分子を含有しているかもしれないこのワインを手にして、エディパは——聖餐における聖なる者との一体化ではなく——タンポポの死霊とのコミュニオンを、ワインの中にも忍び込む死者の固執を感じているよ

トゥルン＆タクシスの切手

リンカーン4￠切手

8￠航空便切手

シカゴ万博記念切手

マザーズ・オブ・アメリカ記念切手

郵便切手100周年記念切手

自由の女神3￠切手

ブリュッセル万博記念切手

うだ。

38　バークレー・サンフランシスコ・オークランド

エディパが訪れた、カリフォルニア大学バークレー校の英文科のオフィスは「ウィーラー・ホール」にある。そこを出て南へ降りていくと、道の右左に噴水や学生の溜まり場、当時の政治集会で名をなしたスプロウル・プラザがある。サザー・ゲートという門があるあたりが一番賑わうところで、門を背に、テレグラフ・アヴェニューが延びる。この通りに、ボディ・ペインティングなど、サイケデリックな若者文化が大々的に花開くのは、まだ二年ほど先のことだ。

テレグラフ・アヴェニューは大学から二キロほどのところで市境を越えてオークランド市に入り、そこからまた三キロほどでフリーウェイに乗る。ネファスティスが住んでいたのは、その途中のどこかのアパートだ。オークランドでも、北は白人居住者がまだ多く、東側の丘の上は高級住宅街になっているが、テレグラフから湾側は、一つ道を行くごとにゴミが増えていく。一九六六年に黒人過激派のブラック・パンサー党が結成されたのは、オークランドでもこの辺に位置するメリット・カレッジでのことだった。

フリーウェイに乗ると、そのままベイ・ブリッジとなる。湾を渡りきってまもなく出口を降りる。北東から南西にマーケット・ストリートが走り、その北側が中心街である。ノース・ビーチと呼ばれるイタリア系の多い地区をコロンバス・アヴェニューが斜めに走り、それがブロードウェイと交叉するあたりに、ビート文化の発信源となったシティライツ書店がある。この辺はかねてから性風俗店も多く並んでいる。男性同性愛者の溜まり場〈ザ・グリーク・ウェイ〉を出たエディパは、隣接するチャイナタウンを歩き、どこかでバスに乗る。

ゴールデンゲート・パークは市の西側。そこで夜中に子供たちが遊んでいた。ヘスス・アラバルに再会する24番ストリートのメキシコ人街は、だいぶ南側だ。そこから向かう市《シティ》のビーチがどこなのかはわからない。西の太平洋に面したオーシャン・ビーチのことかもしれない。「フィルモア・ストリート」は中心街のやや西側、ここは日本人街のあるあたりで、同時に一九四〇年代から「ハーレム・ウェスト」と呼ばれ、ジャズの中心地と目される黒人街だった。

そこからまたバスに乗ったエディパははるばる南へ下り、空港まで行って、さまざまな人たちに遭遇する。夜明け前に市街に戻ってきた彼女が、老水夫の住む安下宿への階段を上がっていったのは、マーケット・ストリートの南側のさびれた地区。ハワード・ストリートをエンバカデロ（東岸の波止場）に向かって歩いて行った、ファースト・ストリートの近く。その南を走るフリーウェイの下に、エディパはW.A.S.T.E.の「ポスト」を確認した。郵便配達人の後をつけると、マーケット・ストリートを越えて、シヴィック・センターに出る。そこからしばらくファースト・ストリートまでつけて、バスに乗り、オークランドに出る。

若い頃ピンチョンは、『V.』のベニー・プロフェインと同じく車の運転が出来なかったらしいが、サンフランシスコ・ベイエリアの市街地をよく歩き回ったのだろうか。『スロー・ラーナー』の序文で彼が偉大なるアメリカ小説の一冊に数えているケルアックの『オン・ザ・ロード』、その特に第二部のサンフランシスコ・シーンで、主人公サル・パラダイスは、メリールーとふたり、同じあたりをみじめに歩き回っている。ミッション・ストリート（マーケットとハワードの間）の安宿にいる酔っぱらいの船乗りのところで安ウィスキーをもらった話も出てくる。

夜のサンフランシスコに劣らず夢幻的なのが、白昼のオークランドの「空漠とした午後のきらめき」だ。貧しさの中にある都市を、その無表情な哀しみを、描き出すのがピンチョンは本当にうまい。

39 エピレプシー | epilepsy

「エピレプシー」とは、古く中国で「癲癇」の名がついた症状のことだが、漢字の「癲」が「倒れる」イメージであるのに対し、ギリシャ語からラテン語、フランス語経由で英語に入ったこの語には、もともと「～を取り押さえる」という意味がこもっている。神に発する何かに、魂の現世的な働きを奪われたゆえの症状という理解だ。

インヴェラリティ湖の宣伝をモテルのテレビで見たときも、エディパは、何か無媒介的なお告げ、すなわち「聖なる存在の顕現 hierophany」（**36**ページ）の予感を感じたけれども、ジェンギス・コーエン宅でも似たような顕現の感触を味わう。そのとき自分に訪れるシグナルについて、それは癲疾者に神聖な何かが降りくだる直前に知覚されるものと同じだと理解する。〈トリステロ〉に関する真実は、一方でテロリズムと自己消滅の暗黒と結ばれ、もう一方でこのように天からの「刺貫《ピアス》」と結ばれている。死や暗黒と結ばれるものが、同時に自分を焼き切るような神聖かつ光明なるものでもあるとは、どういうことか。対立する二項をピューリタンのように分離しなくてもいいじゃないか、ということか。矛盾した両面を併せ持つ古代の神に対するように向かい合えと?

40 DT

「アルコール性譫妄症」のことを英語ではdelirium tremens（略称ＤＴ）とラテン語の病名で言い表す。「震えながらの思考解体」というイメージだ。

サンフランシスコの夜明け間近にエディパが出会った老水夫に関する記述でピンチョンは、ＤＴとは「思考《マインド》が耕してつくる溝が、震えながら崩れていく（trembling unfurrowing of the mind's plowshare）」ことだと書いている。これに続く部分には、解釈に定説がないようなので、以下は自説である。**161**ページに訳した数行を原文およびその直訳とともに示そう（**287**ページ）。

聖人から夢見の者まで――これらは何の例かといえば、世俗的・日常的・合理的な言葉では理解されない精神の状態、または現象を体現している人たちの諸例である。なんらかの形で通常の思考経路が崩れた（構造を失した）先の精神現象。個別的に見ていくと——

a　この聖人は、二世紀にエルサレムの司教を務めた長寿の聖ナルシソスのこと。復活祭前日の聖土曜日に助祭が聖油の準備を忘れたところ、聖ナルシソスは水を油に変えて聖油として使って儀式を行なった。その奇跡によって後世に知られる。

b　「透視術」とは情報伝達の特殊な形で、当人が現世的な認知機能を失ったところに、聖なる息が吹きかかる現象と考えられた。これはヘブライの「ルアク」の思想に基づく。（この後『重力の虹』執筆期のピンチョンはユダヤ教神秘主義への関心を強めた。）

c　「パラノイド」は、誇大妄想／被害妄想的に、他の人に見えない繋がりをみずからの周囲に張り巡らす人たちのこと。

d　フロイト流に言えば、夢に落ちるとは、精神のメタフォリカルな一次過程に陥ることである。また『機知《ジョーク》——その無意識との関係』（一九〇五）においてフロイトは、駄洒落やウィットなどが笑いと満足をもたらす理由も、夢と同様、覚醒時の抑圧からの脱力的解放にあるとした。

これら四例が「言葉に対して同じ特別な関わり方をしている」というのはどういうことか。

本文p.161に対応する原文と、その直訳

a) The saint whose water can light lamps,
b) the clairvoyant whose lapse in recall is the breath of God,
c) the true paranoid for whom all is organized in spheres joyful or threatening about the central pulse of himself,
d) the dreamer whose puns probe ancient fetid shafts and tunnels of truth
all act in the same special relevance to the word, or whatever it is the word is there, buffering, to protect us from.
The act of metaphor then was a thrust at truth and a lie, depending where you were: inside, safe, or outside, lost.
(Perennial Classics, 1999, pp. 104-5)

a) ランプを灯すことのできる水の持ち主である聖人も
b) その記憶喪失が神の息であるところの透視術師も
c) すべてが自身の中心的脈動の周りに、悦ばしいまたは脅威的な球体をなして組織されている真のパラノイドも
d) その地口《パン》が古代の臭気を発する真実の立て坑やトンネルをさぐる夢見の者も
すべて言葉(the word)に対して――あるいは言葉が緩衝装置として働いて、それから我々を護ってくれているものに対して――同じ特殊な関わり方をしている。
だとすればメタファーの行為は、自分がどこにいるかによって真実にも、ひとつの虚偽にもなるものへのひと突きなのだった。内側にいれば安全、外側だとはぐれてしまう。

まず聖ナルシソスは日常に存在する水と油を脱差異化した。すなわち「水は油である」という「メタファーの行為」を行なった。透視術では、世俗的世界にあって〈真〉から切り離されていた自分が〈真〉と触れ合うことで、情報伝達――神の「お告げ」のようなもの――がもたらされる。時間的・空間的に差異化された世界から、差異の融解した、メタフォリカルで全包括的な知の世界への陥落によって、そういうことが可能になる。一方、それがなければ全てバラバラになってしまう出来事の糸を、メタファーによって束ね、ともかくも自分流に織り上げるのがパラノイドである。

聖人と透視術師とパラノイドと夢見の者とは、「信じる」ことが「知る」ことに先立つような精神のあり方を共有している。細分化された世界を「脱差異化」しながら、みずからその先にある「大いなる一つの世界」に包まれていく。だが、包まれながら、自己を失わず他者とつながり、そのつながりに縫い込まれながら「自分」を留め置くことは可能なのか。内側ならセーフ。でも、外側はロスト――共同体との関連を失えば、ひとり流れ去ってしまう他はない。

41 LSD

世界の脱差異化を――一方で神聖な光を、もう一方で精神解体の脅威を実感しながら――手近に（?）経験できる薬品がＬＳＤ（リゼルギン酸ディエチルアミド）である。その幻覚作用の研究は一九四〇年代のスイスの薬品会社で始まったが、五〇年代になると特に小説家オルダス・ハクスリーの体験記『知覚の扉』(一九五四)を通して知的関心を呼び、六〇年代のアメリカでは、一部ながらクスリ自体が拡がっていく展開になる。

「サイエンティフィック・アメリカン」誌一九六四年四月号に「幻覚生成ドラッグ(The Hallucinogenic Drugs)」という記事があって、LSD-25とメスカリンとシロシビンについて、その効果と、なぜ向精神性を持つかということが、分子レベルで説明されている。ピンチョンもきっとこの記事を読んだか、同様の説明に接したか、自分で考えたかしたのだろう。これらのアルカロイドは、分子構造にインドール核を持ち、その点がシナプス間隙にあって刺激を媒介する化学物質(当時「神経体液」と呼ばれた)と同様である。LSDを服用することで、シナプスに阻まれることなくどんどん流れ、精神がいわば刺激の洪水状態になると想像される。

神経ネットワークのメッセージ伝達、その抑制(抑圧)が創り出す秩序と、それを崩す化学的アナキズム——という話は、構造的にトリステロとよく似ている。

前項でふれたDTを語る際にピンチョンはmind's plowshare(心の鋤の刃)とか、unfurrow(鋤で耕した溝《ファーロウ》を崩す)という珍しい言葉を使っている。その背後には、きっと古代神話の反響もあるだろうし、文化(culture)という言葉が「耕作された土地」という意味のラテン語から来ているという意識もあるのだろう。

旧来のシステムを踏み出る者は、精神の「溝」をいったん更地に戻さなくてはならないのだろうか？　そのまっさらな地にあっては、一切の差異や対照が崩れて物の知覚や観念の保持は不可能になり、全と無とが、「心を焼き切る光」と「死滅の暗黒」とが重なり合うのだろうか？

エディパの探求が幻覚トリップのようだというのではない。Oedipa Maas は、あくまでも「探求する編み目《マース》」である。ピアスにも老水夫にもケアする心をもって対し、鉤十字の売人を心で罵り、歴史と社会への関連を保とうとする。そこが小説に登場する男たちとは違う。

42
dt

放射線の強さを時間で積分したものが被曝量。逆に被曝量を時間で微分したものが、その瞬間の放射線の強さである。同じことは速度と走行距離に関しても成り立つ。速度を時間で積分すると距離になり、距離を時間で微分すると速度となる。このことは高校の数学で習った。微分についてのイメージを研ぎ澄ましてみよう。

時間tの間に、xの距離を飛行する航空機を考える。Δtは微小時間を表す。今の時速は720キロだ。秒速に直すと200メートル。100万分の1秒間には、0.2ミリ進む。だがそれでさえ「平均」にすぎない。微分式$\frac{dx}{dt}$は、$\Delta t \to 0$を追究する。ゼロ秒間にゼロメートル進む航空機の姿を。動いていない。なのにあれだけの質量のものが飛行している。細胞にしても、限りなくゼロに近い時間においては止まっている。それでも生命の活動を営んでいる。そのdtのイメージをエディパはアルコール性譫妄症のDTと、語呂合わせによってとりあえず「結わえて」みた（162ページ）。メタファーの結び目を一つ作ってみたわけだ。このときエディパが示した「共感」が、文化内で平均化されていない、震える微分的精神によって得られた情報の運搬に関連していることは重要である。社会からクズとして吐き出され失われていこうとする精神に、いかに豊かな情報が詰まっているか。既成文化のネットワークによっては運ばれないこの情報を、彼の一生の蓄えを、どうやって、新しい文化の織姫として、キャッチすることができるのか……。

夜明けの貧民街でこの認識を得るエディパが、ゴミ箱と見まちがうポストに、自分の手を差し入れるシーンは印象的だ。

43 聾唖者の舞踏会

真昼のオークランドから夕方のバークレーのホテルに戻ってきたエディパは、音楽のないホールで思い思いに踊る聾唖者の一団の中を、いわば「踊り運ばれた」。このイメージを、小説全体の流れのなかに位置づけてみたい。

第1章でエディパは「大地のマント」が織り紡がれていること、自分も無力な織姫のひとりであることを理解した。第2章でエディパをスプレー缶のランダムな飛跡が襲った。探求することが「衣を剝がされる」ことになる状況も疑似体験した。第3章でエディパは、カリフォルニアに疎外者をつなぐ郵便網が存在することを目撃した（あるいは、存在すると信じさせる大掛かりな悪戯に遭遇した）。それと関係するのかしないのか、十七世紀に書かれた芝居の中に、奇妙な一致を見出した。第5章でエディパは、ネファスティス・マシンの前に立った。そして夜のサンフランシスコの、夢と現《うつつ》の薄明をさまよった。その夜のエディパの前に「ネット」の図柄は、抽象的なパターンではなく、（皮下出血して痣を作ったりする）「血管」のリアルなイメージで立ち現れた（147ページ）。

多数の聾唖者が知覚されないサウンドにしたがって踊り動く中にエディパ自身が抱え込まれるのは、老水夫を胸に抱き、W.A.S.T.E.の「ポスト」へ投函行為をした後のことである。この素晴らしくシュールなシーンでエディパは、共和国の疎外者たちと、等身大の身体的接触を果たしたと言える。めちゃくちゃで脅威的に思えたスプレー缶の飛跡は、ランダムながら協調して動く一群の人間へと変化している。

44　アメリカ

ツァプフ古書店の隣りにナチスのシンボルである「鉤十字」などを商っている起業家がいた。名前はウィンスロップ・トリメインという。一六三〇年に大西洋を渡り、マサチューセッツ湾植民地の初代リーダーとなったジョン・ウィンスロップと、第二次大戦中の少年たちを夢中にした

『ジョニー・トリメイン』（独立戦争の英雄物語）の主人公を掛け合わせた名前。姓も名も「アメリカの始まり」を意識させる。

清教徒の植民地では、インディアンの迫害や魔女狩りが起こった。

ジョージ・ワシントンなど独立戦争の英雄をピンチョンがどのように描いているかは、『メイスン&ディクスン』の読者はご存じだろう。

このウィンスロップ・トリメインを殴りつけなかったことをエディパは後悔している（188ページ）。エディパの自責の言葉を原文で示すと“This is America, you live in it, you let it happen. Let it unfurl.”最後の文は主語のYouを補って読むのだが、unfurlは「織物を広げる」という意味で、エディパは自分が織姫の一人としてこんなアメリカを織り広げていることを罵っているのだ。ではどう織り直していったらいいのか、自分を、どんな人たちと縫い合わせるべきか、エディパは意志を固めつつあるのだろうか？

夜の鉄道線路に立ったエディパは確信する（222ページ）——遺産はアメリカだった、と。そのアメリカは、嵐のシステムとしてイメージされる。太陽が大気を暖め、その中に生じた差異が、さまざまな空気（人々）の運動を引き起こし、前線（気団の、闘争の）をつくり、瞬間的な竜巻の渦や、大々的なハリケーンの渦を生み出す。この夜の鉄道シーンでエディパは、自分が遺産執行すべきピアスの国（サン・ナルシソ）とは、アメリカン・システム全体の一部なのであって、より大きな「集団の苦痛と必要が渦巻く低気圧《ストーム・システム》」こそが問題なのだという認識を固める。

しかし、アメリカ史を貫く嵐は、そもそもどこで生じたのか？　マサチューセッツ湾植民地からさらに遡って、オランダ独立戦争期の通信ネットワーク闘争へと思考はつながっていく。

45　排中律と柔肉

Aか非Aか。どっちつかずはダメ。この躾けが論理的な判断を生む。経済発展に向けての決定機構を動かす。ゼロ《あれ》を選ぶかイチ《これ》を選ぶか、思考には二者択一の徹底が必要、中間のグチャ便《バッド・シット》はいけませんと、エディパは（誰もが）教えられた。その結果、この国はどうなったか。最後に（226～227ページ）エディパは、0と1のモビールの森のようになってしまったアメリカを思う。そして「あらゆる可能性を秘めていたはずのアメリカの柔肉（tender flesh）」を思う。その肉が、ピクリともせず、泣き声《クライング》ひとつ立てず、資本に犯され続けていくのは、いったいどうした次第なのかと。

この「肉《フレッシュ》」には、ピンチョンのアナキスト的ヴィジョンがこもる。『重力の虹』では、終戦直後、無政府状態のドイツに「柔らかな肉」が生じた。そこをピンチョンは〈ザ・ゾーン〉と呼んで、人間のハダカの欲望が反応し合う数々の物語の舞台とした。『メイスン&ディクスン』（一九九七）では柔らかな肉でありえた土地を「北か南か」に分断（して硬質化）する使命を帯びた二人に焦点を合わせ、アメリカの形成をめぐる悲喜劇を編んだ。

46　流浪民｜drifters

精神科医ヒラリウスは人格統合を失調してパラノイアの症状を悪化させ、もともと貧者に対してセンシティブだったはずの夫ムーチョは、ＬＳＤによって精神の溝を崩してしまった。自分を世界に投射することに賭けたドリブレットは太平洋へ溶けていってしまったし、メッガーも、ファローピアンも離れてしまった。ボーッ教授はテクストの内側に閉じこもって、もとより頼りにならない。

一人になったエディパが、夜の線路と星空に挟まれて歩くシーン（224〜226ページ）、ここはぜひ雑音なしで読み味わっていただきたい。この部分には、他のピンチョンのテクストも谺している。『V.』のプロフェインが、アメリカの流浪の民への「愛」を抑えきれずにいるところとか、「シークレット・インテグレーション」のティム少年が、アメリカの暗闇を渡る電話のカチカチ音に耳を傾けるところとか。

アメリカ中の流浪の民が、ランダムにダイヤルを回し、奇跡的な確率でエディパとつながり、卑猥な言葉を吐きかける。「罵声とエロと想像と愛の言葉の、そんな祈禱のような繰り返し」から、彼らをいよいよ認知する〈言葉《みことば》〉が引き出されるというシュールなヴィジョンが胸に迫る。ここでのエディパは、実際ほとんど女神のようだ。おっと、雑音は入れないと言ったばかりだった。

47 叫び｜crying

アメリカには、疎外された一団《ロット》が、（トリステロの帝国を）待ちながら暮らしているのか？「沈黙」は次第に水位を上げながら小説を満たし、「聾唖者の舞踏会」のシーンでは溢れんばかりとなった。その沈黙を破って、どんな泣き声・叫び声がやってくるのか？

そのcryingは、『重力の虹』の最初の単語、screamingへとどのように接続するのか？

48 ロット｜lot

小説の原題は*The Crying of Lot 49*。テクストのエンディングも、"to await the crying of lot 49." クライングとロットと49は絡み合って、きわめて隠喩的な拡がりを持つ。

lotという言葉には大きく見て、①（割り当てられた）土地、②（物や人の）ひと山全体、③（神が割り振った）運命、という三つのイメージがある（籤の「ロト」は③から派生した）。小説中では、まず、ムーチョの中古車販売場が「ロット」と呼ばれる。ピーター・ピングィッドのロサンジェルスへの土地投機に関しても、"buy lots"という言い方がされる。エディパが車を停めるヨーヨーダインのパーキング・ロットも、その巨大さが強調されている。で、「lot 49」とは？

49

アメリカ本土(アラスカ、ハワイを除く)48州に追加されるべき49番目の「地」という解釈が以前からある。〝現実〟から分離しつつ、その裏側にピタリと貼り付いている49番目のロットが、いま叫び出そうとしている……。

宗教的な解釈の一つを、すでに示唆しておいた。「49」は「50」の一歩手前。「50」は五旬節、聖霊が降りくだり、炎の舌によるコミュニケーションの奇跡が起こるとき——という解釈は、エンディングの、それらしき雰囲気と一致する。

三つめにエディパも意識する『死者の書』に由来する解釈。『チベットの死者の書』は、死んだ人間が49日後に行われる転生の裁きにおいて……いや、この手の連想は紡ぎ出すときりがない。

僕も長いこと、ああだこうだと考えた。今となっては、かっこいいタイトルだよなあ、がすべてである。

依拠した先行研究

1967 Robert Sklar, "An Anarchist Miracle: The Novels of Thomas Pynchon" *Nation* (Sep.25)
後に映画史家として知られるスクラーが、左翼誌「ネイション」で、「読めば読むほど複雑になる」本作に「畏怖させられるほどの知力」を感じつつ、「ラディカルな政治小説」として紹介した論考。

1971 Anne Mangel, "Maxwell's Demon, Entropy, Information: *The Crying of Lot 49*" Tri-Quarterly (#20). → G. Levine and D. Leverenz eds., *Mindful Pleasures: Essays on Thomas Pynchon* (Little, Brown & Co., 1976).
〈マックスウェルの悪魔〉を図解し、それを反証したレオン・ブリルアンの論文に触れ、『通信の数学的理論』（クロード・シャノン&ワレン・ウィーバー著、一九四八年、邦訳=植松友彦、ちくま学芸文庫、二〇〇九）の記述に基づいて、「情報のエントロピー」とボルツマンの統計力学の関係を概説。現在ではネットで充分カバーできる知識なので、必要な読者は日本語ウィキペディアの「マクスウェルの悪魔」の項などを参照されたい。

1974 Joseph W. Slade, [Writers for the 70's] *Thomas Pynchon* (Warner Paperback Library).
ピンチョンに関する最初の単行本はペーパーバックで出回った。この「七〇年代作家シリーズ」は他に、ヘッセ、トールキン、ブローティガンを含み、当初ピンチョンがカウンターカルチャー系の作家として捉えられていたようすが窺える。本小説に関する章では、マックス・ヴェーバーのプロテスタンティズム論を援用してアメリカの企業精神の由来を論じる部分、及び、フロイト心理学への批判的な視線が有益。

1975 Edward Mendelson, "The Sacred, the Profane, and *The Crying of Lot 49*," Mendelson ed.,〔Twentieth Century Views〕*Pynchon*（Prentice Hall, 1978）. ミルチャ・エリアーデの宗教学に依拠し、またキリスト教文化に通じた比較文学研究者の視点から、この小説の「聖なる世界」との接触についてのイメージを精査した。

1977 David Cowart, "Pynchon's *The Crying of Lot 49* and the Paintings of Remedios Varo" *Critique*（vol. 18, #3）. →*Thomas Pynchon: The Art of Allusion*（Southern Illinois U. P., 1980）. 題名通り、「大地のマントを刺繍する」をはじめ幾枚ものバロの絵画作品への言及が、小説の随所に隠れていることを指摘。なお本論の内容は、志村氏の「解注」（1992）にまとめられている。

1979 佐藤良明「トマス・ピンチョンを織りつむぐ（その1）」『ユリイカ』（12月号）ピンチョンを対抗文化的ヴィジョンの作家と規定し、文化（意識と制度の織物）の織り直しをするとはどういうことか、六〇年代の時代論も絡めながら、織姫エディパの運動を論じた。

1980 Thomas H. Schaub, Pynchon: *The Voice of Ambiguity*（U. of Illinois Press）. メンデルソン論文（1975）が「聖」なる方向へのベクトルを強調しすぎていることを批判しつつ、織

物、畝、立て坑など、テクストの隠喩とイメージの拡がりを示し、その「穏やかな恐怖」と「多重的な声」を分析。

1983 Molly Hite, *Ideas of Order in the Novels of Thomas Pynchon*（Ohio State U.P.）

第3章は「『競売ナンバー49の叫び』の純粋性とパロディ」と題し、単に「シリアス」であることを超えたテクストの意味作用のあり方を追究。言語的理解が収まろうとするeither/orの「間」で、この作品の芸術的統一が成し遂げられているとする（本訳書の「手引き」では、同様の論点を、マジとウソ、ユメとサメという概念によって示すことを試みた）。

1988 Georgiana M. M. Colvile, *Beyond and Beneath the Mantle: On Thomas Pynchon's* The Crying of Lot 49（Amsterdam: Rodopi）.

現代批評の諸観念に毒されず、作品をていねいに読んだ結果を一冊の本にまとめた。九つのテーマにわたって議論が展開される。

1991 Patrick O'Donnell, ed., *New Essays on* The Crying of Lot 49（Cambridge U.P.）

五篇の充実した論文を収録。特に光る二篇について記す。

N. Katherine Hayles, "A Metaphor of God Knew How Many Parts: The Engine That Drives *The Crying of Lot 49*" ——後にサイバネティックスと文学の連関を専門とするヘイルズが、二種類のエントロピーの関係を整理し、ネファスティス・マシンの性質を明かして、この小説の語りの運動と関連づける。

Pierre-Yves Petillon, "A Re-cognition of Her Errand into the Wilderness" ——フランスの研究者に

よる豊饒な議論。アメリカの空間に魅せられた異邦人の視点から、ビート以来の大きな文化の流れの中にピンチョンのイメージを結ぼうとするところに共感する読者も多いだろう。

1992　志村正雄「解注」（『競売ナンバー49の叫び』筑摩書房→ちくま文庫、二〇一〇）
同氏による本書の初訳（サンリオ文庫、一九八五）の「解注」の大幅増補版。文庫化に際してさらに一部加筆された。七〇年代から日本のピンチョン研究を牽引してきた草分けによる労作。参照をお勧めする。

1994　J. Kerry Grant, *A Companion to* The Crying of Lot 49 (The University of Georgia Press).
テクストに添って約五百の項目についての語釈と、この時点までの英語圏研究者による解読例を、ほとんど網羅的に集めた参考書の決定版。

2001　木原善彦『トマス・ピンチョン――無政府主義的奇跡の宇宙』（京都大学学術出版会）
とても読み易いピンチョン概説書。第3章に、ネファスティス・マシンに関しての的確な説明を含む。

参考ウェブサイト
　http://cl49.pynchonwiki.com/
　http://www.themodernword.com/pynchon/ など。

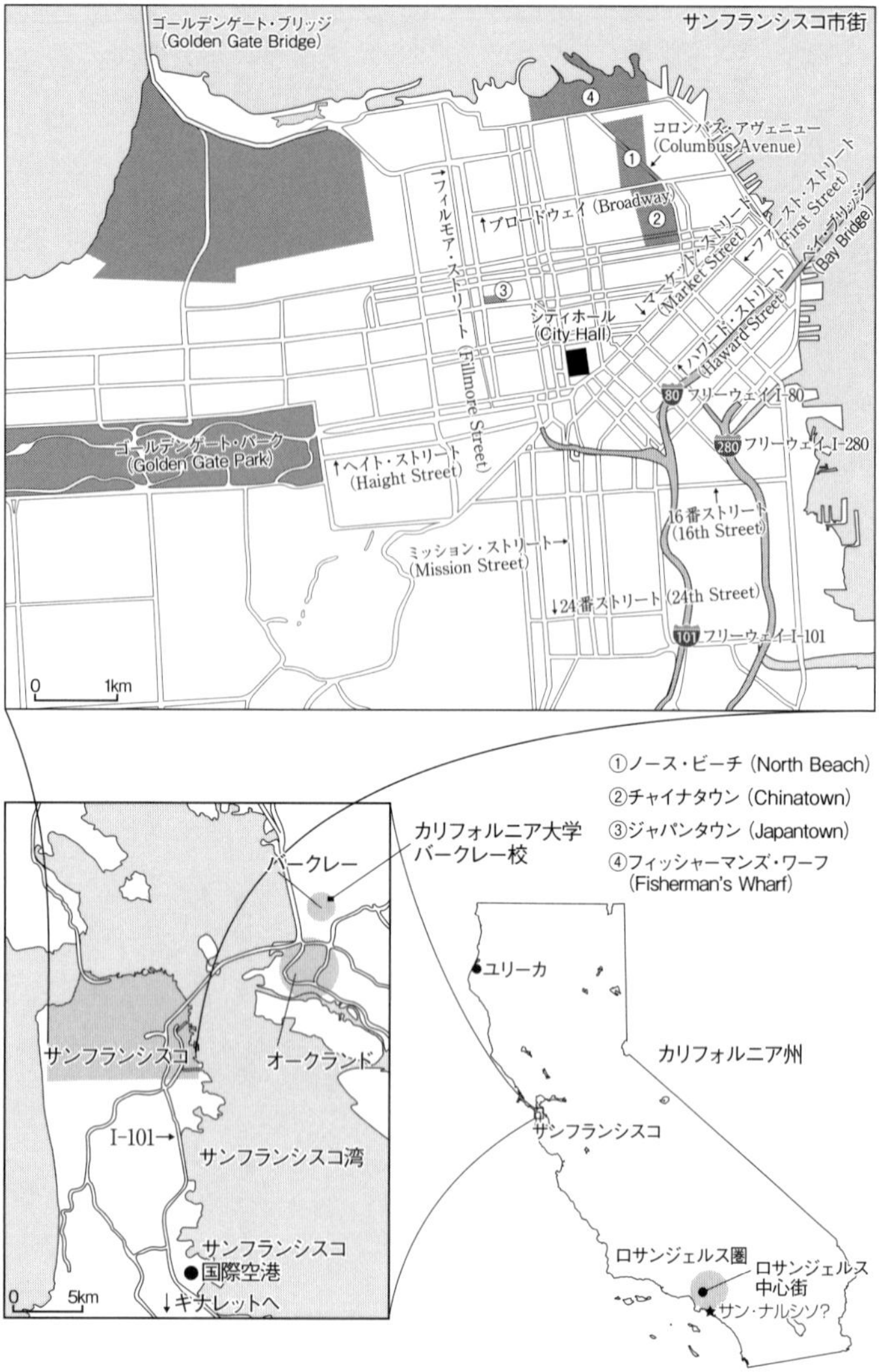
サンフランシスコ市街
ゴールデンゲート・ブリッジ
(Golden Gate Bridge)
コロンバス・アヴェニュー
(Columbus Avenue)
フィルモア・ストリート (Fillmore Street)
ブロードウェイ (Broadway)
ファースト・ストリート
(First Street)
ベイ・ブリッジ
(Bay Bridge)
マーケット・ストリート
(Market Street)
シティホール
(City Hall)
ハワード・ストリート
(Haward Street)
フリーウェイ I-80
ゴールデンゲート・パーク
(Golden Gate Park)
ヘイト・ストリート
(Haight Street)
フリーウェイ I-280
16番ストリート
(16th Street)
ミッション・ストリート
(Mission Street)
24番ストリート (24th Street)
フリーウェイ I-101
0 1km
①ノース・ビーチ (North Beach)
②チャイナタウン (Chinatown)
③ジャパンタウン (Japantown)
④フィッシャーマンズ・ワーフ
(Fisherman's Wharf)
カリフォルニア大学
バークレー校
バークレー
サンフランシスコ
オークランド
I-101
サンフランシスコ湾
サンフランシスコ
国際空港
0 5km
キナレットへ
ユリーカ
カリフォルニア州
サンフランシスコ
ロサンジェルス圏
ロサンジェルス
中心街
サン・ナルシソ?

49

Thomas Pynchon Complete Collection
1966

The Crying of Lot 49
Thomas Pynchon

競売《きょうばい》ナンバー49の叫《さけ》び

著者　トマス・ピンチョン
訳者　佐藤良明《さとうよしあき》

発行　2011年 7月 30日
2刷　2022年 8月 25日

発行者　佐藤隆信
発行所　株式会社新潮社　〒162-8711 東京都新宿区矢来町 71
電話　編集部 03-3266-5411　読者係 03-3266-5111　http://www.shinchosha.co.jp
印刷所　大日本印刷株式会社
製本所　大口製本印刷株式会社

乱丁・落丁本は、ご面倒ですが小社読者係宛お送り下さい。
送料小社負担にてお取替えいたします。
価格はカバーに表示してあります。

ISBN978-4-10-537209-5 C0097

Thomas Pynchon Complete Collection
トマス・ピンチョン全小説

1963 V.
新訳『V.』［上・下］　小山太一＋佐藤良明 訳

1966 The Crying of Lot 49
新訳『競売ナンバー49の叫び』　佐藤良明 訳

1973 Gravity's Rainbow
新訳『重力の虹』［上・下］　佐藤良明 訳

1984 Slow Learner
新訳『スロー・ラーナー』　佐藤良明 訳

1990 Vineland
決定版改訳『ヴァインランド』　佐藤良明 訳

1997 Mason & Dixon
訳し下ろし『メイスン＆ディクスン』［上・下］　柴田元幸 訳

2006 Against the Day
訳し下ろし『逆光』［上・下］　木原善彦 訳

2009 Inherent Vice
訳し下ろし『LAヴァイス』　栩木玲子＋佐藤良明 訳

2013 Bleeding Edge
訳し下ろし『ブリーディング・エッジ』　佐藤良明＋栩木玲子 訳